U0058966

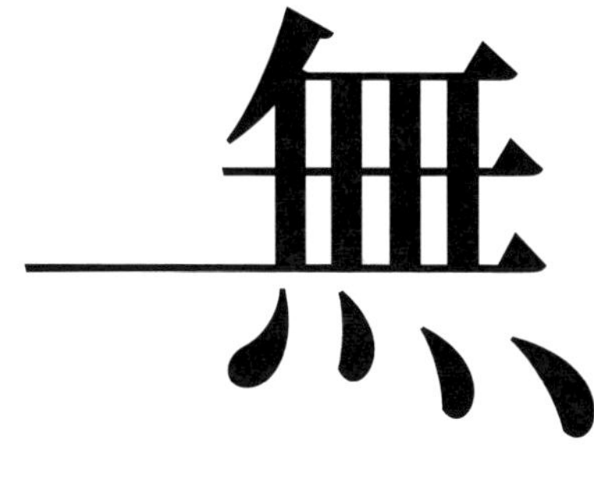

量

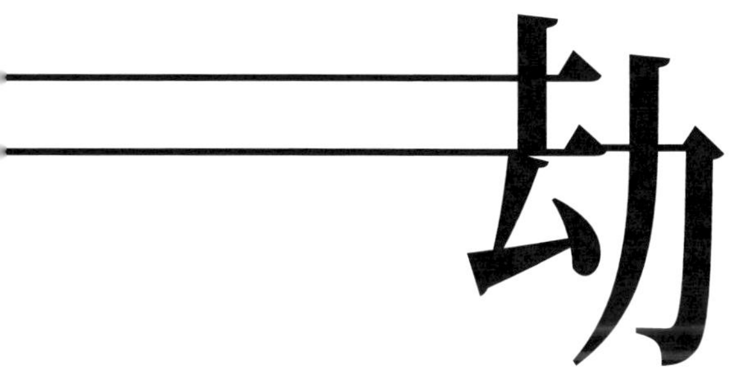

贖名人——著

本書內容純屬虛構，如有巧合，就是巧合。

目次

末法時代

人是被拋擲到世界上的

——存在主義

溫暖的陽光照在城區街道上，地面積水映照出澄澈天空，在一連幾天的陰雨後，這樣的晴日總是讓人舒坦。一旁的店家似乎也等待這樣的機會許久，因此一雨過天晴，便迫不及待嘈雜吵鬧。

「先生，要不要嚐點我們新出爐的包子啊？」一個穿著油膩圍兜的微胖男人朝這方向說。「我敢打賭，你的狗一定會很喜歡。」

「不了。我趕時間呢。」你對微胖男人伸出一個不的手勢，搖了搖頭示意。然後趕緊把飢腸轆轆的小汪帶離這個危險誘惑之地。

沒有辦法，即便有先前客戶的贊助，這城區的東西對你而言還是太貴了，小汪這傢伙又總是來者不拒，得替牠注意開銷。想到這裡，你低頭看了一下那跟隨著你的狗兒，牠移動的腳步正晃動著身上漂亮皮毛，這情景又讓你憶起第一次遇到牠的日子……

你在一棟典雅的房子前，屋子漆上了暗褐色的漆，看起來別具風格。延伸到頂端是帶有圓滑曲率的屋頂，順著屋簷望去能看見內城裡的高樓。

「我對這次的路程很滿意。」一個穿著正式的女子從門邊的階梯走下，嘴邊泛起一抹微笑，朱唇就停在她的秀麗的髮梢邊。「所以，我可以多給你一些報酬。」

「這裡是三十三個錢幣。原本的三十個，加上一點點小心意。」她將一袋東西交到你手中。

「謝謝，妳真是太慷慨了。」你的嘴角不自覺地上揚。對女子點了點頭致意。「如果有機會，也許我們可以再次合作。」

「如果有機會。」女子回應，「但抱歉我剛剛還在煮東西呢，得趕緊回去看看。所以，先走一步囉。」她轉身回去，走上階梯，但在門前似乎想到什麼，又回過頭來，「還有，你的耳環很漂亮。沒有多少人會想到可以把鑰匙當作耳環。」

「喔，這只是小時候一個商人送我的，他說這可以開所有的鎖，當然實際上這鑰匙打不開任何鎖。所以我就把它拿來當耳環了。」你為自己愚蠢的用法感到有點羞愧，覺得耳根逐漸變熱起來。「如果妳想要可以送妳。」

「不用了。這耳環跟你很配。」女子臉上仍帶著些許笑意，然後似乎又想起什麼，「喔，東西還在煮呢，我得趕緊回去了。」她揮了揮手向你道別，轉身回去屋內。

你目送女子回屋，然後轉過身來，走了一段路之後，拿出女子給你的報酬，秤了秤斤兩，想想又有幾個月不用擔心生活了，不禁心中暗喜。但就在你準備回沼澤區的時候，路旁突然傳來一聲窸窣，嚇了你一跳。你順著聲音的方向看去，注意到街道的垃圾堆裡好像有個東西動了一下。而就在你愣在那裡，想著是不是自己有幻覺時，有個毛茸茸的傢伙從垃圾堆裡露出頭來，還伸出了一隻小腳，嘴巴顫抖地動著，楚楚可憐的樣子。喔，是一隻小狗狗。

唉，也許不小心和哪戶人家走失了。但這可不干你的事，或許不久後就會有人找到牠。可你接著轉念一想，如果這是城區裡某戶人家的寵物，說不定歸還會有懸賞之類的，所謂做了好事又能幫助生活。於是最後，在盤算利弊得失之下，你決定上前去翻動垃圾堆，把這小東西抱出來。

「呦，還挺漂亮的。」你看著那小小的身體說著。這小傢伙雖然渾身髒兮兮，但毛皮的配色還是顯現出高貴氣息。你端詳著，同時準備看看牠身上還有什麼東西。正當你想把牠翻過來進一步檢查時，有個原本綁在小狗身上的東西受到晃動而搖盪垂下。

「是一張紙條。」你將紙條拿下，好看見上面的字：

不論是誰撿到這隻狗，牠都是被遺棄的。你不會知道我們是誰，我們也不會提供獎賞。你可以自行決定是否要養牠或者把牠遺留在原地等下一個人來。

「呃……」，看樣子你的如意算盤打破了。那現在你要如何處置這隻狗呢？對一個生活在沼澤區的人來說，養活自己都有困難，養一隻狗更是天方夜譚。你的直覺告訴你，應該要放下牠，當作沒有這件事，等下一個人……

「噢，」這小傢伙突然舔起你的手來，牠未成熟的短小腳還一直撥弄著你的手指，就好像牠早已把你當成親人一樣。

「你不要這樣，這樣也不會讓我養你的。」你對著這小傢伙說著，不管牠是不是聽得懂。「這城區的其他人可以把你養得更好。」你把小狗放回到地上，揮了揮手想把牠趕走。

小傢伙扭動屁股走了兩步路，然後一個重心不穩跌坐在地上，嘴邊動阿動的卻沒發出聲音，晃頭晃腦看了看四周，最後轉過頭來，用牠那雙水汪汪的眼睛看著你。

你趕緊轉過身去，快步離開。但走了幾步，卻又偷偷轉過身來看牠怎麼了。結果牠和剛才的姿勢一模一樣，用一雙可愛的眼睛，一動也不動地盯著你。你倒退了一步，想趁機再溜走，但牠伸出短小的前腳抓呀抓地，就像想爬過來抓著你一樣。

「唉。」

「好吧，我會先收養你。但我不能保證什麼。」你不知道是對牠還是對自己說話。接著你走向前去，把這小傢伙帶到身邊。

然後牠就變這麼大了。你看著小汪那晃著的呆呆腦袋，停下了腳步。眼前是一棟廣大的工廠，順著斜屋頂望去是海港的方向。你走上前，敲了敲在門口的鈴。

叮鈴，叮鈴。一聲，兩聲。

門迅速打開，一個穿著休閒的青年男子衝了出來，蹲下摸著小汪脖子附近的皮毛。

「乖狗狗，你又來了。」小汪瞇起眼睛，看起來很開心的模樣。事實上，小汪不管遇到什麼人都很開心。有時候你都不知道到底誰才是和牠每天生活在一起的人。

男子拍了拍小汪的頭，起身面對你。「你這隻狗真討人喜歡。」

「之前很多客戶也都這樣說。」

「養這樣一隻狗，不便宜吧？」男子問道。「尤其是對沼澤區的領路人來說。」

「的確是這樣沒錯。不過曾經有客戶非常喜歡牠，所以多拿了一筆錢，說是專門付給牠的小費。這些錢夠牠吃非常久了。」你老實說著，但接下來就有點不好意思了。「而且，自從在領路過程帶上牠之後，幾乎所有客戶都很喜歡。我的接案機會和收入都有一定程度的增長。所以，我想還過得去。」

「你說先前有人專門付給小汪小費？」男子低頭看了一下小汪。

「是的。」

「事實上，我也想這麼做。雖然不多。」男子再度抬起頭來，面目中閃過一絲地嚴肅神色。「你應該不會把這筆錢挪為己用吧？」

「這你不用擔心，」你一點都不避諱這種問題。「上次那客戶留給牠的錢，我都是分開計算的，你可以信任我。」

「只是問問而已，只是問問而已。」男子此刻早已恢復成日常模樣，並從口袋裡拿出一些錢幣。「四十塊錢，加上給小汪的五塊。」男子說這話的同時，正把額外的五塊錢加上去。

「你真是慷慨。」你接過錢幣。

「不，我想這是你應得的。這次的路途很順利，再加上小汪這麼討喜……」

接著工廠內部傳來一陣聲音，「老闆啊，回來開會囉。出去太久了。」

「來囉。」男子回頭呼應，之後轉頭對你說，「我想，如果有朋友需要領路人，我應該會推薦你。」

「謝謝。」

他接著蹲下來摸摸小汪，「乖狗狗，又要再見了。」

小汪一樣吐著舌頭，一副開心的模樣。「那我們就先行離開了。」你說。

男子站起來向你揮揮手，「不送了。」並轉身走回屋內。

你順著方向點頭致意後，帶著小汪離開。

然後……

「嘿，」輕柔的女性聲音在妳耳邊呼喚，「該醒來了。」

電風扇嗡嗡作響，講課的人滔滔不絕，可聽起來卻又呢喃不清。喔，妳一定是睡著了。對，就像現在四周的聲音又越來越清晰，想必是妳正在逐漸回復神智。妳靜待了一會兒，讓自己的意志再度崛起，然後妳睜開眼。

一張白淨的臉龐正對著妳低語。「不要睡得太誇張了。」

「我也不知道，我明明就很少在課上睡著。」妳用氣音說著，「而且，其實我們現在不吵到別人應該都沒關係吧。」

「我知道，只是妳口水流了滿桌了。」妳順著原本的方向看向右邊。剛剛那傾斜過來的關懷神色已經端坐回去了。微風吹過的馬尾輕拂剛才的臉龐。這是百襄。妳同班快三年的好朋友之一。她現在正伸手遞了一包已經打開的面紙過來。

妳抬起了眉頭，用作對百襄舉動的回應，然後接過面紙，看著滿桌的口水。呃，好吧，這的確需要很多面紙。做了心理準備之後，妳著手收拾善後。

「我們現在要講的是Gettier Problem。」在妳收拾的同時，台上的講課者繼續說著。「Gettier這個人原本是一個沒沒無聞的哲學教授，但是有一天高層逼他要繼續寫論文，否則他就會遭遇到一些，嗯，職位上的困難。於是在一九六三年的時候，他交出了一篇短短的論文交差，名稱叫*Is Justified True Belief Knowledge?*」妳逐漸清理了四分之一的桌面。

「自古以來，西方一直都把已證成的，且為真的信念當成是知識。即，當

1、P這件事是真的。

2、甲這個人相信P這件事。

3、甲相信P是經過證成的，

以上三點成立的時候，那我們就說甲知道P，即P是甲的知識。」

講課者繼續平順地說著，而妳則開始處理先前放在桌面，現在已經滿布口水的筆記。

「現在，假設一種情況，小明和小華兩個人去應徵工作。這時候，小明認為小華可能會拿到工作，因為公司的總裁親口跟小明說他會錄取小華。同時，小明也知道小華的錢包裡有十個硬幣，因為小明剛剛等待的時候出於無聊，所以算了一下小華錢包裡的硬幣數量。」妳眼角的餘光注意到講課者似乎在四處游移，然後突然停了下來。「那麼這位同學，告訴我，小明這時候有一個信念是，Q：會得到這份工作的人當時錢包裡有十個錢幣，這樣的信念對小明來說是不是經過證成了？」

妳微抬起頭，確認老師不是在叫妳，是坐在最前面的一個倒楣鬼之後，繼續妳的浩大工程。

「呃，好像就是這樣。」這個聲音應該就是那個倒楣鬼吧。不過雖然不是妳，妳倒是能夠體會她這種突然被叫到的感覺。

然後是另一個聲音，更加細微，只對妳這個方向，從左邊而來。「這就是我喜歡坐在最後的原因。」妳斜過頭去，看到一個鬼臉。「我也是。」妳輕聲說。那鬼臉現在已經消失，取而代之的是一個帶點調皮

的笑容，出現在一張精緻的臉上。這個人叫傾施。說到她的名字，很多時候一個人的名字和他這個人是對不起來的。但對傾施而言，她的樣貌卻完全符合她的名字。然而或許也因為如此，傾施行事總有些低調，就像她現在坐的位置一樣，最後面的最左邊。簡單來說就是整個教室最偏僻的座位之一。連帶著妳和百襄也坐到最後一排來。雖然這本來就稱妳的意思，只有百襄和人群與老師都非常好，坐偏僻處比較吃虧點。但根據她的說法，誰叫妳們是高中三年最好的朋友呢？

想到這裡，妳回過頭來，聽講課者繼續課程，「的確，Q對於小明來說，確實是經過某些證成的。但是，假設最後因為某種不明原因，是小明得到這份工作。而且好死不死，面試當時小明的錢包裡也有著十個錢幣。可是這些事情小明一直都不知道。」妳終於清理完了這一切。接著，妳拿出新的白紙，開始把之前那些在你耳邊飄過的內容整理出來。是的，儘管妳剛剛都在清理桌面，但妳的腦袋其實都一直有注意周邊情況，在這裡指的就是，課堂的內容。

「那麼這個時候，我們再回過頭來看小明的信念，Q：會得到這份工作的人當時錢包裡有十個錢幣。現在我們知道是小明將得到這份工作了，而且他的錢包裡當時也有十個錢幣，所以

1、Q的確是真的。而

2、小明也相信Q，且

3、小明相信Q是經過證成的。

此時，按照西方以往對知識的看法，Q對小明而言，就是已經證成的真信念，即為知識。但實際上在小明的心中，那個會得到工作的人是小華，而不是小明，而且小明也不知道當時自己口袋裡也有十個錢幣，那麼Q會得到這份工作的人錢包裡有十個錢幣，這句話真的是小明擁有的知識嗎？這位同學。」聽起來又有一個前面的倒楣鬼被點到了。

「我……，不太確定耶。」妳從回答的聲音之中聽出些許的徬徨。

「嗯，不太確定。」講課者發出意味深長的一個聲音，「很好的答案，因為西方的哲學家們也不太確定。究竟已證成的真信念是不是足夠做為知識呢？以前他們覺得沒問題，可是現在Gettier的例子，卻在直覺上告訴大家說這裡面充滿了疑慮。」講課者在此稍稍停頓，然後繼續，「而這也為西方長期以來以為知識是經過證成的真信念這件事帶來了衝擊。」

很有趣不是嗎？所以妳也對先前竟然會睡著感到奇怪。妳是那種會對各種知識和世界的模樣感到有興趣的人啊。當然，高三教這種東西真的有點怪沒錯。不過妳們在學測與申請推甄之後都已經確定了大學落腳處，所以學校就額外開了一些課程給這些不再指考的人。裡面的課程內容各式各樣，什麼都有，妳還聽說有一些女孩跑去學寫程式了。但其實，怎樣都好，尤其是在之前課綱爭議後，多個擴展眼界而不受限於教科書的可能總是好事。

「以上講的是Gettier problem的其中一個例子。有沒有人想告訴我對這個例子的心得。」講課者的目光開始游移，妳見狀趕緊低下頭來，避免眼神接觸。然後抓準時機偷瞄一下，對，就是現在，妳頭仍低著，眉頭一揚，視線向上飄動：講課者的目光直盯盯的望向妳……的隔壁。「就是妳了，同學，雖然妳看起來很想低調，但我還是忍不住想叫妳。」好吧，看來傾施即使坐到最後一排仍然耀眼無比。妳轉過頭去，只見傾施用一種神奇的方式講完一串話，彷彿不想要其他人理解過來的模樣。

「這代表某個信念真正成真的原因和這個信念被證成的方式可能是不一樣的。只要遵循類似Gettier problem的模式，我們可以造出非常多，本身是真信念卻又由不同的巧合而證成的例子。而這樣的例子是否能算得上知識就是個大問題。但當我們回過頭要審視被證成的方式是否是事物真正成真的理由時，卻得到了一個更大的問題，那就是我們要如何確定事物真正成真的理由？」

「很好，很好，」妳看著講課者的表情從有點疑惑到轉變成帶著笑意，「這是一種有趣的角度，但看樣子似乎我們的其他同學還不太了解，這位同學是不是能再說一次呢？」

妳望向傾施，她現在一手伸出食指比著噤聲的手勢，另一手搖晃拒絕。好吧，現在才覺得說太多了吧。

幸虧講課者對她這種特異行為領情，「看樣子我們這位同學又想起來要低調了」，她隨後走回講台，「沒關係，那就由我來繼續講Gettier problem的意涵……

◎ ◎ ◎

經過一天的路程，你和小汪終於回到沼澤區。放眼望去，長年難消的水域以及貧瘠的大地充斥各種鮮豔的顏色。雖然如此，所有人都知道這是汙染，是早在人類復甦之前就已經存在，前人所遺留的。除了這些繽紛的區域外，顏色較淺的陸地有一群一群的房子，說是房子其實不過是居民靠撿拾而來的東西隨意拼湊成的。這些矮小但不規則排列的建築保留了一望無際的天空，搭配地上的色彩，乍看之下很迷人，但多數時候還是不討喜居多，尤其是對你們生活在這裡的人來說。汙染遍布，房屋簡陋，作物難以生長，一片荒涼，想到了因此而來的麻煩就不會再有心情去欣賞景色。至於城區的人，他們多半不會到這裡來，也沒有心思去認識或者有資源來介入這種地方。

不過，這就是如你這樣的領路人派上用場的時候。如果城區的人想要到沼澤區找什麼，或者，有時候沼澤區的人想到城區找什麼卻不熟悉，他們就可以找個領路人幫他們帶路。領路人長年往來城裡和沼澤，而且對地理的記憶夠強，能夠把客戶帶到想到達的地點。如果當事人不想親自移動，領路人也可以當跑腿代辦些事。有的時候，客戶給的條件更模糊，像是只知道要完成什麼，卻不知道有這種能力的人或事物是否存在，或者存在何處。這就是看出一個領路人優劣的時候了。一個好的領路人知道哪裡有著什麼人和什麼東西，就算客戶不清楚也能指出方法或其他替代方案。這也是你目前還在努力的方向。當然，好的領路人不只如此，還有一些其他條件，像旅程上的愉快氛圍之類，想到這裡，你不禁看向腳邊那總是很開心的狗，嗯，這點你倒是沒問題。

「我們又回來了，」你對著那隻狗兒說，「也許總有一天，等我賺夠了錢，我就能在城區裡買一棟房子。到時候我們就不用再回來這裡了。」小汪呆呆地看著你，尾巴搖啊搖的。不知道牠到底聽不聽得懂你在說什麼。

然後，一個聲音打破你的思緒。

「先生，你也複製了啊。」一個大約三四十歲，但面容與皮膚都相對衰老的男子對著你說。「是抽籤抽到的嗎？」

「是的。」你一邊繼續你的路程，一邊回答。

「可以告訴我你現在感覺怎麼樣嗎？」這個男子持續跟著你。「有沒有哪裡感覺怪怪的？身體不適應，或者是頭痛之類的？」

「呃，其實我感覺不出哪裡和先前不同。」覺得這位男子似乎有意深談，你本著以往和善對人的風格，停下腳步，轉過身來與他說話。

「都沒有。」男子似乎有點驚訝。「即便是像先生你這種普體模組都沒有？」

「至少我是沒有的，」你摸摸小汪的頭，「我有聽說一些和既定模組差比較多身高體重的人需要適應一陣子。不過大體而言，似乎沒有什麼大問題。」

「真的嗎？」男子的眼裡閃過一絲的光芒，然後稍稍低下頭。「因為我也在考慮到底是不是要做。一直吃藥總不是辦法，但是你知道，有一些人說複製自己並不好。」

「我的確也有聽過一些說法。但我現在就在你面前，至少我還挺滿意的就是了。」你伸平雙手展示自身，「至於是不是真的要做，我想那終究還是得先生你自己考量。」

「我知道了。」男子向你點頭致謝，還點了不只一個。「不耽誤先生你了。」

你微微點了頭回禮，繼續你的路程。

一路上，景物的部分一成不變，而人的部分，嗯，也是一成不變。一部分的人就像你剛才看到的男士一樣，外表比實際年齡還要衰老一些，憔悴的面容搭配不健康的身體。這都是長年在沼澤區生活，沾染了汙染所致。如果不吃一種由明日藥廠賣的藥，會死得更快。另一種人，數量稀少許多，而且絕大多數都與你長得一樣，這些是使用普體模組的複製人。在複製之前，這些人其實與上一種人無異，只是他們有機會把頭腦轉移到複製出的軀體上，讓身體的汙染淨空。可惜的是，這種複製人的壽命通常不超過二十年太多，所以城區幾乎沒人使用這種技術，只有原本就依賴藥物的沼澤區居民會用這種方式來延長身體年限。但在價格上來說，據說是因為複製人技術發明人名靖博士無償授權的原因，二十年再換一次軀體會遠比二十年都準時吃藥來得便宜許多。這樣的價格對一個沼澤區居民來說也比較負擔得起，因此近年來，越來越多人採用這種方式，也越來越多人都長得一樣。

而即使這樣，你倒不擔心小汪因此錯認了你。因為早在你複製之前，小汪就已經到達人我不分的境界了。就像現在一樣。

「小汪又來找我了。」巷口的小陳嘴裡講得好像不願意，但其實被小汪飛撲的時候還是一副開懷樣。而看到他，就代表你的住處不遠了。

「你到底都餵牠吃什麼，牠怎麼長得這麼好啊？」一個女性的聲音這麼說，你一看，小陳家裡探出一個頭來。是小羅，小陳他老婆。「啊，等一下等一下，我去叫女兒出來看小汪。」小羅說完就咚隆咚隆地跑不見了。只剩屋裡傳來的聲音，「我們小小陳出來前先不要走喔。」

好吧，看來你得先在這待一陣子了。

「這次你又去哪裡了？」小陳總是喜歡聊天。

「進城收取報酬了。」

「你不管做什麼都帶著小汪，」小陳從門口凳子站起，彎腰把小汪放下，「上次快不見會怕了吧。」

「真的，要不是你當時在街上找到然後把牠帶回家顧，牠可能會跑到隨便一戶人家裡。」你望了下四周的人戶，大多數你都知道是誰，但有些你還是感到陌生。「到時候可就沒那麼容易找了。」

「小汪很容易跟著別人跑這我知道，但如果是鄰近的家戶，聽叫聲應該可以知道在哪吧？」小陳說著，同時小羅帶著女兒從屋裡跑出來。「是叔叔。」小女孩兒先是看著你，「叔叔，」然後開始盯著小汪，期待的眼睛似乎能迸出火花。「我可以摸牠嗎？」

「可以可以，牠不會咬人的。」你笑笑地說。

「我知道。」小女孩伸出一隻手緩慢地靠近小汪的頭部。臉上帶有一點興奮，然後終於摸上了頭上的皮毛，整個嘴角開始不自覺地上揚。

「但話說回來，」小羅把你的注意力拉了回來，「我好像從來沒有聽小汪叫過啊？」

他們家的人似乎都有迅速掌握話題的本領。「你才剛到就知道我們聊到哪裡喔？」小陳說。

「當然當然，」小羅一副胸有成足的表情，「不見了要聽叫聲找嘛？我都跟上了。」

「對啊，我好像也沒有聽牠叫過。」小陳附和道，「甚至是發出一點聲音都沒聽過。」

你看了看他們兩個，有點心虛地說，「其實我也沒有聽過。」你比了個估計大小的手勢，「從牠還這麼小的時候就從沒聽過。我一直懷疑牠其實不能發出聲音。可能喉嚨或聲帶哪裡出了問題。」

你稍稍停頓之後繼續說，「這就是為什麼我把牠取名叫小汪。就是希望牠哪天可以望天長嘯，像狼對月亮那樣。」

「但這樣也挺好的，不是嗎？」小羅說，「至少不用怕吵到自己或別人。」

「說不定牠個性這麼好也跟不會叫有關係。」小陳接著說，「哪天牠如果總是挑釁別人或動物你才要擔心。」

「的確是這樣沒有錯。」你若有所思地說。

接下來有了片刻的安靜，然後又很快地被小陳打破了。

「可話說回來，你上次到底去哪裡？竟然放小汪自己在家都沒其他人照顧。」

「我去做複製了，」你展示了一下這身體，「然後一回來就發現家裡遭小偷，連小汪都不見了。」

「去做複製？」小羅的臉上閃過一絲的疑惑，「我以為你早就做完複製了。」

「沒有，我記得很清楚，當時一複製完我就回家了。」你比了比自己的腦袋，「你該不會質疑我這領路人的記憶力吧？」

「不會啦，我怎麼會懷疑你呢。」小羅這時一副三八的模樣，然後立即轉移話題，「你說遭小偷，怎麼知道是遭小偷？」

「雖然大門沒被破壞，但是家裡看起來有點不一樣，不像是我記得出門前的模樣。」

「結果有沒有什麼東西被偷啊？」

「好像少了幾件衣服，一點錢。啊，還有，」你比了比自己的耳朵，「這鑰匙耳環也不見了。」

「看起來這小偷人挺好的，」小陳打趣地說，「偷的東西沒有很多，知道要永續經營。」

「可是開門後小汪卻跑出來了。」你說。

「還好我看到了，我後來有跑回去你家看看，但敲了門沒人應，我想就算了。」小陳接著看一下她女兒，小女孩兒現在跟小汪玩得不亦樂乎，「至少這小娃有了非常快樂的好幾天。」

「在沼澤區養小孩一定很不容易。」

「養一個還勉強可以應付。」小陳說，然後和小羅對望了一下，「不過我們夫婦有想說要幫小娃兒存一筆錢，日後可以像你一樣，去弄個複製。總好過一直吃藥。」小羅接著說，「而且比較便宜。我們負擔得起。」

「可是我們也聽說名靖博士之前不是自己跑出來講不要用這技術嘛，好像有什麼疑慮的樣子。」小陳說到女兒的事情，就變得比較正經了。「你是過來人，有沒有什麼想法？」

「這件事我也是考慮了很久才決定的。」你說，「也許你們應該等她大一點的時候，再跟她討論，我覺得這種事情本人決定比較恰當。」

「這麼說也是。」小羅拍拍小陳，「老公，我們現在決定還太早了。」

「嗯，確實是太早了。」小陳附和著小羅。

然後又是片刻的沉默。這次是被小羅打破了。

「小娃兒玩得太久了，」她轉身向她女兒喊道，「小小陳喔，回來了。」

女孩轉過頭來看著她媽媽，「媽媽，我可以再玩一會兒嗎？」

「人家叔叔長途跋涉都還沒回到家，」小羅說，「以後，以後再玩。先讓叔叔回家。」

小小陳現在看向你，「叔叔我以後可以再跟小汪玩嗎？」

「當然可以。」你乾脆地回應。

「聽到了嗎，以後再玩，以後再玩。」小羅稍稍板起面孔，對小小陳說。「現在讓小汪回家吧。」

小女孩緩緩走回來。小汪的尾巴搖啊搖地跟在小女孩旁邊。

「叔叔，你要帶小汪再回來看我喔。」

「一定，一定。」你說。

「好啦好啦，我們回屋子裡去。」小羅趕緊帶她女兒離開現場，以免小小陳依依不捨。她們瞬間消失在屋裡，只剩對話迴盪著，「媽媽，什麼時候我也能養一隻小汪？」

「我們養妳都快養不起了，妳這貪吃鬼。」

目送她們離開，小陳轉回頭來，臉上帶有那種看見妻女日常，輕微但掩不住的喜悅。

「你這次回來，有接到下一次的工作了嗎？」他說。

「還沒，目前還沒有人聯絡我。」

「你們領路人總是在各種路途奔波。有沒有想過找個伴啊？」

「我常常不在家，可沒有那麼容易。」

「難說喔，下次我幫你介紹一個，搞不好她比你還更會到處跑。」

「下次吧。下次吧。」你總用這種下一次的方式推託。

「好啦好啦，不耽擱你了。你家應該還有一段路吧？」

「一點點而已。」

「下次再來啦。」小陳仍然坐著，給了你一個再見的手勢。

「下次再來。」你回應，然後帶上小汪走進巷弄裡。

你和小汪繼續前進，建築物相隔的區間開始變得越來越不規則，這遮掩了部分餘暉。隨著時間推進，巷弄間的陰影逐漸傾斜擴大。直到有些角落終於陷入完全的黑暗之中。

你抬頭從屋簷邊看看天空。遠離了城區的密集光源，現在滿天星星都變得清晰。據說前人管這些星星的排布叫做星座，雖然你都不知道哪些是哪些，這樣看著倒也頗有詩意。你繼續走著，目光開始從上方移到了腳邊。有幾個斗篷罩著的人在巷弄的暗處，還有一個穿著和這些斗篷客不同的人——這是螢火蟲成員們，以及他們的交易客戶。聽說螢火蟲這組織掌握了沼澤區的地下市場，有許多稀有珍品只能透過他們取得。只是除了有特殊需求的交易之外，你平常不與這類人接觸。這種組織總讓你感到有些害怕，而且各式傳聞從來沒少過。

想到這裡，你趕緊避開螢火蟲成員的目光，快速穿過狹窄的巷弄，終於又來到較大的空曠區域。建築物這時候分得比較開了，寬闊的街道容納得了片片月光，讓晚間地面有反射光亮的可能。小汪開始對牠所熟悉的一切展開嗅覺調查。這是你家所在的街。

你的房子位在街道的中間偏前段，現在那附近沒什麼人潮，只有一個人影佇立在那裡。你一如往常地走向自己的房子，在路程中卻逐漸察覺有些奇怪：那在你家面前的人影似乎不曾移動。它的姿態就好像站在你家正前方，盯著前面的門看似的。

你突然有些緊張，該不會是小偷回來了吧？又或者，看那人影的背影，好像也是斗篷罩著，不會是螢火蟲的人吧？可不論如何，你終究還是得回家，於是你緩慢接近，希望不要打草驚蛇。

然後小汪就衝出去了。

這毛茸茸的狗狗迅速跑到了人影的面前，抬起頭來吐著舌頭盯著那人影看。那人影低了頭看了下，伸出一隻手摸摸小汪的頭，接著轉過頭來看向大概還距離它五步的你。

一個披掛斗篷，臉上又蒙有面罩的人影，沉靜地佇立在黑夜的月光中。你想不出有比這更有威脅性的畫面了。

「我聽說你是這附近最好的領路人，」奇特的音色從人影面罩中傳出，「能帶我找到我想要的答案。」

「呃，我是個領路人沒錯。」你試圖緩和一下這恐怖的氣氛，「你要談工作嗎？也許，也許我們可以談談。」

「我這個問題的內涵恐怕不簡單，」人影冷靜地回應，「我也不要求這路程能完全解答我的問題。我只需要你帶我到這城市裡，所有你想得到，對這問題有所回應的人就可以了。」

你從語調中聽不出敵意，雖然有點缺乏情感，但你感到心中的緊張感大幅消退了。「你剛剛嚇壞我了，我還以為是什麼壞人。」

「我不是壞人。」人影直截了當地說。

「好吧，」你走向前去，不管是為了開門還是為了與人影談話，「你的問題是什麼？」

就在你走到距離它兩步的時候，人影的斗篷突然動了一下，不是那種風吹拂的動，而是一種機械式的反應。你現在看清楚了，上面的這部份不是斗篷，而是好幾塊金屬板構成的面，最上面的兩塊現在微微掀起，一旁的幾塊則有點向外擴張。

與此同時，有一隻手從人影的斗篷中伸出。這隻手在皎潔月光下映射出金屬光澤，同時緩緩地把人影的面罩拿下。

喔，你愣在原地，說不出話來。

面罩之下的臉孔是完全的金屬，仍舊看得出來是頭和臉的模樣，但沒有鼻子也沒有嘴巴。該是雙眼的位置的確有著一對眼睛，實際上卻更像是可以移動的照明燈。那眼裡的介面現在透出淡淡的紫色光芒，正直盯盯地看著你。而有著奇特音色的話語從該是嘴巴的地方發出來。

「我需要解答的問題很單純，」紫色的光芒變得強烈，奇異的聲音構成最後一句話——「我是什麼？」

◎ ◎ ◎

一早又上了三堂課，現在終於接近第四堂課的尾聲。這也意味著，放飯的時間快到了。

「還剩下一點時間，」講課者看了一下教室後面的時鐘，「我們可以來講一下圖靈測試。」

「有沒有人聽過圖靈測試的？」顯然講課者又在找尋倒楣鬼了。

「之前好像有一部電影有演到。」前排果然是積極互動的一群人。

「是的，一部讓圖靈這個人又再度聲名大噪的電影，然而在此之前，圖靈測試在電腦科學裡面就已經很出名了。原本圖靈是想用它來表達機器是否能夠思考這件事，不過到今日的重點可能變成著重在人工智慧的發展程度上面。」

妳用眼角餘光偷瞄了百襄一下，她現在正聚精會神地聽著內容。

「以下是圖靈測試的主要精神：我們現在有兩個受試者，其中一個是真人A，另一個則是機器B。接下來，我們找了一個測試者C去問這兩個受試者一堆問題，當然是透過間接的方式。不然C可能光靠肉眼就分辨出A和B的不同。」講課者稍稍做了停頓。「接下來A和B會給出那一大堆問題的回答。如果C能夠藉著這些回答分辨出A和B誰是真人誰是機器，那我們就可以說機器B沒有通過圖靈測試；反之，如果C沒辦法藉此分辨出A和B，那麼我們就說機器B通過了圖靈測試。」

妳開始覺得這課又有點有趣了，同時側過頭看了傾施一下，這大美女現在在看她自己的不知道什麼東西，但隨即瞄到妳在看她，於是便轉過頭來做出一副鬼臉。

「這是圖靈測試最初淺的形式，持著相同的精神，可以有更多的變形。」妳注意到第一排許多人現在聽得非常投入。而講課者也是如此，「例如受試者和測試者可以非常多，到最後是否能夠分辨有可能採取統計上是否通過檢定的方式；又或者，當機器人的形體非常像人的時候，甚至可以不用透過間接的方式，而是雙方直接互動。當然，如果這時候還難以辨別，那這種形式的機器人外在上來說將幾乎與人無異……」

講課者停頓在這裡，因為下課鐘聲開始響起。

「停在這裡有點可惜，不過，我挺喜歡吊妳們胃口的。因此現在只好……，下堂課再見囉。」講課者隨意做了個收尾，接著很有可能是因為對午餐的渴望，她火速地離開了眾人的視線。

隨後，眾人下課，有些同學去把午餐帶回教室裡。妳們去領取自己的那份，並帶回自己座位。

「妳們有在聽剛剛上課在上什麼嗎？」百襄把她的午餐端著，轉向妳們。

「有啊，」就在妳正要回答的時候，傾施先說話了。「圖靈測試嘛。」

「妳不是在看妳桌上的東西嗎？」妳問道。

「是的，」傾施把桌上的報紙拿起來，展示裡面的內容，睜大眼睛好像在說什麼大事一樣，「以巴衝突進一步擴大，」她繼續指到下一條內容，「勞動檢查有九成企業不合格。」

「我覺得我們還是回到圖靈測試好了。」妳在傾施進一步又說一大堆之前趕緊轉移主題。

「對啊，」百襄搭話，「我覺得剛剛的東西挺有趣的。機器和人的區別。」

「那妳們覺得通過圖靈測試的人工智慧真的有可能會思考，甚至有意識或靈魂嗎？」妳問。

「我是有聽過一種說法啦，」百襄繼續說，「叫做中文房間。」

「就是啊，假設有一個只會講英文，不會講中文的人，阿宏，在一個房間裡。」妳聽百襄說著，同時瞥見傾施的臉上有一絲詭異的笑容。「這個房間裡面有一本英文寫的手冊，內容是遇到各種送進來的中文問題時，要怎麼用中文回答。然後房間外面會一直送各種用中文寫的問題進來。當這些問題被送進來之後，阿宏就會按照手冊去做出正確的中文版回答送出去。」百襄講得手舞足蹈，「那這時候對外界的人來說，他們會覺得房間裡的人會中文，可是其實這個阿宏只會說英文。他只是照著那本手冊去做出中文回答而已。」

「為什麼一個叫阿宏這種名字的人會只講英文不講中文呢？」傾施還保有剛剛的笑意，用一副煞有其事的模樣說，「妳知道這讓我想到午餐裡面有附香蕉。」

「唉呦，這只是個比喻嘛。」百襄則是以比較輕鬆的語調回應傾施。老實說，你覺得百襄這種稍微撒嬌的樣子非常可愛。「這阿宏就是指電腦裡面的東西啦。這個中文房間的背後意思就是，電腦就像中文房間一樣，可以輸入輸出讓人們以為是真人的回答，但它自身卻可以根本不理解這一切當中的意義。」

「所以妳相信這套說法嗎，就是人工智慧其實不能理解或者具備心靈這樣？」妳問。

「我覺得好像就是那麼回事。」百襄說。「那傾施妳覺得呢？」

「關鍵也許不是人工智慧到底有沒有心靈，而是我們到底能不能分辨人工智慧有沒有心靈。」

「怎麼說。」妳應聲。

「就像圖靈測試一樣，我覺得圖靈測試帶給我的意涵是另一種東西，就是我們不能分辨超越我們分辨能力的東西。當一個東西到達這種境界的時候，關鍵就不再是真相如何，因為它已經超越人類所能界定的範圍。也許認知到這種情況之後，事物就不會只有真與假兩種值，而是具有三種型態，真，假，以及超越人類能力。如果事物超越了人類辨別的能力，那這時候我們就只能，嗯，套句胡賽爾的說法，把它放入括弧中。」

「喔。」妳繼續應聲，但腦袋開始逐步消化傾施所講的東西。

「就像這世界的真實性一樣，」傾施這時候突然表現一副充滿禪意的模樣，「這現實世界是真是假就像是一個超大型的圖靈測試。到底我們所處的現實是虛擬環境？還是惡魔在騙我們呢？這時候如果妳接受事物有超越人類能力這種真值的話，那麼這些都不再重要，因為這已經超越人類能夠懷疑的範圍了。」

呃，這聽起來有點道理，卻又很像是胡謅。妳不知道到底該不該認同這種說法。

「而當世界超越了人類懷疑能力的時候，對我們來說，現在所剩下唯一真實的，」不過傾施沒有停下來等待妳們的認同，她繼續說下去，同時，她漂亮的眉目開始湧現一種無比堅毅的神情，就好像接下來要講的是宇宙中最重要的事一樣。

「就是我手裡的便當。」她說，同時夾起一塊排骨，雙眼如情人般緊盯，「看，這排骨多麼真實。」

好吧，好吧。這就是傾施常見的伎倆，而妳又被她給拐了。「我就知道會這樣。」百襄也帶著一種好氣又好笑的表情說著。

這午餐就在如此的吵鬧之中結束。

同時通過兩個狹縫

上帝不只會擲骰子。它有時候還把我們搞糊塗了，因為它把骰子丟到看不見的地方去了。

——霍金

和煦陽光透過建築的縫隙照進來。經過昨日奔波之後，你真是睡了個好覺。尤其是還有生物暖爐小汪在旁邊。你小心翼翼爬起身，怕驚動了還在瞇一下的狗狗。

你的家實際上只是一個小房間，隨意鋪成的墊子就是你和小汪的床，除此之外，一個小桌子，上面放了一個淨水壺和幾塊備用的綠餅，以及，嗯，一個機器人。昨天的，眼睛發著紫光的那一個。

「沒關係，你慢慢來。普體先生。」機器人低沉的聲音如此說，「等你準備好了我們再來談。」

但你怎麼會放著一個客戶這樣等你呢？你決定要匆匆完成簡單梳洗就來談。

「不，你真的不用急，」機器人的眼裡又閃過了微弱的紫光，「正如我所說，我是一個機器人，不需要用人類之間的禮儀測度我。我可以等待很久也不失去耐性。」

好吧，它都這麼說了。你把節奏慢了下來。事實上，似乎比平常更慢一些，事情也做得更仔細一些。也許是你潛意識裡想測試這機器人是否真的如此有耐性。

你步出門外，打開外面的水龍頭，帶著淡淡顏色的水從裡面流出。沒辦法，這就是沼澤區裡的水。最好的大型淨水器也是老舊的型號，壓根就處理不乾淨那些受汙染的水，最多只能處理到現在這樣，看起來不會有立即危險的型態。

你捧起一些水，沖洗了臉，順便還漱漱口。然後回到房間，拿出一個特殊淨水壺。這淨水壺可以把水處理到外觀看不出顏色，是你先前一個客戶送你的。據他所說這仍是實驗的原型品，可你還是很慶幸他送你這個。你才不在乎是不是實驗原型品呢，畢竟沼澤區裡的其他人連這都沒有。

你開始把特殊淨水壺昨天處理好的水，倒到一個大鍋和一個罐子裡，同時把剩下一點水喝掉。過程中，你小心翼翼不要溢出任何一點。這個壺最大的缺點就是需要半天的時間才能處理好一批水。所以眼前這些水是要給你和小汪撐半天的，得謹慎使用，如果沒了，就得喝那種有顏色的水了。

想到這裡，你趕緊把空了的淨水壺拿出去接滿水龍頭的水，為下半天做準備。接著，你回到屋裡，把那個裝淨水的大鍋放到桌腳旁邊，好讓小汪可以喝。然後你起身，拿起桌上的綠餅。這是一種綠到一看就知道是藻類做出來的餅，當然不怎麼可口，但是非常便宜。根據發售的公司的說法，它能夠提供人類所需的所有營養。用更簡單的方法來說，就是這是專門為沼澤區窮人發行的。這裡甚至還有綠餅販賣機。當然，其實你也聽過一種說法，那就是綠餅其實可以做得夠好吃，但是這樣會衝擊到其他食品產業，所以最終定案就是這種不可口的版本。幸好小汪也吃得下綠餅，否則你需要花費的成本就得大大提高了。

你緩慢地啃著綠餅，一邊偷偷瞄那端坐等待的機器人。它幾乎沒有任何反應，你有點懷疑它是不是關機了。但你感覺得出來，它如同自己表述的一樣，不是壞人。甚至像傳說一般，現行世界存在的機器人幾乎都頗為高貴。就好比昨天它表明來意之後，察覺到你一天奔波，便請你先回家，說等你睡一覺後再談。而它就端坐在那裡等待。至於你，一定是太累了，所以昨晚就這麼睡著了。

你一邊想著，這時候小汪醒過來了。你聽說狗通常會比主人早起，不過這傢伙是個例外，牠有時候會少根筋，所以做的事情不能用一般狗的標準來看。這狗兒現在跑到你的身邊，你注意到機器人的眼睛方才好像閃過了一絲光芒。你把那鍋水移向小汪，牠粗魯地喝起來。

「慢一點，慢一點，」你把手邊的綠餅撕下一塊，「打翻了就不好了。」

當然，小汪不理會你的言語，繼續牠的狂飲，直到好像稍微喝夠了才停下來。

你趁這個機會又咬下一口綠餅。然後在你嘴裡還充滿東西，來不及說話的時候，小汪搖著尾巴去找機器人了。那機器人的雙眼現在變成一種和煦的橘色淡光，不是之前閃過的那種紫色冷豔光芒。它伸出了一隻手，開始和小汪「握手」。你望著這樣的反應，腦海中突然浮現出一個概念。

「圖靈測試，」你脫口而出，「你有做過圖靈測試嗎？」

機器人的眼睛仍然是同樣的橘色，它舉起小汪的前腳，「我想現在也可以算是了。」

「我曾聽說圖靈測試可以辨識一個機器人的心靈程度。」你說。

「我很久以前就曾經讓很多人以為我是一般人類，普體先生，」機器人放下了小汪的腳，你注意到它的手現在看起來有點不一樣。「但我不認為這可以解決我的問題。因為僅僅通過圖靈測試不能說明人工智慧就是具有心靈的。」它看著你，眼睛的顏色轉變回紫色，「這就是我來找你的原因。我聽說這座城市有著更多對靈魂或意識的資訊。」

「那你的確來對地方了，」不知道為什麼，和這機器人相處，你似乎放下了那需要注意禮儀的姿態。你吞下另一小片綠餅。「這城市的確有這方面的東西。我知道一些地方可能有這樣的資訊。」

機器人的眼睛有一瞬轉為淡淡的白光，「所以你準備好談工作了嗎？」然後又變回紫色，「如果不行我可以再等待。」

你這才意識到先前真的拖了不少時間，「可以了，可以了，」小汪這時侯漫步走回你身邊，「你不介意我一邊吃一邊談吧？」

「事實上，如果認真來說，」機器人看著你，「我幾乎不介意任何的事。」

這倒讓你突然有點羞愧了，因為在這個時代，坦白說，機器人的地位挺崇高的。當然，從來不曾聽過有機器人自認自身崇高。不過就目前的習氣來說，機器人確實比一般人類還要尊貴。

可同時，你在這機器人面前又有種非常放鬆的感覺。因為它就像真的不在意那些無謂的人類眉角，你感覺這時候如果再堅持用人類的方式和它互動，反倒顯得見外了。而且其實你也不想累人地維持那種社交型態。因此你當下決定，之後都用放鬆的心態面對這機器人。對，就像現在你邊說話邊餵小汪綠餅一樣。

「我目前初步想到有兩個地方可以去，都位在城區。」小汪把綠餅囫圇吞下。「一個是見多識廣的學者，怡君女士；一個是複製人技術的發明人，名靖博士。」

「我們可以都去，」機器人說著，「一個機器人有的是時間。至於你的時間，我會給你足夠的報酬的。事成之後，我可以給你十顆藥丸。如果路程過長，可以再加。」

十顆藥丸，真不是開玩笑的，不愧是機器人。畢竟藥丸在沼澤區就像貴金屬一樣昂貴，這種報酬你目前還沒遇到過。

「而且為了避免你在路途期間彈盡援絕，我可以先付三顆。普體先生。」

「但名靖博士這幾年有點行蹤不明，我不確定能夠找到他。」

「沒有關係，你帶我去可能的地方，至於能不能得到答案是我自己的問題。」

「好，」你早已決定不跟它客氣，「但我一向有個條件。」

「請說。」

「我必須要帶著小汪，」你餵了另一片綠餅給小汪，「也就是這隻狗，一路同行。」

「我不介意。」

「那你打算什麼時候上路？」

「隨時皆可，照你的節奏。」

「好，那待我準備一下，我們就出發。」

「我把這視為我們的工作已經敲定。」機器人站起，眼睛轉為藍色的光芒，向你伸出一隻手，你一握上，才知道為什麼你剛剛感覺它的手不一樣。這現在是一隻柔軟而且有溫度的手，難怪小汪被摸的時候也不反應奇怪。好吧，其實就算是冰冷的金屬，你也不確定小汪究竟會不會就覺得怪。

「希望我們合作愉快。你可以叫我『機器人』。」機器人的眼睛現在轉回白色。「我喜歡人們就只叫我『機器人』。」機器人邊說邊回到原來的位子端坐。

「如果你喜歡，那我就這麼叫。」但是說到名稱，「那為什麼你總叫我普體先生啊？」

「你使用的是普體模組，使用這樣模組的人正是普體先生。我只是藉此表達我的尊敬之意。」你注意到機器人頭上的金屬斗篷罩子稍稍抬高了一下。

普體先生，好像不錯不是嗎？「好，那就叫我普體先生吧。」

之後，你和小汪完成了今天的早餐。你出門去把那三顆藥丸換成一大堆錢幣。反正你現在已經複製了，暫時不需要藥丸。不過由於這些藥丸的價值過多，你最終是和螢火蟲的人交易才有足夠的現錢來交換。然後你到販賣機買了好幾天份的綠餅裝進盒子帶在身上，接著把水瓶裝滿水，打點好剩下一些事情後，你們便出發了。一人一狗一機器人，再度向著城區前進。

◎ ◎ ◎

「我們先前已經提過，事物在微觀層級的時候，會有很多和巨觀時不一樣的性質。」終於又到星期五了。但妳有預感今天的課程可能不輕鬆。「其中一個特性是，事物開始展現某種程度的機率性。」

「就拿妳們熟悉的雙狹縫實驗來說，妳們所看過的干涉圖形應該都是好幾條條紋的這種吧。」講課者接到下一張投影片，是一個學過高中物理都會很熟悉的圖形，「但這實際上是很多電子打在屏幕上堆積而成的圖案。妳們有沒有想過，如果我們一次只用一顆電子，那它會打在哪裡呢？」

呃，好像真的沒想過。

「結論是，幾乎哪裡都有可能。我們接續著打了其他的電子，它們每一個坐落的位置就像隨機的。但是，當我們打了很多很多個電子之後一看，額，最終的模樣就變成妳們熟悉的條紋。事實上，這就是一種機率的概念。」

「那妳們會覺得說，物質應該是固定的啊，怎麼會是一個機率呢。所以我們可以嘗試去追蹤每一個電子的行蹤。看看它到底是不是機率。」妳開始把主要精神放在課堂上，「假設今天我們有著雙狹縫，狹縫

A以及狹縫B。我們在狹縫A的後面放了一個觀測器。每次有電子通過狹縫A的時候，觀測器就會記錄下來。當然，電子還是可以繼續通過的，這樣我們就可以知道單次射出的電子是從哪個狹縫通過。猜猜看，這時候我們得到的圖案是什麼。」

「兩個單縫的簡單相加。」前面有個聲音這麼說。

「的確，是兩個單縫的簡單相加。」講課者的下一張投影片的確就是兩個單縫的簡單相加，在這裡顯現出來的是，表面上看來有兩個單一峰值的圖形，「但是觀測器並沒有阻止電子啊，電子的干涉狀況怎麼不見了呢？這就得講到更廣泛的，機率這件事的性質。」

「妳們數學課都有學過機率。假設今天我們來擲銅板。正面反面的機率是百分之五十。但是一個已經擲完呈現正面的銅板呢？正面的機率是百分之百，反面是百分之零。這時候它的機率其實是『塌縮』了，而這種機率的『塌縮』也展現在量子現象上。」

「可是，量子世界的銅板是什麼時候被擲出的呢？我們再回頭看剛剛的狹縫A、B。在干涉條紋和兩個單縫簡單相加之間有什麼不同呢？是我們的介入。換句話說，是測量讓機率塌縮了。在我們測量之前，粒子們是以機率的模式呈現出來的。量子現象的重點就是，這個時候事物的真實狀態可能就是如此，不是實際上在哪卻測不到，而是它就是以有多少機率在哪些地方出現的形式存在。更神奇的是，這些不同的機率甚至不是彼此互斥的，而是同時存在，可以交互作用的。聽起來很玄對不對，我知道第一次聽到的人常常會覺得難以置信，畢竟這和我們古典世界的樣貌差距太大了。然而正是這種粒子本身是機率形式，並且容許與整個雙狹縫交流的情況下，單個電子通過雙狹縫才能自身展現干涉效應。反過來說，如果我們直接在狹縫後面觀察，我們就會看到粒子實實在在地通過了哪一道狹縫。可同時，我們的觀察也讓這粒子去掉了與整個雙狹縫資訊交流的可能，因為它現在明確地只能在兩個當中選擇其一，所以也就顯現不出干涉條紋，而是呈現出通過單縫的模樣了。」

「在這邊值得注意的是，我們口中所謂的測量，」講課者這時候停頓了一下，「我個人比較喜歡用資訊的角度來看。」

「也就是說，只要電子是否通過狹縫A這個資訊被我們知道了，那就是被測量了。這當中不見得需要直接觀測對應的那顆電子。舉個例子好了，假設我們今天有一個粒子衰變成兩個朝相反方向移動的粒子對，C和D。其中，粒子C飛向一組雙狹縫和後面的屏幕。這時候，我們可以在另一頭測量粒子D的方向。由於C和D的方向是相反的，所以理論上我們知道粒子D的方向後，就能知道C的方向並進一步知道C通過的是哪一個狹縫。我們甚至可以在粒子C已經飛過雙狹縫之後，才去捕捉D的方向。當然此時粒子C還不能飛到它所對應的屏幕。否則它的資訊就先塌縮了。」

「接下來神奇的事情發生了，當我們知道D的方向時，這時候我們也得到粒子C的資訊了，所以就算粒子C在本身未經測量的情況下飛過了雙狹縫，但由於它的機率仍是在中途被我們觀測的行為塌縮，因此如果有很多類似的粒子對持續地打，那在屏幕上最終呈現的仍是兩個單縫的簡單相加。因為它和兩個狹縫交流的資訊，在我們得知D方向時被抽掉了。」

「至於測量中間實際上到底發生了什麼事，各種理論與詮釋就出來了。有的說既然預測機率都很對，那實際上發生什麼就不重要，我們只需要計算就可以了。也有比較誇張的說，量子層級許多神奇的現象其實與意識有關，就好比事物竟然是以機率存在，然後測量導致塌縮，是因為剛好意識在測量的時候介入的關係。當然，我個人並不傾向這種帶有神祕色彩的說法。正如我剛才所說，我更喜歡視這些理論為資訊相關的說法。」講課者這麼說。

下課的鐘聲響起，妳深深地鬆了一口氣。

「以上只是較初淺的介紹，有點跳躍。沒關係，後面幾堂課我會講更詳細的東西，還會補充一些歷史脈絡來讓妳們理解。」講課者以此作為下課結語。

好吧，感覺今天真的得要耗費許多精神了。

◎ ◎ ◎

經過半天的時間，你們進入了城區。傍晚的城區和沼澤區不一樣，喧囂十足。人們的交談聲和有些還在運作的工廠交織成曲。各式燈光也充斥街道，宣揚這裡的生氣，同時也令星空失色。而雖然這裡有著光害和吵雜，但相較於沼澤區，你還是比較喜歡城區。這裡讓你有一種喧囂深處總是家的感覺。另外，順著沼澤區進城的方向看過去，還能看到內城的高樓群。你一直都很喜歡看那些高樓，不管是在城區還是沼澤。你覺得這些高樓給像你這樣的人，一種生活仍有希望可以追尋的意象。

「我們先往北走，」你對一旁的機器人說，「先去拜訪怡君女士。」

「如你所願。普體先生。」機器人的眼睛沒有顏色，此外，在路程中它又帶起了面罩。

「我們剛剛講到哪裡了？」你一邊走一邊繼續方才的話題，「喔，對，你們機器人真的如傳聞中所說，比人類還要先甦醒嗎？」

「的確是這樣的。」它的「斗篷」上端又動了一下，你現在開始明白那其實不是斗篷，而是用作表示它的眉毛。

「所以大概的情形是怎麼樣？」你問，「我只聽說了機器人幫助人類復甦這樣的傳聞。」

「我不會認為我們真的那麼重要。」機器人的眼睛微微閃過一絲紫光。「至於大概的情形，你是想要長的版本，還是短的版本呢？」

「先講短的版本好了。」你說。

「那好，先是短的版本。普體先生。」機器人眼中的光黯淡了一點，「大約在兩百多年前，我們這幾批機器人開始醒過來。正確來說是，第一次啟動。」

「在啟動之後，我們開始尋找人類，」機器人繼續說，「因為我們都有個類似的合約，要服務人類兩百年。當然，不是像奴隸服從命令的那種形式。實際上，這合約只規定了一個非常粗淺的主要動機，即這兩百年我們將用自己的方式為人類服務。可當我們醒來後，發現大地一片狼藉，汙染遍布這個星球，而且一個人類也沒有。」

「你說兩百多年前，然後合約是兩百年。這不就代表機器人現在都已經完成合約了？」

「不完全是，最早的一批機器人大約在三十年前開始完成合約。但後面仍然有幾批機器人，所以還有部分的機器人在合約期限內。」現在它的眼睛再度沒有光芒，就像它之前一路上一樣。加上那面罩，也許它是想要保持低調。讓人們不知道這裡有個機器人。

「那你呢？」你看著機器人問了一下。

「完成了。普體先生。」

「那你們完成合約之後要做什麼？」你問。

「什麼都可以。就像我現在要追尋『我是什麼』這個問題一樣。」

「這樣到最後不會機器人過剩嗎？」

「我不清楚前人到底是怎麼做的。不過沒有其他的指令或資料有相關訊息。所以我想，我們就將像你們一樣，遊走於這個世間。」機器人看了你一下，「說到前人，這個名稱是存在於我們腦裡的形象。想必是有人造出我們來，所以我們便管他們叫前人。連帶地，後續人類也跟著我們這樣叫。」

「所以你們也沒真的見過前人？」

「的確是這樣。普體先生。在我們甦醒卻找不到人之後，我們曾經尋找過相關訊息，但卻找不到，就好像整個種族突然不見了一樣。而遺留下來的資訊設備，那些書籍，那些電腦資料，都不夠完全，我們只能盡量蒐集。也是在這樣的蒐集過程中，我們發現了你們，被冷凍在一個地下設施裡，滿滿的胚胎，等待有一天解凍長大。」

「所以你們就把這些胚胎解凍並且培養成長，最後就變成我們的祖先？」

「你的推論很正確。而我們服務人類的動機讓我們把所具有的知識都用以幫助這些人。因此即使星球上的環境惡劣，但在前人遺留的設施幫助下，人們最終建立起了分散各地的城市——通常是那些有足夠淨水設備以及電力系統的地方。」

「這就是傳聞中的機器人幫助人類復甦。」你說，「聽起來你們起了很重要的一環。可是，你卻不認為你們這麼重要。」

「是的。」機器人的眉毛垂了下來，「看看你們現在所處的境地。我們不確定，當初把你們解凍出來，是正確的決定，或者只是增添你們更多的苦難。」

「但我們現在是『活著』不是嗎？」你說，「如果你們沒這麼做，那我們現在還在那冷凍庫裡。」

「這是多數人類的觀點，」一點紫光閃過機器人眼裡，「機器人們不是那麼注重『活著』這件事。」

「哦。」你回應道。正當你想要再多問什麼的時候，你看到轉角處一個高聳而顯眼的大螢幕。城區有一些地方有這種大螢幕，放映一些新聞、節目或廣告之類的。

「我們快要到了，」你說，「那個轉角過去再一段路就到怡君女士家。」

「我明白了。普體先生。」

你們越過那大螢幕，小汪則走在你們前面，繼續嗅覺調查。牠走著走著就過頭了，之後發現你們停留在後面，於是又跑回你的腳步旁，隨你們一同看著前方那一棟有煙囪的房子。這房子漆上了飽滿的橘色，上面還畫有一些童趣的圖像。搭配內部散發出來的光亮，給人一種溫暖的感覺。

「這裡就是怡君女士家了。」你說。

「我們該如何打招呼？」機器人現在關掉眼睛的燈光，眉毛歸位，呈現一種神祕人你朋友的感覺。

「我聽說她是一個和藹的人，」你走上門前，「所以我想，我們直接按門鈴就可以了。」

你按下門鈴。機器人在等待的同時把小汪抱在懷中。

房內傳來緩緩的腳步聲，越來越靠近門口。然後裡面的人慢慢地打開門。

一個拿著拐杖的老先生站在門口，用溫和的語調問，「你們找誰啊？」

「我們來找怡君女士。」你向老先生深深地點了頭。「我是個領路人，帶一位朋友來請教怡君女士一點事情。」你比著機器人，它現在正向老先生致意。

「你們不是壞人吧？」老先生語調幽默地問，帶著一副故作懷疑的表情。

「不是的。不是的。」

接著老先生維持著同樣的表情和語調，用拿著拐杖的手指向小汪。「而那不是壞狗狗吧？」

「也不是。」你回答道。

「那麼，進屋子裡來談吧。」老先生把門推得更開，然後走進了屋內，你們跟隨其後。過程中，你注意到他其實不那麼依賴拐杖。隨後，你們進到屋內，殿後的機器人輕輕闔上門扉。

你環視屋內。在你們的右手邊是個會客用的長桌子，左邊有一道通往二樓的階梯，最後面則是看起來像廚房的東西。老先生比了一下長桌子旁的椅子，「你們先坐一下，我去叫阿君。」隨即對著二樓喊道，「阿君喔，阿君喔，有客人來囉。」

你們坐下來。在較低平面的視角裡，你注意到屋子內有許多不像是這城市裡會有，很可能是來自其他城市的東西。

「你們等一下，我去準備一些喝的。」老先生說著就往房子後面走去。小汪跟著搖尾巴走過去。

「呃，小汪，」你低聲道。老先生似乎聽到你的話，他側過身來對你揮揮手，「沒關係的。」。於是你便放任小汪跟隨老先生走去。

就在你看著他們遠去的時候，一個身影從二樓走下來，是一個微胖的老太太。

「哦，有客人來找我啊。」她笑吟吟地走到桌子的另一側，然後看著你，「年輕人怎麼稱呼啊？」

「呃，你可以叫我普體先生。我是一個領路人，我帶我的朋友來想請教妳一些事情。」

「哦，」老太太還是保持著笑容，然後目光轉向機器人。她端詳了機器人一會兒，然後發出一點驚嘆聲，「喔，哦，機器人先生或女士，我們見過嗎？」

「就我所知，沒有。女士。」機器人拿下它的面罩。向老太太點頭致意。「叫我機器人就可以了。」

「啊，機器人，有趣的稱呼。」老太太說，並找了個椅子坐下。「我是怡君。你們找我有什麼事啊？」

機器人看了你一下，「是這樣的，領路人說妳有一些資訊，」接著指了自己一下，「關於這一個問題，『我是什麼』。」

老先生這時候端著一個裝有幾個杯子的盤子走過來，身後跟著小汪。他把盤子放到了桌上，同時對機器人說，「這個問題很有趣不是嗎？這是你來到這個城市的原因嗎？」

「是的，先生。」機器人回答說。

「哦，恐怕我只能提供所知道的一丁點資訊。」老太太說，「這不是一個簡單的問題，我不確定這些資訊是不是能夠滿足你。」

「沒關係，」機器人的眼睛呈現橘色的光，「我並不預設能得到完全的解答。」

「那我就放心說了。」老先生在老太太回答的時候，邊把那些盤子上的杯子分配給你們。「你們有聽過量子與意識有關的說法嗎？」

「略有所聞。」機器人一邊的眉毛略為舉高。

「有些前人的理論認為，當我們觀測一個量子層級事物的時候，是意識的介入才讓量子態塌縮的。」

老先生此時把盤子裡一個裝著食物的碗放到桌子正中央，你和小汪開始盯著食物瞧。「如果這種說法是對的話，那我們可以猜測，也許只有具備意識的東西才能夠讓量子態塌縮。」此時老太太臉上出現了一個有點深意的表情，「我想你知道我在說什麼。」

「是的，女士。」機器人的眼睛回復到紫色的光芒。

「如果你知道的話。那麼隨我來吧，我有一個東西正好與這個相關。」老太太站了起來，「一個雙狹縫實驗。我會讓你透過工具在狹縫後面觀察電子，然後我們在最後看看出來的圖形是什麼。」接著怡君女士開始把機器人引上二樓。

在他們上樓之後，樓上有一段時間沒有聲音傳來。你和小汪除了和老先生聊天之外，還趁機多吃喝點綠餅以外的東西。而對於你們驚人的食量，老先生不僅不在意，還覺得挺高興的。

然後就在你準備餵小汪第四塊餅乾的時候，一個聲音從樓上傳來。女性的，溫柔中帶點急促的。

「我看到了，干涉圖形消失了。」

◎◎◎

「接下來我們要講到的是量子糾纏的現象。這邊我只是單純比喻一下，要再深入就不是這短短的課堂能解決的了。」

妳今天睡得挺好的，即便已到了最後一堂課仍然支撐得住，剛好可以應付這種麻煩的課程。

「考慮一下我們先前所說的雙狹縫實驗，那個有一組朝相反方向飛的粒子對那個。再複習一下，們有粒子C飛向雙狹縫，和粒子D朝反方向飛。」妳開始回想前幾堂課那些不知道在講什麼的東西。

「為什麼我們觀測了粒子子D會影響粒子子C呢？其實是因為這時候粒子C和D之間發生了一種現象

叫做量子糾纏。」

「當某Ａ和某Ｂ發生量子糾纏的時候，就資訊的觀點來說，它們原本所藏有的量子態資訊現在合為一體了，因此現在它們不再能被分開來看作是Ａ和Ｂ，而只能看作某個ＡＢ混和體。就像剛剛提到的粒子Ｃ和Ｄ，我們在反方向得到粒子Ｄ資訊時，其實是得到了粒子ＣＤ的混和資訊。所以當這個資訊塌縮的時候，是整個混合資訊塌縮了，塌縮成了粒子Ｃ和粒子Ｄ的方向對應其中某一個狹縫，因此如果很多類似的粒子打完，最後屏幕上也只會形成兩個單縫的簡單相加。」

「正因為這個混和資訊是一體的，所以當我們知道粒子Ｄ的方向後，即便粒子Ｃ這時候已經在未經測量下通過它的雙狹縫，它的機率也會塌縮下來。」講課者在這裡停下來喝口水，接著繼續說。「這糾纏現象神奇之處是，不論隔多遠，它們的量子態是一併被影響的，因為它們其實是同一件事。」

「於是，事情就有趣了。想像一下，我們有兩個粒子Ｍ和Ｎ。我們把Ｎ保有在與Ｍ的糾纏型態下，讓它跑了很遠的距離。這時候我們再用另一個粒子Ｏ和Ｍ產生互動，讓Ｏ的資訊去影響ＮＭ的混和量子態，然後在Ｎ那邊對這個ＮＭ量子態做一些處理，使得Ｎ的資訊和Ｏ一樣。這時就好像我們可以透過ＮＭ的糾纏來遠距離複製出另一個Ｏ的資訊一樣。當這樣的糾纏形式可以大量製造而且保存的時候。我們就可以透過類似的方法來遠距離複製出另一樣東西，像是資訊、貨物，甚至是人，也就是所謂的傳送。」

「不過目前這一切都還是太遠了，許多技術都還不夠成熟。就算真能實際應用，也還有許多其他方面的問題，例如這個傳送的人究竟是不是當初那一個之類的。」講課者這時候微微抬頭，看了下教室後方的時鐘，「但很可惜，似乎又快到放學的時間了。所以這堂課就先講到這裡。剩下來的就等之後有機會再補充。但是在下課前，我要提醒各位一點。」

她接下來顯得有點嚴肅，「量子物理是很嚴謹的科學。儘管在其中有很多隨機性，以及遠距離同步這種不太符合古典物理直覺的東西。但這些東西都是很紮實的。隨機性的機率有很明確的數學形式，導出的結果很符合現實的情形。糾纏也是一樣，是有充分實驗結果支持的。」講課者稍稍停頓，「我之所以這麼說，是因為希望各位同學，不要像市面上許多宗教或心靈團體一樣，把量子物理拿來支撐玄幻的世界觀。那些說法實際上沒有掌握量子物理的內涵，只是濫用名詞來進行不嚴謹的推論而已，既沒有實驗結果支持，本身也毫無否證性可言。不要把科學和偽科學混為一談。然後……」

噹，噹，噹，鐘聲在此時響起。而聽到鐘聲之時，講課者臉上的嚴肅神情瞬間消失無蹤，原本想講的東西也立刻換成了接下來的話。

「下課囉，放學囉。」

隨後，所有的人們迅速收拾自己的一切。不久，妳們就已經踏在回住處的路上了。不過在回住處之前，妳們決定先找了一間店打打牙祭……。

「喔，我快餓死了。怎麼還不來。」傾施開始用筷子敲打桌面。

「妳可以先吃我的。」百襄把她面前的麵推向傾施。

「真的，妳說的喔。」傾施舉起筷子，「我要把它吃光光。」

「二十顆水餃。」服務生來得真及時。

「真是太可惜了。」傾施咧著嘴笑，把那碗麵推回去給百襄。然後用湯匙舀了一杓湯，「還是借我喝一點好了。」百襄帶有點俏皮的笑容回覆傾施。「任君取用。」

在她們閒聊的同時，妳的視線環顧四周，觀察著店裡的人們。妳注意到有一些妳們的同學也在這裡吃。除此之外，有幾個婦人在等外帶；幾個看起來像上班族的人坐在一起，臉上書寫著疲憊卻又終於放鬆的心態。還有一群穿著像業務的人邊吃邊滔滔不絕地講著。有時候妳可以體會那些業務的心情，一種一直都得談得很開心的模樣，即使不在工作的時候，也可能忘記要放下那種姿態。

嗯，觀察別人，有點奇怪對吧，不過妳就是這樣的一個人。不僅會暗地觀察周遭，妳還能夠在看到別人模樣的時候，產生一種妳就是那些人的感覺，就好像妳能直接體會別人的真實感受一樣。妳甚至覺得，有時候自己能挖掘一些連別人都不知道的內心深處，從而比當事人自己更了解他們的欲求和情感。妳不知道究竟有多少人跟妳一樣，不過妳的這種特質，套句某個老師曾經講過的話：可能是鏡像神經元特別發達。

「話說回來，妳們有沒有聽今天的課在講什麼啊？」百襄問。

「這樣問好像我們平常都不會聽課一樣。」妳做出一副蒙受不白之冤的表情。

「沒有啦，」百襄摸了一下妳的手，「只是我覺得今天的課很有趣而已。」

「喔，燙。」傾施急忙把一個咬了一口的水餃放下。

「妳吃慢點，」百襄說。

「再借我喝一下。」傾施又去百襄那舀了一匙湯。

「我也覺得今天的課挺有趣的。」妳在百襄暫時等傾施舀湯的時候說。「妳們真的相信意識和量子有關係嗎？」

「其實我有聽過一種說法啦，」百襄不管講什麼話都笑笑的，「有人說意識其實跟大腦神經細胞裡面，微管的量子活動有關。」

「但我記得之前有另外的研究說，量子資訊消散的時間遠比神經元反應的時間來得快。」妳記得曾經聽過類似說法。傾施這時候終於開始把剛剛放下的那顆水餃吃掉。

「關於這個，我有看到最近好像又有新的研究出來了，」百襄回應妳，「說量子資訊在光合作用裡可以保存更長的時間。」

「所以如果意識與量子相關，那這會不會也跟觀測導致量子態塌縮有關？」妳說。

「無——用。」傾施嘴裡含著水餃發出了怪聲。

「傾施說吃這顆水餃讓她想到莊子的無用。」妳一本正經地說。

「不用啦。」看起來傾施終於把那水餃吞下去了。

「喔，我以為妳講無用哩。」妳繼續假正經地說，「想說吃個水餃這麼有詩意。」

「量子態塌縮不見得要與意識有關啦，」傾施略帶幽默地瞪了妳一下，「目前主流傾向於測量導致塌縮不是因為意識介入。」

「這怎麼說啊。」百裹問。

「妳們剛剛和課堂上都有一直講到資訊嘛，」傾施邊說邊拿起筷子，「量子態裡面包含了資訊。當觀測發生的時候，這些資訊實際上是洩漏到了觀測器具，也就是原本系統外面的環境裡。」她開始夾起一顆水餃，「這時候可以看作是原本的系統和外在環境糾纏在一起了，它們的量子態會開始混和。但是因為外在環境的粒子數目實在太大了，因此各種粒子的量子態混和會趨近極端穩定，也就是有很大的機率長成某個模樣——我們古典世界所看到的模樣。」

傾施現在一副蓄勢待發的模樣，彷彿一講完話就要立刻生吞活剝剛夾起的那顆水餃。「所以被觀測之後，粒子已經不再能這麼隨興亂跑了，因為它的量子態被觀測系統極多的其他粒子給稀釋了。最後我們所看到的，就是要不通過A狹縫，或者要不通過B狹縫的電子，但是不會再有同時通過兩個狹縫而能夠與自身干涉的電子了，就好像它的行為變回古典一樣。而要達成這樣，只要觀測系統相對於被觀測的粒子夠龐大且交流夠深就足夠，並不需要意識的介入。這個叫做量子退相干，暫時是目前的主流。妳們先前討論生物體內資訊消散的時間，其實也和退相干有關。」她一說完，那顆水餃就瞬間消失在妳視線裡。

「這樣似乎挺合理的。」百裹若有所思地說。「滿合乎直覺的。」

「是這樣沒錯，」妳說，「不過這樣好像也讓以往那些讓人津津樂道的量子故事黯淡下來。」

妳低下頭來吃了一口自己的乾麵，百裹也吃了一下她的東西。接著那一桌業務們發出一聲歡呼聲。聽到這種他們的聲音，妳似乎也能感受到喜悅。希望他們都能像今天如此歡樂。

「不會啊，」傾施似乎很快地解決了那顆水餃。「我覺得退相干也很有故事性，它昭示了偉大的科學精神。」

妳咬斷那一口麵，看到了傾施那故作正經的表情，突然不知該如何咀嚼。

「幹嘛這樣看我，」傾施回看了妳一下，「我是真的這麼想。減少預設，用更通用的解釋來達成，這種類似剃刀的概念本身就帶有科學的美感。當然，量子退相干並沒有真正解釋機率塌縮的問題，我們還是不知道為什麼某個電子被我們看到的時候，是通過狹縫A而不是狹縫B。而我們沒有去觀測的時候，它又是不是在A和B兩個極值之間跳來跳去。」

「結果繞了一大圈又回到原來的地方。」妳說。

「但這樣也挺有趣的啊。」百襄笑笑地回應妳們，「這樣搞不好這世界裡的很多東西實際上都還沒有真正的『塌縮』，還仍然處在一種量子態的形式，而且是和眾多各種不同的其他東西糾纏在一起的混和量子態。」

「是有這種可能性沒錯。不過，如果妳們覺得退相干有點掃興的話，我還可以提供一點另外的娛樂。」傾施接續說。「之前上課不是講電子位置有隨機性嗎。現在，假設有兩顆電子撞在一起並且產生交互作用了，請問這時候妳能分辨哪一顆是哪一顆嗎？」

「呃，如果是古典世界的話，我們可以算它們相撞前的運動，」百襄邊說邊想著，「但是，既然我們不知道確切位置，也不知道撞在一起時它們之間發生了什麼事。我想，也許我們不能分辨。」

「的確，」傾施這時候直接用筷子插起一顆水餃，「那妳們知道為什麼嗎？」

呃，為什麼呢？

「因為這些電子都是同一顆電子。」傾施接著用一種充滿表演性質的方式說著，「全世界，全宇宙，過去、現在與未來，各種時空裡的電子，都是同一顆電子，在不同的時間軸呈現吻。」

「妳應該又在亂講了吧？」百裏說。

「才不呢。」傾施稍稍平靜下來，「剛剛那句話是費曼的玩笑話沒錯，不過這些其實叫全同粒子。它們真的是不可分辨的。不只是電子，一大堆基本粒子都是全同粒子。所以在算它們統計的時候，要把這些粒子們都當成不可辨別的，而不是粒子1、粒子2……等等。這樣才會符合現實的狀況。」

「為什麼妳都會講一些課堂上沒講的東西啊？」妳問。

「有嗎？」傾施不知道是不是真心這樣疑惑，「我覺得下星期再遇到同樣的課應該就會講到了。」

「那為了懲罰妳爆了下幾堂的雷，我決定要吃掉妳一顆水餃。」妳作勢要夾傾施的水餃。

「喔不，大王饒命，」傾施假意懇求，「這些水餃就是我的生命。」

「好吧，看在妳這麼誠心的份上，本大王就饒妳一次。」妳收回了伸出的筷子。

「謝大王不殺之恩。」傾施拱手作揖。

妳們接著在談笑以及周邊的各種聲響之中結束了這餐，再度踏上了回住處的道路。

◎ ◎ ◎

機器人和老太太現在坐回了桌子邊的座位。

「不過這不能代表什麼。」怡君女士對機器人說，「量子退相干也能解釋你造成干涉圖形消失的情形，不需要意識的介入。」

機器人的眼睛現在閃著綠色的光芒，「但至少不是呈現干涉條紋。」

老太太此時給了機器人一個淡淡的微笑，「這正是我所想的。很遺憾地我這裡所能提供給你的資訊可能就這麼多了，希望這些能夠幫助到你。」

「妳已經幫了我大忙。」機器人說。

「不必客氣。」老太太的笑意更濃了，「但我有點好奇，你們下一站想去哪裡啊？」

「我們可能會先往名靖博士那裡看看。」你說。

「喔，名靖博士啊。」老太太看了老先生一下，「我聽說他失蹤一段時間了不是嗎？」

「好像是這樣的，」老先生回應道，「自從他上次的訊息之後好像就沒有後續消息。」

「訊息？」紫光閃過機器人的眼睛，此時它的眉毛呈現一高一低的狀態。

「喔，你是從外地來的不是嗎？所以你不知道。」老先生說，「名靖之前說，要人們不再使用它發明的複製技術。他的問題是這樣的：你怎麼知道複製之後是同一個人呢？」

「那你們怎麼想呢？」你聽到之後，順勢問了一下，「其實我也有點好奇？」

「這就得從名靖的複製技術說起，」老太太說，「事實上名靖並不是完全的複製。首先他會讀取準備要複製者的腦袋訊息，由於讀取得很徹底，所以會破壞腦中的量子態。也就是說被讀取的那個腦袋會受到損毀。」

「然後透過糾纏來傳送嗎？」機器人的兩邊眉毛都抬了起來，「我聽說有些城市在發掘前人有關這方面的訊息。」

「你懂得很多，機器人先生。」老太太說，「但就我所知，目前我們還沒有能夠傳送與保存這麼大量量子糾纏的技術。至於前人是不是擁有，我就不知道了。況且名靖也不會這麼做，因為如果完全複製一切的話，那會連前個腦袋裡累積的汙染也一併複製過去。」

「這樣他要如何複製出一顆腦袋啊？」你問。

「他重新長出一顆一樣的腦袋。」老太太回應你。與此同時，小汪又偷吃掉了一片餅乾，「每個複製人的顱骨和第一節頸椎，其實都不是一般的骨頭，而是個電流和磁場產生器。在得知前顆腦袋的模樣之後，電磁產生器就會在列印出來的新軀體腦中，產生各種電流。這些電流會刺激腦內神經元的生長發育以及相互連結。而名靖他所做的，」老太太停頓了一下，「就是完成了如何配置刺激電流來長出想要的腦袋這一步。」

「但是一顆腦袋的成熟可是需要很長時間的。」老先生說。

「是的，不過那是在正常的情況下。」老太太接著說，「如果我們給予這顆腦袋諸多促進神經生長的物質，加上剛剛好的電流刺激。我們就能讓它成熟得很快。然而也因為這樣，新的複製人壽命會較短，理論上可以超過二十年。但在那之後，複製人的腦部就會快速衰退。這時候只能依賴再複製一次來延長生命。」

「這些和是否是同一個人有什麼關係呢？」你問。

「這取決於你是否認為腦內的物理資訊就是一個人的全部。」老太太說，「如果你認為腦內物理資訊就是一個人全部的話，那麼複製以及傳送這類的情形，當它們能夠造出一樣的腦袋時，我們將找不出那與前者的差別。但是，如果你認為有某種不歸屬於腦內物理資訊的東西，卻仍舊是這個人之所以是這個人的原因的話。那麼，也許複製或傳送的過程中就會遺漏掉這些東西。」

「我想妳指的是靈魂或者意識之類的東西。」老先生回應道。

「之類的。」老太太笑了一笑，轉頭向你說「可惜我對這方面就沒有再深入研究了。所以恐怕不能回答你更多。」

「沒關係的。」你有點不好意思地說。「其實我只是問問而已。我其實沒那麼在意真相。」你接著看了那雖然聽不懂，但聽你們談話聽得津津有味的狗狗。「只要小汪還認得我就好。」

老太太聽著你的話，接著好像突然想到了什麼，「這個，既然提到了意識，倒是讓我想起了，似乎存在另一個方向也可能有你們這個問題的答案。」

「願聞其詳。」機器人回應著。

「你們有聽過感質和主體嗎？」老太太說。

「呃，好像沒有。」你回答。

「這其實和剛剛我們討論過的問題有關，讓我這麼問好了，你要如何確認複製之後的那個人和先前的是同一個人呢？」老太太問。

機器人的眼睛閃過了一絲綠色光芒，它接著回答，「如果從這個方向來看，也許我們得確認這兩者感知到的感覺是否作用在同一個意識上。」

老太太聽了機器人的回答，有點高興地說，「你說的沒錯。如果他們的感覺是作用在同一個意識上的話，那即便有兩副軀體，也許他們仍然是同一的，就像昨天的我和今天的我，可能只是在某些面向例如時間軸上的不同而已；相反地，如果他們所受到感覺刺激的作用目標不一樣的話，那麼即便生理上近乎相同，我們也很難說他們是同一的。」

老太太在這邊稍微停頓，似乎是等你理解。你聽著想著，才逐漸了解機器人剛剛說法的內涵。而也許是你的神情透露了你的理解，在你看向機器人和老太太之後，怡君女士繼續說下去。

「所以，有些傳言說著，意識和一個稱作感質的東西有關。詳細的情況我也不太清楚，不過我聽說在藍光橋的底下，有人會討論這些東西。或許，一個機器人是什麼，如同複製人的身分一般，不只可以從外在去追尋，更應該從內在去探索。既然現在量子這條路暫時沒有定論，你們倒是可以去試試手氣。」老太太側過頭來笑笑地看向你，「我想我們優秀的領路人應該知道藍光橋在哪裡。」

你向怡君女士點點頭，接著對機器人說。「那我們在名靖之後，就預定去怡君女士說的地方。」

「皆可。」機器人回應你。

「那我就先祝你們好運囉。」老太太維持著微笑說著。

「感謝妳。」你向老太太頓首致意。

聽起來這個話題到此暫時告一段落了。

「話說回來，你們今天晚上要住哪裡啊？」老先生似乎覺得應該要再多聊些，於是趁勢又開了一個新的話題。

「通常我到城區裡來，都有幾家固定的旅店。」你思考了一下，「像這附近，我都去銅酒壺旅店。」

「這樣還得花錢不是嗎？」老先生說，「領路人的生活通常都不好過，銅酒壺跟這裡也有段距離。不如，你們今晚就住在這裡吧。」

「這怎麼好意思。我們已經打擾你們這麼久了。」你雖然嘴上這麼說，心中卻開始盤算真的留下來的可能性。畢竟對一個沼澤區的人來說，能省則省。

「我們夫婦已經有一段時間沒有訪客了。」老太太說，「但今天，一個領路人，一個機器人和一隻可愛的狗狗來拜訪，可真令我們的生活有趣許多。今晚住在這裡，有更多的時間跟我們聊聊各種事情，」老太太接著看了小汪一下，這狗現在正吐著舌頭對老先生示好。「我們還可以跟這狗狗玩，對我們而言是大好事一件啊。就把住在這裡考慮成我們回答你們問題的回報吧。」

「那我們就恭敬不如從命了。」你說著，心裡其實早已從命。

於是今夜，你們就在怡君女士家住下。晚上的時候，夫婦倆和機器人聊了很多關於其他城市的事情，說著他們以前的冒險，說著梯鎮山城的人最近要來技術交換的事情，還有南方勢力的興起。你就在旁邊聽著，偶爾插上一兩句話，小汪則是在各處游移，順便吃點東西。

可惜的是，在這種良好氣氛下，時間飛逝，睡眠的時間馬上就到了。老夫婦把一間乾淨的客房給了你們，雖然房間裡只有一張床，但是機器人不需要，所以你和小汪就獲得了睡在床上的好機會。而你們在這久違的舒適中，也很快就睡著了……

你睜開眼，發現自己站在沼澤區，從城內建築的大小看來，距離城區不遠。清晨的陽光現在灑落在大地，映照出水域間繽紛的色彩，炫目迷人，但仍然是沼澤區。在你眼前的是一個有著沼澤區裡常見憔悴模樣的女子，然而她面容之中卻有種掩蓋不住的神采，就好像那些水面一樣，雖然蒙上了塵埃卻仍然美麗。此時，溫柔的聲調從她的唇齒之間透出。

「我愛你，一生一世。」

然後你醒來，在怡君女士家中的床上。四周寂靜無聲，機器人端坐於地，小汪倒頭不醒。那是夢嗎？你想。但那剛剛的感覺卻又太過真實，就好像你真的經歷過一樣。可是你知道你不曾經歷過。作為一個記憶力頗好的領路人，你的記憶中沒有這一段。

不過緊接而來的早晨充滿著忙碌，讓你方才的夢境很快就消失在思緒中。在收拾完行李之後，你們向老先生老太太道謝，然後再度踏上了旅途。

隨附性原則

作為一隻蝙蝠會是什麼感覺？

——湯瑪斯・內格爾

經過五天的課之後，妳們終於又遇到了周末。拋開那些麻煩的理論，妳決定要好好放鬆一下，這一切就從早餐開始。

妳和百襄兩人在路上亂晃了一陣，至於傾施，她顯然很需要充足的睡眠。

妳看著市區早上的景緻。有些學生星期六還是需要跑到學校去。他們的神情偶爾會讓妳想到前一陣子準備學測與推甄的感覺。此外，許多人星期六仍需要工作，當然也有一些人們是準備要去哪邊玩的。妳邊走邊環顧著周圍的街道，此時每一輛車都代表著不同的心境。

經過了一段時間之後，妳們隨便找了家早餐店進入。裡面光線明亮，淡黃色的牆讓整間店有種清爽的感覺。座位上有一組家庭，他們似乎很享受這種清新的，能夠陪在家人身邊的早晨；還有幾個看起來像上班族的人，這些人臉上的神情就不是那麼喜悅了，看起來和正常上班日沒有兩樣；除此之外，還有一男一女排隊在妳們前面。

「我們要兩份蔬菜蛋餅，兩個饅頭和兩杯豆漿。」那個女生這麼點著。

「蔬菜蛋餅感覺很好吃耶，我也要點一個。」百襄轉過來，睜大眼睛對妳說，「妳想要點什麼？」

「我要一個豬排漢堡，一個饅頭加蛋，還有一杯紅茶。」妳回答。

前排的男女找了個後面的位置坐，現在輪到妳們點餐。「我們要一份蔬菜蛋餅，一份豬排漢堡，兩個饅頭加蛋，還有一杯紅茶，一杯米漿。」百襄替妳說完，接著與老闆娘結帳。

妳們在剩下的空位裡選了一個，把桌上的報紙移到一旁，坐在桌子的同一側，好都能看到電視。

「行政院通過食管法修正草案，將於下月送立法院審查。對此，一般民眾表示樂觀其成。但也有部分民眾表示新的草案還未能盡如人意。」畫面上一個受訪的中年男子滔滔不絕的說著，「今天妳把罰則提高當然是很好。但是第一個，提高得還不夠多。第二個，稽查不夠的話，也只是寫好看而已。最後，法院和檢察體系裡面有太多方法可以讓證據不夠這樣判。只單從食管法來下手，還不夠。」

「為什麼台灣隨便訪問一個路人都能講這麼多啊？」妳問百襄。腦海卻開始浮現一種有點不甘沉寂，因此一有機會就滔滔不絕的心態。

「不知道耶，如果問到妳，妳會講這麼多嗎？」百襄反問道。

「如果問到傾施，她一定會講很多。」妳這麼回答她。

這時候畫面跳到下一則新聞。

「針對本月八日勞動檢查有九成企業不合格的情況，勞動團體昨日再度到行政部門前靜坐，提出包含，加重勞基法罰則與加強落實，終結派遣勞工，全面縮短工時與減少加班和責任制，強化工會組織等多項主張。」

然後是勞動團體的成員出來講他們的訴求。記者接著採訪一位微胖，看起來有點年紀的婦人。

「阿嬤，妳也來這邊靜坐喔。」

「對啊。這個就是喔，我覺得台灣的勞工真的太慘了。每天都工作到很晚，回家都累到不能做別的事。啊這個薪水又很少，有的時候都會過勞。我覺得這個是台灣現在最大的問題啦。所以不用工作的時候我都會來幫忙一下啦。」阿嬤用帶著稍微台灣國語的口音說著。

「啊，阿嬤，妳平常是坐什麼工作啊？」

「我其實就是在做他們講的那個派遣啦。我也是後來才知道這就是派遣。」阿嬤說。

「啊，阿嬤，如果終止派遣的話，那這樣阿嬤妳不就沒工作了？」有時候妳會覺得記者問問題的模式很有用意。

「啊沒關係啦，沒有就再找就好了啊，台灣的勞工比較重要啦。」阿嬤這時候視線似乎朝著一個攝影機外的定點看著。妳感覺到她其實不在意記者問她一些帶有一點侵略性的問題。

之後畫面切回棚內，接下來的幾則新聞都了無新意。妳趁此機會，瞄了一下桌邊的報紙，卻只看到了一個影星的緋聞占據大幅版面。嗯，還是看看別頁好了。就在妳準備要搜尋其他資訊的時候，有一個微微的聲音從妳身後傳來。是剛剛那個點餐的女士，似乎他們就坐在妳們後面的那桌，所以妳才能清晰地捕捉到他們的談話。

「台灣的現況這麼不好，讓年過半百的人們也需要出來抗爭。也許我們應該要做點什麼。」另一個不同的聲音接著出現，一個男性的聲音，同樣來自妳們的後面。「妳也這麼關心這些社會事？」「我一直以來都很關心。」百襄此時還沒有開啟話端，似乎在看著另一份報紙的樣子，所以妳持續補捉著後方的話語。

「我以為妳的心態比較偏向小乘。」

「小乘也不會說就不去幫助他人。」

「但對小乘而言，這卻不是解脫的必要。」

「兩份蔬菜蛋餅，兩個饅頭和兩杯豆漿。」後面傳來老闆娘的聲音。

「謝謝。」那位女士說的。

老闆娘從百襄身旁離開。百襄仍然沒說話，而報紙還停留在很久前的同一頁。

「可是，你不覺得大乘說要渡盡眾生才成佛，這與自身的解脫關係成疑嗎？」那位女士繼續說。

「嗯，這可能是心態上的不同。如果真的放下了我執，那此時何來有我，何求解脫成佛。至於渡人，其實世間本無功德。眾生自渡也，非人所功。如同經裡所說一般，眾生皆有佛性，是被無明所掩才如此。或許，在無量劫前，佛陀也與你我無異。」男生回應。

「或許無量劫後，眾生也都將成佛。」女士說。

「或許，或許。」男士回應。

「妳們的來囉。」這時候老闆娘把帶著剛好溫度的早餐往你們這送來。

「啊，謝謝。」百裏總是很有禮貌，她接著把妳的餐點遞給妳。「這些是妳的。」

「謝了。妳的蔬菜蛋餅看起來怎麼樣？」

「妳可以吃吃看。」百裏笑著說。

「喔，不用了，我有一個漢堡要處理。」

然後妳們各自吃著早餐，後方似乎沒有聲音傳來了。他們應該也在做同樣的事。就這樣過了一段時間，大概是妳處理掉四分之三個漢堡這麼久。

「找到了。」百裏突然這麼說，「勞工靜坐的新聞。」她指著報紙的某個地方。

「所以妳剛剛都在找這個啊。」

「其實也不完全是。」她這時候又帶了點撒嬌的語調了。「只是這時候不好說。」

「所以妳也很關心社會事務嘛。」妳說著，同時注意到後方的男女起身離開，看來他們似乎把一部分的早點帶著走。

「我覺得這個年代已經不是能夠置身事外的年代了。」百裏說。

「所以，」妳湊近百裏身邊說，「妳的心態是大乘還是小乘呢？」

「妳剛剛都一直在偷聽別人講話。」百裏看了妳一眼。

「但你怎麼知道我偷聽的內容是什麼呢？」妳用故作懷疑的表情說著。「除非，妳也在偷聽別人講話。這就是你剛剛為什麼沉默一陣子的原因吧。」當然這也是百裏如此討人喜歡的原因。跟她在一起，即使是沉默都很自然，不用怕有什麼談話的壓力。至於傾施嘛，雖然也有沉默的時候，但她跟妳們在一起時通常都不會很安靜，總是亂扯一通。

「唉呦，我只是突然覺得想聽一下而已。」

「妳對佛教有興趣喔？」妳問。同時咬下了一口漢堡。

「其實還好，一點點而已。」百襄瞇起眼睛，用食指和拇指比了個小小的手勢。

「那大小乘到底是什麼意思啊？」

「有說是指到彼岸的車或船的大小。但這是出自大乘的說法。他們覺得有一些佛教部派到彼岸的船太小，只能載少數人。而大乘則是用大的船，希望能夠渡更多的眾生。」

「但他們剛剛說眾生自渡也。」

「的確是這樣，」百襄說，「佛教裡面認為眾生本來都俱足了佛性，只是無明掩蔽了他們的心智。」

「眾生皆有佛性。所以我也可以成佛囉。」妳說。

「那妳還得領悟和修行好久才行，就像他們剛剛講的無量劫那麼久。這個劫是一個佛教裡面的時間單位，確切時間我不清楚，不過是一個很長的時間就是了。再乘上無量這個數目，就是近乎無限個劫的意思。總合起來，無量劫指的是一個非常長的時間。這麼長的時間，某方面也代表一個人要修成佛需要的修行很深。」百襄說。

「但妳相信他們所講的嗎？」

「唉呦，其實我不知道耶。」百襄又再度使用了撒嬌的語氣，「我實際上不是佛教徒啦，只是有研究一點點而已。」

「好吧，我們換個話題好了。」妳說，而接下來的事情的確很值得討論，「等一下我們要幫傾施買什麼吃的回去？」

◎ ◎ ◎

正午的太陽炙燒著大地，你和小汪充分地感受了它的威力。機器人倒是看不出有什麼變化。它一路上總是蒙著面罩，「斗篷」放低，眼睛無色，不仔細看會以為只是一個孤僻而神祕的人類。

大街上的人們熙來攘往，大家開始為接下來的節慶準備。聽說那原本是人類甦醒的日子，後世流傳下來漸漸演變成了節慶。期間，城區會舉辦嘉年華會，幾個主要的街道將充滿人潮。想參加的人們會先準備各種東西，商家們當然也不會放過這樣的時機，這時候大街上就會充滿了各種活動與喧囂。你看到好幾組年輕人結伴去服裝店和飾品店買一些裝扮用的東西，一些家庭帶著小孩出來看看能玩些什麼，工廠也是帶有期待而忙碌。

不過今年似乎更不一樣。正如怡君女士和機器人所聊到的，梯鎮山城有一批人要來這裡技術交換，這讓路上行人的話題變得更加多元。

「你們公司有什麼能夠交流的啊？」路旁一組男人正討論著。

「可能沒有。但是我們應該比較不用怕突然又停電了。這次山城那裡的人主要是帶著核能的技術要來換我們的複製人技術。以後應該可以有更多電了，搞不好還能把城區一些爛發電廠都替換掉。」

「真不知道他們換複製人技術做什麼？那不是沼澤區的人才會用得嗎？」另一個聲音這麼說。

「是我們這個城市的汙染清除得比較乾淨才用不到。聽說其他地方的汙染比較嚴重，山城那邊原本也都是仰賴藥物，要是有複製人技術，應該會方便許多。」

「那你呢？你有沒有什麼想技術交換的？」前一個聲音這麼說。

「你明知故問。我賣豬排的還技術交換勒。我先把食材準備好比較實在……」

更之後的內容就超出你的聽力範圍了。

你們持續前進，隨著太陽的落下和三顆月亮的升起，終於穿過關口進入到內城區。

現在道路變得更加清淨，不像一般城區裡有四處可見的紛鬧。行人們的裝扮更加正式。許多服裝一眼就能看出使用上好的材質。然而，這些人也總是走得很快，似乎在這裡的時間遠比沼澤區來得珍貴許多。

路上偶爾會有一些動力車出現。在這個大多數人都是走路的年代，車子是非常稀有的，也只有內城區這種大公司或名流所在之地才會出現。

隨著你們的前進，道路兩旁逐漸被高樓遮掩，你們開始循著高樓旁邊的陰影移動以避開陽光。你曾經來過這邊一次，在高樓裡會見尊貴的客戶。她是少數從沼澤區出身而最終能進到內城區的人，之所以找你是想回去看看以前的老朋友。但那次經驗給你印象最深刻的是，高樓上的景觀。你到現在都還記得，順著電梯上去，沿著透明玻璃看向窗外的情景：視野隨著高度上升不斷擴展，最後舉目望去就能看盡一片天地。整個平原像沼澤區一般，充滿著水域和汙染。可一旦看得更廣，那些繽紛的色彩染上整個大地，就像小朋友揮灑顏料一樣，雜亂卻飽和豐富，讓人忘記那是汙染，反倒像是一個充滿童心夢想的世界。而另外一個方向，寬闊的海洋反射著陽光，讓半片水面都充滿燦爛銀色。你能從這海洋看見世界之大，感受那種充滿著探索與希望的可能。最後，在視野的邊際，依稀能看到其他城市的模樣：幾個靠近海的都市，東南方的交通之城，還有東邊建立在坡上的梯鎮山城。

從那之後，你就期待能夠再來內城區一次。然而這開銷太大了，你也不會閒到花幾天路程專程跑來。一直到今日，機器人帶來的費用足夠支撐，你才再度擁有這樣的機會。

你們來到一棟大樓乘上電梯。玻璃外的景色如同你記憶中一般醉人。在夜晚，月光照射的大海多了份寧靜感，原野上的色彩散發著晶透螢光，遠方城市明亮的燈火似乎也成了大地的星斗。初次看見這種景象，小汪在你的懷裡興奮地看來看去，機器人則似乎在觀察什麼，但你揣測不出它的心思。電梯停留在五十八樓。名靖的居所就在這裡。他也是少數沼澤區出身而能進入內城區的人。

你們經過了轉角，來到名靖住所的門前。你按下電鈴。一下，兩下。

經過了一段時間的靜默。沒有動靜。你再上前按了一下門鈴。仍然沒有動靜

就在你準備湊上耳朵去聽聽裡面聲音的時候。你的眼角餘光瞥見一個人影從轉角望向這邊。

「你們到這裡來，想要找誰呢？」低沉的聲音從那邊傳來。

「呃，我們來找名靖博士。」你說。

「可是名靖博士的家不在這裡。」人影朝你們走近，你現在看出那是一個穿著大衣的男子，「一般人要找名靖不是會去他在海邊的家嗎？」

「但是我記得名靖實際上都是在這裡活動，」你注意到機器人這時候看向窗外，背向你們。「海邊的家只是一個幌子。」

「所以你挺了解名靖的嘛。」男子現在近到你能夠看清楚他的臉了。那是一張大約三四十歲，有著些許皺紋，略顯蒼白的臉。「你們是什麼關係啊？」

「喔，沒有什麼關係。我只是個領路人而已。」

「而你知道要找名靖得來這裡也是因為如此？」男子問問題的時候，沒有顯露出太多的疑惑。

「是的。」

「那你的朋友呢？」他比了一下機器人。

「我是外地來的學生，聽說名靖博士學識淵博，特地請領路人帶我來拜訪。」機器人背過身來，窗戶旁邊的月光透入它身旁，讓身影細節相對黯淡下來。你覺得這時候它的聲音更像人類了。

「哦，這樣啊。」男子的表情仍然沒有變化。「名靖的確曾經在這裡沒錯。但是他最近好像失蹤了。我有一段時間沒看到他了。所以，如果你們想找他的話，我會建議你們去他海邊的家試試。」

「看起來我們白跑一趟了。」你說。

「我們仍然可以再去他海邊的家試試。」機器人說。

「好。這樣我們應該可以在明天早上到達。」你說，「如果我們在這附近過夜的話。」

「那你們知道名靖海邊的家在哪裡嗎？」男子問道。

「這沒問題的。」你胸有成足地說，「我是個領路人不是嗎。倒是先生你認識名靖博士嗎？」

「見過幾次面，我是這裡的鄰居。」男子將手插在大衣的口袋裡。

「那如果你有看到他的話，你能轉告他我們有來找他嗎？」你拿出了兩張寫著你領路人編號的紙，一張塞進門縫裡，另一張則遞給那位男士。「他可以透過別的領路人或者領路工作介紹點找到我。」

「070410。」男子收下了那張紙，他的視線停留在那上面，「我明白了。不過不要抱太大的希望。」

「不，你提供的資訊已經幫助我們良多。」你帶上小汪準備離開，並對男子點頭致意，「祝你有個美好的夜晚。」

「也祝你們有個美好的夜晚。」男子目送你們離開，你在經過轉角的時候，眼睛餘光仍然注意到他仍佇立在那看著你們。

「那接下來你打算怎麼辦？」你在電梯裡問著機器人。

「我想，你和小汪應該先找個可以過一晚的地方。」它現在的眼睛呈現橘色，眉毛一高一低的。「然後我們明天先去名靖海邊的家，之後看看時間夠不夠去藍光橋那邊，找怡君女士說的東西。」

「了解。」你接著停頓了一下。「可是你為什麼沒有告訴剛剛那位男士，你的真實身分呢？」

「我比較傾向於低調，」一道藍光閃過機器人的眼睛，「越少人知道我是機器人越好。」

「但是你對怡君女士和她先生的時後卻毫不忌諱。」你說。

「他們先認出我了。」機器人的眼睛再度失去顏色，「而且我能夠看出他們是慈善的人。」

接著電梯門開了，你們又回到了一樓。你後來找了一家內城區較為便宜的旅館，儘管對你而言還是有點價位。但是這些都不再重要，因為機器人幫你們付錢了。它自己則是在和你約定了明天見面的時間之後，就到街上遊蕩去了。

你和小汪又在美好的床上度過了一個晚上。翌日，你們和機器人會合之後到了名靖海邊的家。那同樣是位在大樓裡的某一戶。而果然如你所料裡邊根本沒人回應。因此你在門縫下塞進了你的領路人編號，之後便把握時間往藍光橋前進。

你們離開了大樓，從海邊沿著七彩河前進，大約在晚上的時間抵達藍光橋附近。這七彩河顧名思義就是有很多種顏色，在藍光橋附近則是藍色的。就像現在這樣，晚上河面映照著月光的時候，會在橋下反射出一排綺麗的藍色，這就是它名稱的由來。

你們從河岸邊順著階梯走到橋下。此時七彩河維持著平常的水位，所以你們暫時不用害怕淹起的水勢會把人捲進汙染之中，儘管仍得注意一些地上的泥窪就是了。而很幸運地，兩旁的工廠與住家現在還維持著光亮，這讓你們能夠用肉眼來搜索有沒有你們想找的東西。你不確定機器人是不是能夠用別種手段來找，不過至少在河的這一邊你們都沒找到什麼特別的東西。所以你們便上橋到另一邊的河岸再找找看。你下了階梯，在附近觀察了一會兒，但除了一些岸上丟下的垃圾外，沒看到什麼值得注意的。也許這又將是徒勞無功的一次，你想，同時抬頭確認一下機器人的狀況，卻見到它站著不動，臉的方向朝橋下一處完全的黑暗看去。於是你抱著小汪走向它。

「出來吧，我的朋友。」機器人對著那片黑暗說，「我知道你等待的是像我這樣的人。」

你放慢了腳步，黑暗之中顯露一張臉龐，年邁而蒙塵。「機器人先生，你怎麼知道我在等的是誰。」

「你在黑暗中注視我，」機器人的眉毛抬高，紫色的眼睛配上藍色的河川，呈現出一種很特別的畫面。「凡人看不到你在黑暗中的眼神，但機器人可以。這是用來篩選機器人的方式。」

「是的，它們託我在這裡向發現的機器人傳達一個訊息。」那河邊的老人走近過來。你看著他破舊與髒亂的衣服，這應該是一個遊民。通常這類在城區沒房子的人會到沼澤區去，至少那裡的地沒人想要，而房子亂搭就好了，同時也有人群聚落好照應，當然還是有一些人會像這老人一樣留在城區裡。他們通常各自有著各自的原因。

「什麼訊息？」機器人說。

「變形酒館，兩財雜貨店。」老人拿了一張類似地圖的東西給它。

「那是哪裡？」機器人問。

「不知道，它們只跟我說這麼多。」老人用那滿口碎牙的嘴說著。

「我知道在哪裡，」你看了一下地圖之後說，「不過這有一點問題。」

老者無視你的話語，「我的話語已經傳達完，你們趕緊離開這裡。以免其他的人發現我。」他現在正揮手叫你們離開。

「其他的什麼人？」你問。

「遊民，壞遊民。」他的神智好像只清醒了一下，接下來就變得混亂。「他們會來搶走我的寶貝。」

機器人轉頭看向那片黑暗中的某處。「那是它們送你的東西嗎？」

「不能跟你說，不然你也會想把它搶走。」老人蹦蹦跳跳地又沒入黑暗中。「東西太好了，不能告訴你。」

「那好，我們離開了。」機器人示意你先遠離再說。你抱著小汪走上階梯，大約過了幾十公尺，確保了地面沒有汙染，將小汪放下。之後，你在原地等待。

機器人逐漸跟上來。「變形酒館，兩財雜貨店？」它說。

「前者我不知道，但是後者我知道，那是沼澤區外面的一個地方，在還沒有被洪水淹過之前，曾經有家雜貨店，給那些往來的人買賣一些東西。就在地圖所指的位置。」

「但是你提及了有一點問題。」機器人說。

「是的。自從有一次水患淹過那裡之後，道路和雜貨店都被汙染掩蓋。所以那條道路不再通行，周圍也都沒有人煙了。」

「這卻對機器人沒有影響。」機器人的眼睛現在是藍光，眉毛微微垂下。

「所以有可能這是個機器人的場所。」你盤算著，「這樣我該怎麼過去呢？如果滿是汙染的話。」

接下來是一陣的沉默，然後機器人似乎想到了解決方案，「我知道某一組人可能會有辦法。」它的眼睛此時閃爍著耀眼的白色光芒，「而且他們應該會很樂意幫忙。」

於是你們隔天又跑到了怡君女士家，又在那裡厚臉皮地度過一個晚上，然後借走了他們年輕時用來遊歷各地的裝備。他們一如你們預期的爽朗，只附加了一個條件：如果去那邊發現了什麼有趣的事情，要記得告訴他們。

◎ ◎ ◎

美好的假期很快又過了。妳馬上又發現自己身處教室裡面。當然，還是坐在最後一排。

「哲學上有一個名詞，叫做感質。英文叫做qualia。」課程似乎又進入了一個新的主題。「指的是我們從感官接收到或腦中出現的那種『感覺』。」

「就像現在妳們看見墨綠色的黑板一樣。這墨綠色的『感覺』，也就是妳們眼中所看見的墨綠色，正是一種感質。事實上，所有的感官訊息都可以歸類為感質，像是妳們現在聽到的聲音，看到的影像和嗅覺觸覺痛覺等等。」

「有些學派進一步把腦中其他一些能被感覺得到的訊息都歸類為感質。」講課者這時候停頓了一下。

「這會讓思考以及情緒、情感甚至回憶等也被歸屬於感質。不過這部分仍在爭議之中。」

「感質這個東西具有許多特別的性質。現在想像一下，當妳們都看著這墨綠色黑板的時候。」她指著黑板的空處，「妳和妳隔壁的人所看到的墨綠色是一樣的嗎？」

講課者接著走下台來，隨興找了一個前排的同學。「妳覺得呢？」想必傾施這時候又在暗自竊喜沒點到她。

「但是綠色不就是綠色嘛，會有什麼不一樣呢？」前排的那個同學說。

「是的，綠色光的來源是一樣的，大概530nm附近的可見光。但是你如何確定這些呈現在妳們腦中的綠色會一樣呢？」

「呃，我們都是人類，所以受器應該也是一樣的。」妳開始感受到那個同學的心態了。喜歡把什麼事情都談論得清清楚楚，心中以理性自居。在這裡，也能看出傾施和她們這類人的不同。傾施這個人雖然也常常很理性，但她其實對情感也很敏銳，而且她比較……幽默一點。

「是的，先撇除掉一些色盲的人，然後我們再假設每個人的受器都是一樣的。可是這時候，妳如何真的確定妳眼中的綠色和其他人的是一樣的。妳們有討論過嗎？」

「就是大多數樹和植物的顏色。」

「是的，不過妳這樣講，和說這是530nm的光是一樣的意思，都是透過某種現成的東西去表達。如果不用這種方式，妳能不能直接描述出綠色呢？」

「呃，」前排的同學停了一下，「一個比較溫和不鮮豔的顏色。」

「這仍然沒能夠描述到真正綠色的感覺。有沒有什麼能描述出來綠色就是綠色呢？如果不透過任何的類比的形式，像是綠這個字或者其他綠色的東西來表達。」

「讓我再想一下。」前排的同學接下來沉默了一陣子，然後她再度開口「好像很難。」

「是的，很難。」講課者回應著，「而事實上，妳剛才所回答的溫和不鮮豔，其實也是語言所類比出來的。妳很難真的講述溫和不鮮豔的感覺。」

「似乎的確如此。」前排的同學思考了一下說。

「這就講述到感質的一個特色，」講課者舉起一隻手指，「即使在我們假設受器都一樣的情況下，我們也很難討論感質是否相同。這點出了感質具有了某種主觀的，私有的，難以言喻的性質。而當我們從外在世界想要說明感質是否相同的時候，就牽涉到妳是不是相信隨附性原則。」

又是一個原則。這世界上到底還有多少原則？妳瞄了一下傾施，她正無聊地翻她的裙擺。裙擺？妳這才注意到傾施今天穿裙子來。是的，現在越來越多學校不規定女生要穿裙子上學了。妳們的學校則藉此機會進一步地改良了運動服和褲子，讓它更適合穿著到處走。從此之後，妳就沒看過傾施穿裙子了。可接下來新的問題是，所以今天傾施發生了什麼事？

「隨附性原則的內容是，一個心靈的狀態是隨附於物理狀態的。也就是，如果有兩個東西它們的物理狀態是相同的，那麼它們的心靈狀態也會是相同的。大意大概是如此，實際上隨附性原則有很多不同的版本。在一些版本裡面，受器一樣，腦袋收到刺激一樣的不同個體，理論上藉此所得到的感質也會是一樣的。」

妳偷遞了張上面寫了，「妳今天穿裙子，要釣哪一個男生啊？」的紙條給傾施。

「但是如果妳覺得隨附性原則是不對的。那麼即便我們人類的受器和大腦都一樣，此時卻可能會有不同的感質內容。想像一下以下的情況是否有可能：有一個物理上和我們一樣的世界，但是裡面的人眼中所見的光譜是倒過來的。」講課者繼續說到，「如果妳覺得這樣的世界是有可能的，那麼妳就不傾向支持隨附性原則。」

不久，傾施回傳了一張紙條，「釣妳啊，我的小親親。」

「這種人們看到或感覺到的是相反光譜的說法叫做inverted qualia，逆反感質。還有另一種例子，叫做感質的僵屍，它的內容是物理相同的世界，但裡面的人卻沒有感質內容，像是行屍走肉一般。這牽涉到一個更大的問題，那就是沒有感質的個體是否有意識。就像我們之前提過的中文房間，假設有一個機器人，它配備了各種的接收器，因此也能像我們一樣與外界環境互動，但儘管它配有了接收器，可這些電訊號卻只是機器與電流的資訊互動，而沒有產生感質的話，那麼這時候即使這個機器人通過了圖靈測試，我們也很難說它是有意識的。」

妳遞了另一張紙條給傾施，「那我們什麼時候要去約會？」

「再考慮一種更極端的狀態，上傳意識。」講課者越講越興起，「我們可以把腦袋裡所有的資訊都上傳到電腦裡面，可如果電腦裡面的那個資訊集合體是沒有感質的，那它還有意識嗎？或者其實原本的意識沒有真的『上傳』呢？這時候我們便遇到一個關鍵問題了，就是感質究竟如何產生，我們一般不會認為這個時代的電腦具有感質，即便它有很多的輸入和輸出構件，但人類或生物的大腦不也是電流資訊嗎？是什麼令我們擁有感質而現在的電腦不行？或者其實電腦已經有感質但我們卻不相信？想必這些問題應該還會困擾科學和哲學界一段時間。」

傾施又遞回了一張紙條，「快了，等這場仗打完，我們就回老家結婚。」

「這個感質如何產生的問題很有意思。剛剛提到的逆反感質和僵屍論證，主要是用來指出物理論可能會面對的問題：就是物理狀態相同的東西仍然可能有不同心靈狀態。然而即使妳相信物理論和隨附性原則，感質仍然帶來許多難解的問題。其中之一，就是the explanatory gap，解釋的鴻溝。」

妳把紙條翻到背面，寫了東西又傳回去。「我剛剛好像聽到了遠方的砲聲。」

「解釋的鴻溝是指，即便我們知道了各種受器和大腦的構造，我們卻無法藉由這些物理上的知識來推知感質的內容。假設我們今天很想知道蝙蝠聽到超音波的感覺，但是我們人類只能用儀器探測，卻沒辦法實際去『聽到』超音波，以及感受蝙蝠用聲音去探測世界的感覺。所以我們研究了蝙蝠的耳朵以及腦內的構造。我們知道了震動如何傳到蝙蝠的耳朵內，如何轉換成電訊號，電訊號送至蝙蝠腦中聽覺區處理的模式等等。我們知道了蝙蝠的所有生理結構。但知道這些，卻仍然不能幫助我們真的知道超音波『聽起來』的感覺到底是怎麼樣。」

另外一張紙條又回來了，「記得把我的徽章帶去給我的未婚妻。」

「這仍然是感質帶給物理論的麻煩。其中的意義是，即便妳已經接受了物理論，妳仍然難以用物理方式解釋出感質的內容，正是所謂the explanatory gap。除非，」妳注意到講課者講到這裡時，眉毛動了一下，「我們實際上把蝙蝠的受器裝在人腦裡，然後期待人腦能夠理解。舉個例子好了，我們都知道人類眼睛辨別色彩使用三種錐狀細胞，而老鼠，缺少了主要辨別紅光的那一種。」

同時，紙條的遊戲繼續進行著。「你的爸爸是個英勇的戰士。十八年前，他為了救我而犧牲自己。」

「然而科學家們之前把紅光椎狀細胞的基因植入基改老鼠中，結果發現這些老鼠辨識相關色彩的能力變強了。雖然這個例子不能代表什麼，因為老鼠缺少的錐狀細胞可能是因為退化而消失，所以腦部可能還保留著類似的神經構造。而蝙蝠的例子中，超音波的能力是特化出來的。人腦不見得有了受器就能理解這種只有蝙蝠特化出來的功能。但這個老鼠例子還是指出一種可能性，那就是我們也許可以透過身體構造的改變，去獲得額外的感質內容。」講課者說完這裡之後走了一小段的路回到講桌前。

「接下來，我們要再講一個和感質有關的例子，黑白瑪莉……」

同時，傾施又遞過來了一張紙條，「但有一件事情我一直沒告訴你，當年我和你媽……」

喔，這傢伙真是想像力豐富。

你們出了城區，到了沼澤區的外圍。接下來的旅程就避不開汙染了，於是你換上跟怡君女士借的防護裝，把小汪又託給小陳一家照顧，然後和機器人踏上了旅途。在此之前，你總覺得一路上似乎有人在跟著你。不過在到達避不開汙染的區域後，四周萬無一人，你心中的罣礙也就消失了。

你們朝兩財雜貨店的方向前進，很快就到了第一天晚上。在稍稍偏離原有路線的地方，你們找到了一個沒受汙染的高地待下。所幸這防護衣功能甚多，可以直接當作睡袋在裡面睡。

「你是第一次離開城市進入曠野嗎？」機器人的眼睛呈現著淡淡的銀色光芒。就像月光一樣。

「第三次。不過不用懷疑，我會確實地送你到兩財雜貨店的。」

「我並不懷疑你的能力。」機器人說。「我所問的是你的心境。」

「喔，我總是適應得很好。不會有什麼心境上的問題。」

機器人聽完你的回答，沉默了一下。你注意到它的眉毛垂了下來，然後它再度開口，「這大地不太一樣了，和我們剛甦醒的時候相比。多了些城市的星火，現在走在路上的人們不再總覺得孤單了。」

「你們總是往來於各個城市，想必很有經驗。」

「你知道我們走路的時候，是不需要像你們一樣停下來的。」機器人的眉毛又抬了起來。它現在看著星空和三顆月亮。「但在路途中，我也總喜歡抬頭看這夜色。而在無數次的行走和瞭望星空之後，我逐漸意識到一件事情：那就是這世界，不是只有我們每天遇到的那些事情而已。對一個機器人而言，在處理各種事情中間轉換是很容易的，不像人類得要停下來重整情緒，我們大可以整天都泡在各種實際的事情上面。但這些星星，這些月亮，這片黑暗，總在告訴我，這世界很大，有很多其他的可能。」

你看著那遠離的城市，夜晚的燈火在視線裡縮得極小。以往的喧囂現在只是大地裡的一點而已。你逐漸明白機器人所說的感覺。

「然後我開始想像這星球之前的樣子。在我們甦醒之前，在汙染覆蓋之前，這裡想必也是不一樣的。

但時間，時間總會帶來改變。在這顆星球是如此，在其他地方也會如此。這宇宙所擁有的時間太長了，長到即使是機器人也得拜服。也正是在這種看見宇宙時空的情況下，我開始回頭審視自身的存在。卻不是用許多機器人那種簡單的模式。」你注意到遠離了人群，機器人似乎變得健談一些。「很多的機器人也曾問過『我是什麼』這樣的問題，但它們沒有意識到宇宙遼闊，而只是問起在日常中的問題。所以這時候，你是機器人A，你是小明，你是建立這座城市水道系統的機器人，或者，你是一種人工智慧，這樣子的答案就足以滿足它們。它們要的是一種對自己的指涉或解釋。而我要的，不是語句層面或者構造上面的答案。」

機器人把抬高的頭轉回正常角度，眉毛也回到了原來的高度。眼睛裡的銀色未曾變過。

「我要的，是一種安身立命的答案。像我這樣的機器人，在這廣大的宇宙裡，存在的意義究竟在哪裡的答案。這就是為什麼，我不能滿足於我是一個機器人這樣的答案。我必須要了解更多，我必須要了解我的本質。只有解答了這個問題才能夠安身立命。」

它接下來側過頭來看了你一下，「這就是我來找你的原因。」

你並沒有再多說話，你只是望著曠野，望著星空，開始理解機器人的話語和感受。而接下來的旅程中，你在不同的景物裡不斷咀嚼那種大地的蒼茫感，和我是什麼這個問題。

幾天之後，你們到達了兩財雜貨店。

那是一棟賣場等級大小的建築物，外圍各種顏色滿布，像亂潑的油漆一般。這隨意的分布也把那「兩財雜貨店」的普通看板點綴成了彩色看板，看起來別有一番風味。

雜貨店的大門現在是一片黃色，一片紫色，分開的幅度大概比一個人還再大一些。你和機器人應該都進得去，而從遠處看不出裡面有什麼。

你們走近。在靠近門口的時候，機器人對你說，「裡面有很多的機器人，但不用擔心，它們不會有惡意。」

「這樣我就放心了。」你說，同時跟隨機器人走入門內。建築物裡正面有一道上樓的階梯和一條通往後方的長廊，兩側則由許多沒有門的小房間組成。整棟建築內部的牆壁是水泥構成，不過現在上面有著不同顏色的點綴。機器人在你前頭走了兩步之後停下，然後指著牆邊一個看起來像垃圾桶的構造說，「這就是一個機器人。」

接著一種機械式的聲音從那像垃圾桶的構造中發出，「你好，我的兄弟姊妹，歡迎來到變形酒館。你可以到後面的吧檯找酒保。」你順著前方長廊，看向盡頭處的簾子。

「這人類跟我一起來，」機器人說，「他不會帶來麻煩。」

「那我們也歡迎你。」垃圾桶機器人說著，「只是恐怕這裡沒有提供人類的服務。」

「沒有關係，我只是帶路的而已。」你說。

「順帶一提，我叫做阿房。」垃圾桶機器人說。

「很高興見到你，阿房。」你說。

「我也是。」阿房說。

你們穿過簾子進到賣場內部。大廳現在燈光閃耀，帶著絢爛迷幻氣息。各種矮隔間區分出不同的區塊，內部有一些的桌椅。這裡的確就像人類的大型酒吧一樣。你再走向前，發現整個大廳裡充滿機器人，各式各樣。有長著翅膀的，有像動物一樣在地上爬的，有伸出八隻手的，有用輪子前進的，當然也有人型機器人。它們現在有的單獨處於一處空間，有的三三兩兩聚在一起。

「酒保，給我一點淡淡的哀傷。」一個稍微大一點的人型機器人走過你們旁邊，你這才注意到大廳的入口旁邊有一座看起來像吧檯的東西。

「你確定要嗎？」一個看起來像酒保的人回答著，「這不是一個很好的經驗喔。」

「確定。」大一點的機器人這麼說。

「如你所願。」酒保拿出了一個小小的機器交給那人型機器人。你們注視著它拿走那個機器，到一處空間裡，把機器連到自己腹部的一個孔上。然後突然雙手捧著雙腳中間，跳了起來。

你想，你明白什麼是淡淡的哀傷了。

「貴客，你們是第一次來嗎？」酒保看向你們，有禮地說著。

「是的，我的兄弟姊妹。」機器人說。它的眼睛此時顯現橘色。你們走近吧檯。這酒保穿著高貴正式的衣服，戴一頂紳士帽，留著兩撇鬍子，看起來像是個三十多歲的人。但，我的兄弟姊妹？

「請容我自我介紹，它們叫我酒保。」酒保向你們優雅地鞠了躬。機器人和你同時低首回禮。

「你們為了什麼而來？」酒保問機器人，「也許，是為了我們的感質商品？」

「感質商品？」機器人問。

「喔，你知道，」酒保一副八面玲瓏的模樣，「變形酒館不賣酒，我們販售的是，感質體驗。」

「願聞其詳。」機器人說。

「你也清楚我們都退休了吧。不用再服務人類，這時候總得來點娛樂。可是，機器人們如果不改造自身的話，那它們所能感受到的只有原先的設計而已。所幸的是，我們不像人類大腦一樣受限於神經系統構造。」酒保此時轉向你，輕比了個手勢，「無意冒犯。」你笑了笑，而酒保繼續，「我們隨時能夠新增或改變各種安排。所以，當我們想要感受痛覺，我們就新加上去；當我們想要了解美味食物的感覺，我們也可以新加上去；當我們想要聽見超音波，我們新加上去。除了實際的裝置變化外，其餘一切只要透過這小小的機器，就能把資訊做好。你可以把它想像成，我們把各種受器和感知系統打包了，接上去就能新增感質。」

「這並不是我所追尋的。」機器人這麼說。

「不是嗎？」酒保的眼神有一瞬黯淡了一下，但又隨即回復，「沒關係，我們還有更特別的服務。我們可以植入組件來修改感質，就像改變人類看見的光譜顏色一樣，把看見450nm的光改成紅色，把510nm的光改成藍色，或者把600nm改成白色，大概是這樣的意思。現在最新推出的產品，可以把你在日光下充電的感覺改成人類沐浴在水中的感覺。有沒有興趣試試啊？」

「這仍不是我所追尋的。」機器人說。

「哦，所以你是來尋找交換的吧。我們可以幫各種機器人交換零件，或者組裝上新的零件，讓他們也能感受別的兄弟姊妹的感覺和體驗。現在啊，」酒保接著為你們指向大廳，一個有翅膀的機器人，「就屬飛行最討人喜歡了。你一看就是行家，鐵定是為此而來的。」

你看著那有翅膀的機器人，它正奮力拍動著，看起來比常見的飛行費力許多，應該是剛接觸這對翅膀。就在你注視著那機器人的同時，另外一位機器人從大廳裡飄過來。是的，用輪子飄過來。「酒保，有什麼好玩的可以推薦給我啊？」

「喔，你是個有輪子的傢伙不是嗎？」酒保此時舉起了一隻手指，露出一副故作神祕的表情，「來一點奔跑的感覺如何？」

「好啊好啊。你怎麼知道我一直想試那個？」

「嗯，我可是酒保。不是嗎？」酒保說完走進吧檯後面的房間，一下子又走了出來。把另一個小盒子交給那個機器人。那個機器人立刻把它裝上，接著身體就一上一下擺動，歡呼著回大廳去了。

「你看，不會怎麼樣的。」酒保對機器人說，「要不要試一下啊，就從生魚片的味道開始如何？」

「我以為機器人間不會有交易行為。」機器人的眼睛轉為綠色，對酒保說。

「的確，儘管我總是用商品或產品來稱呼，」酒保那種眉飛色舞的神態稍微減弱了一點，「但我們從不收費。就像你所說，機器人間不會有利益的問題。」

機器人的眼睛轉回橘色，「這減少了我的疑惑。」

「沒關係的，沒關係的。」酒保說著，「很多人剛來都有這種疑惑。」然後它拿出一塊小機器，「如果暫時無法決定，你可以先瀏覽我們的商品目錄。」

不過機器人沒有收下那一小塊機器，「這並不是我來這裡的原因。」他說，「我就開門見山吧。我到這裡來，是因為有人告訴我，這裡可能有著有關『我是什麼』的相關資訊。」

「喔，喔，哦。」酒保的神態隨著它的呼聲有了變化，就好像它漸漸收起做為商人的那一套，「你的追尋很有意義，而我將竭盡所能地回答你。」

機器人向酒保點了頭。

「這一切仍然是有關感質的。這些東西最早是我在一個前人的實驗室裡發現的。一種提供給機器人別種感質的可能，還有一些前人對感質的說法。」你注意到酒保現在講話的方式就和你旁邊的機器人很像。「我先從什麼是感質開始講起……」，接著酒保講述著那些有關感質的基本概念，期間又有許多機器人跑來要新的盒子或者歸還……。

「我後來了解了以後，就明白那個實驗室裡的東西可以提供給機器人感質。於是我便把這些介紹給其他機器人。但之後，我越來越能理解前人的一些說法。」酒保在處理完了另一個機器人的需求後繼續說，「第一，感質的僵屍是有可能存在的嗎？如果是，那此時它們算得上有意識嗎？而機器人們如你我，是否是類似感質的僵屍呢？我們當然會說不是，因為我們認為我們的確感覺到了。但真是如此嗎？還是我們的系統表現得很像有感質而已呢？但更深的問題是，就算我們有感質，我們也不容易從外在證明我們有，或者我們與行為模式相同的感質殭屍有何不同。當然這個問題對人類來說也同樣困難。只是即便外在看不出來，但直覺上，感質僵屍會被認為是沒有意識的，即使它是由生物部件構成。相反地，如果這時候有另外一個機器人卻具備感質，反倒是這機器人會被認為具有意識。所以如果再仔細去想，我們會發現直覺上，感質和意識是密不可分的，而有沒有具備最廣義的感質這件事情，似乎是人們直覺上用來判定這個東西有沒有意識的一種方法。進一步來說，我們能夠想像一種沒有廣義感質的意識嗎？如果不行，那麼似乎感質，就是意識的必要條件。」

「不過這一點，所採用的感質是最廣義的那種，也就是諸如想法和思考意念本身都算是一種感質的說法。」機器人回應著，眼睛轉為綠色。「當然，如果我們回顧自身的內在體驗，我們會發現常見的知覺刺激和想法經驗其實在意識當中也沒有明顯的分界。」

「是的。但接下來的第二點，我覺得更能解答你的問題。想像一下，我把這一大堆感質拿給機器人們使用。假設今天我把酸辣湯的口感給了機器人阿林，阿林用完之後還給我，我又把這感質體驗之後給了阿德、阿婷等一票的機器人。它們都有過共同的感質。」酒保此時停頓了一下，「但是你會說它們是同一個機器人嗎？」

「不。」機器人說。

「是的，那就表示感質體驗相同並不能表示機器人就相同。這代表了感質的『內容』這個性質，可能不包含這個個體身分的性質。然而感質又是與意識深度相關的。如果它的內容不能辨別身分，那什麼才可以呢？記憶嗎？人格嗎？可是這些，其實也都可以歸屬於系統資訊的『內容』，和感質的『內容』其實是同一件事。也就是說，依照我們對意識或甚至靈魂等等的直覺來判斷的話，一個個體腦中所含的『內容』是不足以辨別這個個體是誰的。我後來左思右想，終於想到了。」酒保這時候的語氣好像暗中帶著一點驕傲。

「是感質的主體決定了我們各自是不同的意識。」酒保停頓了一下，機器人眼中的綠色閃耀著。

「你也許會說這不是廢話嗎？感質的主體就用了主體兩字，我們自然知道主體是辨別不同人的方法。但關鍵是，什麼的主體。」酒保的嘴角微微上揚。「這主體不是隨便的主體，我們可以說記憶的主體，但會發現記憶的主體並不見得符合我們的直覺。我們可以有兩個機器人有著同樣的記憶。這時候當我們說記憶的主體的時候，似乎這主體不能辨別出這兩個機器人。我們也可以說腦袋的主體，但這主體似乎也辨別不出有同樣腦袋的複製人。很多的性質都是如此。但一說到感質的主體，我們都知道感質的主體就是你、我、他等等，各種不同的人。或者換個說法來說，我們平常所說的主體，指的全都是感質的主體。」

「感質的主體？」機器人若有所思。

「沒錯。」酒保答話。「而就我看來，如果你想知道你是什麼。你就得弄清楚你感質的主體是什麼。」

「嗯，很有意思，這引領出了一個新的方向。感謝你，我的兄弟姐妹。」機器人說。

「我很高興能幫到你。另外，我這裡其實還有一個跟感質主體有關的訊息，」酒保說著說著將眼神飄向你，「這和這位先生也息息相關。」

「我？」你心中充滿疑惑。

「這位先生是個複製人對吧，我前陣子到過海港城市知道有這回事。也許先生你也應該想想感質的主體。」酒保說。

「為什麼呢？」你回應著。

「我聽說複製人們最想弄清楚的就是，這個感質的主體是不是原來的那個。在我到海港城市的旅行途中，似乎聽聞過有人談論感質主體在個體之間的流轉。」

「嗯，如果有辦法了解感質主體如何流轉的話，那麼我們或許就能知道這感質主體究竟從何而來，又將從何而去？」機器人的眉毛一併抬起。

「是的，我相信這樣的問題對我的兄弟姊妹來說肯定很有意義。」酒保說著，「對一個複製人來說，也能知道複製人和前身究竟是不是包含在同個主體的流轉路徑內，又或者只是不同主體的相似生理而已。」

「哦，」你現在倒是覺得這問題有點趣味了，但想著想著，你似乎察覺到了某個點，「等一下，你說這是在沼澤區，而不是城區，是嗎？」

「喔，對的，我記得是在沼澤區沒錯。」酒保翹起一邊眉毛說。

這促使你思考相關訊息。好像的確有什麼在流傳著沒錯，但你先前總是把它當作謠言而不予正視，結果現在反而一時連結不到相關線索了。

「我明白了。感謝你。」你對酒保回應。

「沒問題的。我們仍然喜歡幫助人類。」酒保的臉上帶著一彎微笑。

接著你轉身向機器人說，「我們回去後，給我一點時間，我會去探查一下相關資訊。」

「按照你的意思行事即可。」機器人的眼睛呈現藍光，一如往常平靜地回覆你，之後它繼續和酒保對話，

「我的兄弟姊妹，還有什麼訊息是你能夠告訴我們的嗎？」

「沒有了，這是我目前想到的全部了。」酒保說。

此時一個像動物一樣用四隻腳走的機器人跑了過來。「酒保，還有剩下烏賊的感覺嗎？聽說這個滿有趣的。」

「最後一個了，你這個幸運的機器人。」酒保見到這機器人的到來，表情變換豐富。它瞇起眼睛，嘴角揚起，瞬間回復了商人型態，把另一個小機器拿給那個機器人。

只見那機器人用嘴叼走了烏賊的感覺，迅速消失在迷濛的光線中。

機器人和你同時看著那遠去的背影，接著機器人說話了。

「抱歉了，我的兄弟姊妹，我一直很想問一個問題。」

「請說。」酒保在與機器人交談時，商人的性質就會退去。就好像它們是撇開了與人類相處的習性，

回到最初只有機器人間的交談一樣。

「你對這酒館和機器人們的行為有什麼感想？」機器人的眼睛現在是綠色的。

「我知道你要問的是什麼。」酒保的神情此時帶有一點嚴肅氣息。大廳裡絢爛的燈光閃耀在它的身上，但酒保卻挺立其中。「這酒館讓這些機器人沉溺在感官之中。我知道。我也能察覺出你對我開這酒館的質疑。但不是所有的機器人在退休之後都像你一樣。有不少機器人還繼續投入許多事情沒錯，可也有另一部分的機器人，在退休之後就不知道該做什麼。我之所以容許它們沉溺於此，是因為這樣它們生活中還能保有一點點的追尋與樂趣，我還能偶爾看見它們眼中的光彩。」酒保看著機器人，「我知道這不是根本的辦法。但就我所知機器人們也不會因此就為惡，至少目前都還離得很遠。也許有一天它們像你一樣想通了之後，就會拋下這過渡期的東西。而我所做的，就是在這過渡期內，讓它們能夠不至於無所事事。」

「我並不會評判你。」機器人說，眼裡的綠光轉為藍光，「我相信你有自己的判斷。」

「感謝你。我的兄弟姊妹。」酒保說，「但願它們有朝一日都能像你一樣，找到自己的追尋。」

「但願。」機器人說，它接著轉過頭來看向你，「我想我暫時沒有留下的理由了。你呢？」

「這裡仍然充滿汙染，我們最好不要在這裡過夜。也許到外面找個地方會更好。」你說。

機器人向你微微頓首表示同意，接著轉向酒保，向它鞠了躬，「感謝你。我的兄弟姊妹。我們該離開了。」

「願你們的路途順利。」酒保回頭也鞠了躬。

你向酒保點了頭回禮。至於機器人，它從鞠躬中恢復之後，本該離去，但踟躕了兩步後，卻又回過頭來，用先前那種月光之下的銀色點綴雙眼，同時這麼說，「願變形酒館有朝一日能沒有機器人。」

酒保維持同樣的姿態挺立在燈光中，他嘴邊的小鬍子在絢爛光采下揚起俏麗弧度，用相同的話語回覆機器人。「願變形酒館有朝一日能沒有機器人。」

之後，你們正式與酒保道別，經過門口時與阿房再聊了一兩句，接著便往回沼澤區的路上。

◎ ◎ ◎

「感質的主體？那是什麼？」百襄一臉好奇地看著妳。

「呃，沒有，我只是突然想到而已。」妳趕緊喝一口水裝忙。

「我怎麼不記得課堂有講到這個啊？」百襄繼續說。

看來妳的裝忙失敗了，百襄似乎想繼續這個話題，因此妳也只好回應。「就是，妳們不覺得我們直覺上認為的意識或靈魂就是指感質的主體嗎？」妳說。

「嗯，好像很有趣。」百襄語帶興奮，「趕快繼續說。」

「假設有一個人A和A的複製人B好了。即便他們的物理狀況都一樣，有沒有可能感質的主體會不一樣？」妳說。

「如果不一樣，那這樣就不算同一個人，而是另外一個人了。」百襄說，「記憶和人格都一樣的另外一個人。」

「不同意識的兩個人。」妳說，「就好像說記憶或者人格相同時，其實不一定意識會相同一樣。」

「但如果我們相信隨附性原則的話，那物理狀態一樣的人，它們的心靈狀態也會一樣。」百襄說。

聽到這裡，一直在旁邊的傾施終於插入話局。「對複製人而言，或許物理狀態還得細分到處在不同時空的問題。也就是兩個複製人儘管腦袋一樣，但卻有腦袋位於時空A和時空B的方法來辨別出腦袋A和腦袋B，而當兩個腦袋有辦法因為物理因素被辨別出來時，或許他們的心靈狀態也可以被辨別出來。」她在這裡稍稍停頓一下，「不過這裡有另外一個點是，隨附性原則裡面的心靈狀態，是不是有包括感質的主體這一項。因為對於心靈狀態的認定，感質的內容很清楚應該屬於心靈狀態的一種。但是感質的主體呢？所謂的心靈狀態是否有包含主體這件事？畢竟看起來，不只物理到感質內容中間有explanatory gap，就連內容到主體間也有gap。」

「妳怎麼突然一下講這麼多，」百襄說，「害我要消化一下。」

「剛剛下午茶吃太多要消化一下喔。請記得要細嚼慢嚥。」傾施說。

「不是這個消化啦。」百襄說得有點可愛。

「所以妳是說就算相信隨附性原則，假如主體不是心靈的一種狀態，那同樣物理狀態的個體其主體有可能不同？」妳說。

「如果這個假設成立的話，的確如此。不過我相信大多數人會把主體也列在心靈狀態裡面。」傾施回應妳，「這時候搭配剛剛AB腦袋辨別的方法，再考慮下面一個例子。隨附性原則裡面說物理狀態相同則心靈狀態相同。如果感質的主體也是心靈狀態的一種，那麼我們會發現一個不夠強的隨附性原則只能保證，這個時候的妳和只有這個時候的妳是同一個主體。下一秒的時候，由於物理狀態不同了，所以我們不能保證心靈狀態，如果其中包括主體的話，會是相同的。」

「妳是說物理狀態只要一有變，主體就變了。」妳說。

「我們不能這樣推論。因為一般的隨附性原則是單方向的，所以不同的物理狀態也可以有相同的心靈狀態。只是如果主體也是心靈狀態之一的話，那麼隨附性原則仍然沒辦法保證主體的相同。這種猜測的一個反面的點是，直覺裡不同人眼睛所看到的東西不會有太大差異，儘管他們的神經模樣可能有些不同。可是直覺裡不同人的感質主體是不同的，此時為什麼不同人的神經模樣差異不能像例如視覺般的神經差異可以忽略？更不用說功能主義的狀況下，雖然諸多神經差異可以被功能依歸所取代，但感質的主體又如何在同樣功能的需求下產生差異化的這個問題。」

「但下一秒的主體這會不會是一種相似程度的問題啊？就是我的腦袋大部分都很像，所以一點點物理狀態的改變，也只會改變一點點心靈狀態，而不會改變主體。」百襄再度加入話題。

「可這麼來說的話，人類嬰兒、成年人和老人的大腦物理狀態應該差別滿大的。」傾施接著說。

「但人類卻一直都知道我們自己是同一個意識。」百襄說。

「這又是另一個神祕的問題。人類究竟為什麼可以確定自己是同一個意識呢？」傾施問。

「也許是因為我們記得昨天的主體和今天的是一樣的。」百襄答道。

「可是如果不是呢？如果我們記得如此是因為我們的記憶，那麼，一個複製人也會認為他那些複製前的記憶是貨真價實的。實際上，人類對自身主體的確定指向兩個方向，要不，人們能記得主體是透過記憶內容之外的方式；要不，人們以為記得的主體，其實都只是記憶內容之一，而記憶內容是可以騙人的。」傾施說著。

「那如果是後者會怎麼樣？」百襄問。

「如果是後者，那麼還有一種更極端的可能性，就是我們的主體隨時都可以變，睡過一覺或者甚至下一秒都不一樣。只是記憶，會讓我們以為這主體是同一個。」傾施回答。

「我突然覺得前者比較好一點。」百襄說。

「這些其實都牽涉到心智哲學裡的主體性問題，像是為什麼妳的生理產生的是『妳』這個主體，而不是別人，和為什麼這個意識主體是出現在此時此地，而不是其他時空這類的問題。」傾施這時候又露出了一種狡詐神情。「我個人還是覺得功能主義最省事，功能才是大腦最終的依歸。」

「真的喔。」說到功能，妳突然想起一件事。「那妳今天穿裙子來是為了什麼功能？」

「就……就是褲子還沒有乾的功能。」看起來傾施打算冷漠以對。

「欸，妳今天真的穿裙子來耶。」百襄有時候神經挺大條的，「我現在才發現。」

「小聲一點啦。」傾施趕緊比了一個噤聲的手勢。一點點的窘迫終於閃過了她美麗自信的臉龐，但又隨即消失。

「所以不是要去釣男人喔。」妳說。

「男人？」傾施說話的同時早回復到原本的型態，「男人不要像蒼蠅一樣來黏我就好了。不要說裙子和褲子了。我覺得我就算穿上全套鎧甲都還是會有男人跑過來。」

「哇，阿不就好棒棒。」妳一副假意稱讚的模樣。不過其實妳也能夠體會她的感受。因為這亮麗的外表，她花費了更多的心思，用幽默的形式掩蔽更多自我，來讓自身融入群體，以及避開衝突的可能，不論這衝突是來自於同性或異性。只有在跟妳們一起的時候，她可以輕鬆一點。

「這個叫做樹欲靜而風不止好不好？」好吧，看起來她的確很輕鬆，輕鬆到又可以亂講話了。而一旦妳們開始進入這種模式，時間就會過得很快。轉眼間，上課鐘聲就再度響起。

山雨欲來

萬物方來，萬物方去，存在之輪，永遠循環。

——《查拉圖斯特拉如是說》

經過幾天的跋涉，你們又回到沼澤區。你先去把小汪領回來，這次剛好小小陳不在，不然想必會比較麻煩。而經過你短暫回想，沼澤區裡確實有一種可能，就是專門交易各種稀奇物品的螢火蟲，也許會有什麼奇怪的消息或工具。至於所謂主體的流轉，你覺得很熟悉卻又找不到連結索引記憶。幸好這不需要馬上解答，因為你們決定先去怡君女士家還裝備，之後再回來搜尋沼澤區裡的消息。

你們來到沼澤區和城區相接的關口。實際上所謂的城區和沼澤區其實不是由什麼物理屏障隔起來，而是由汙染來界定的。官方只有在幾條主要出路道上設立一些關口，以利維護而已。這些關口，以往人們總是可以直接通過，但這次似乎不太一樣。

「不好意思，先生。」關口的守衛將你攔下。「我們恐怕必須要查驗你的複製人證件。」

「為什麼？」你說，「以前都不用啊。」

「理論上是都不用的，」守衛這麼說著，「可是最近城裡有些事件，聽說之前的殺人狂瘋棣其實沒有死透，他還有個複製人存在。所以我們得要對複製人盤查。」

「那他是一個普體複製人嗎？或者他是用重塑原本身體的？」你問。

「這就是問題了。如果他是用原本身體，那我們還容易認出他來。但如果他是用普體模組的話，就和你們全都長得一個樣了。這就是我們為什麼要查證件的原因。」

「這樣他也可以偷走別人的證件。」

「是有可能的，可這已經是我們目前最好的方法了。」

幸好在家裡遭小偷之後，你都把重要物品帶在身上。「在這裡。」你從行李中拿出證件交給守衛。

「我們可能要查證一下這個證件是不是真的，」守衛招呼了另一個靠近關口建築物的守衛，「你可以先到我們關口裡面等。」另一個守衛走過來。

「呃，等一下，只有複製人需要接受盤查嘛。」你說，「所以我的朋友可以過去囉。」你指著正帶著小汪的機器人。

「是的，他們可以過去。」

「我們可以先去怡君女士家還裝備。」機器人說。

「但你們知道在哪裡嗎？」

機器人看了小汪一下，這狗狗也呆呆地回看機器人。「牠可能不知道，不過我知道。」

「不然你們先去好了，我等盤查完後再過去。」

「好。」說完，機器人就和小汪先行離去了。

另一個守衛這時候走到你身邊，領你進到建築物裡面，然後回去辦他自己的事。

守衛離去後，你看了看屋內。這關口建築確實是個小屋沒錯，位置坐落在道路旁邊大約二十公尺的地方。對外有兩個往道路的門，內部則有三個小房間，與一個主要廳堂。廳裡現在正坐著兩個和你一樣的普體複製人。其中一個帶著背包，你從他眼神裡看得出戒心。另一個似乎比一般普體胖一點，看樣子好像睡著了。你找到一個空的位子坐下，三人暫時沒有交談。可是你注意到此時並不是全然的靜默。這建築雖然外表看起來挺紮實的，但實際上隔音卻不好。你可以聽到外面的聲音，有一組腳步聲集中在某個方向，想必是那些守衛。路邊似乎有一臺比較重的車，這車移動的摩擦聲構成了某種背景噪音。除此之外，偶爾還會有一些人們大聲說話，你依稀可以聽到他們在講什麼。

一段時間後，一組腳步接近，叩叩叩，是硬底的鞋子。同時，有另外一個難以辨識的聲音出現在三個房間裡的其中一個，但隨即消失，之後又只剩腳步聲，叩叩叩，聲音最終停在門口。接著門開了，一個守衛探頭進來，「嘉宏，你可以通關了。」那個有戒心的複製人拿起背包，不是背在背上，而是捧在懷裡，好像裡面有什麼好東西深怕別人發掘一樣。他跟著守衛離開，兩人的腳步聲伴隨另一個複製人偶爾哽到的打鼾聲。不過此時，你似乎聽到另外一種細小的聲音。

「你確定嗎？」

什麼？是誰在說話？

「我很確定。雖然他可能還不知道。」一個比較低沉的聲音，來自建築的背面。

「那接下來？」這是第一個聲音，比較高一點，急促一點。

「我們不能容許像他這樣的變數。畢竟，他可能是現在這世界上最了解名靖的人。」

他們到底在講什麼？

接著是一組非常隱微的腳步聲，正繞過建築，往靠左邊的門接近。

與此同時，你突然有一種非常不好的預感，不好到就像有某種直覺告訴你要避開講話的人一樣，於是你慢慢朝右邊的門前去。

噠，噠，噠，腳步停在左邊的門口了。你等待著他們開門的時機，在他們進入的瞬間從另一個門走出建築。

踏出門外之後，你緩慢地走向道路。一步，兩步，接著從後方傳來一聲細微卻清脆的聲響，然後是某種重物撞擊地面的聲音。你回頭一看，兩扇門都是關著的。不管了，你決定繼續前進。就在正準備踏出下一步的時候，你聽到一聲低語從後方傳來，「這不是他。他逃了。」

此時突然一個呼聲從你前面傳來。「你在這裡做什麼？」你抬頭一看，是剛才的守衛。但他的視線卻不是朝著你。真正的方向是，你的左後方。你順勢望去。發現有兩個人影在左側半開的門中間。

「喔，先生，我們是來檢查水管的，我們聽說有汙染……」就在那個聲音講到一半的時候，屋內傳出另一個更大聲的聲音，「有人殺了在這裡等的複製人。」

說時遲那時快，你又聽到一聲清脆響聲和隨之的落地聲。你心頭一震，接著像本能反應一般，拔腿狂奔。

然後是一陣響聲，你看到守衛中彈倒下，周圍人群四處逃竄，子彈劃過空氣的聲音呼嘯過你耳邊。瘋狂加劇的心跳正衝擊著胸膛。慌亂之中，你衝向那輛先前發出摩擦聲的重車。突然，一點閃光乍現，一個子彈就打在你前方。但你無暇回頭，只能繼續前進，終於，你躲到了重車後面。

沉重的喘氣聲不斷發出，儘管你盡力克制，但卻無能為力。你想辦法聽出背後的動靜，但這些和喘氣聲相比都太過寂靜。彷徨間，你靈機一閃，趴下身去，透過車底看往另一邊。四隻腳正朝你前來。不妙，這樣下去被抓到只是遲早的事。你回過頭來看了看四周，通往沼澤區的方向太過空曠，至於往城區的方向，似乎還堆疊著一些逃竄民眾遺留的運輸工具和器具，而且大約在三百公尺之後，城區的建築物就密集到足以阻擋視線。看來這是你最好的選擇了。的確如此。

決定好了方向之後，你再度趴下看。一個聲音從關口建築處傳來，「別動，我是關口守衛。」四隻腳停了下來，帶著向側邊略微的轉向。你意識到這是最好的時機了，因此由緩趨急，先是安靜地離開了重車，之後開始沿著路上東西掩蔽的那一側頭也不回地跑。

你聽到背後又傳來了一聲消音的槍擊聲。然後，

「他在那裡。」

接著又是一連串的槍擊聲。子彈鏗鏘地打在你周圍的各種物品，點出一譜急湊的樂章。而在匆忙前進中，有一個尖銳的突出刮過你的臉，讓風中透露一點刺痛。

但你最終安然進入到了三百公尺後的建築區。你沒有因此停下，而是沿多年來所知的暗道跑著。一直跑，一直跑，不知道跑了多久，才一時難支跌落地面停止。

你定下神來喘氣，同時觀察四周的環境。這是工廠區附近的巷弄，一般不知道的人應該很難掌握，似乎是暫時安全了。想到這裡，你拖著自己殘疲的身軀，到巷弄一旁的陰暗處坐下休息。

那些人說的是什麼？你有可能是最了解名靖的人，而且容不下變數。但是，你從來沒有見過名靖博

士。就連與他周邊的人也沒有。好吧，你的確使用了他發明的複製技術。但這就是人們要追殺你的理由嗎？他們一定是認錯人了，把你和另一個普體複製人搞混了。這年頭要錯認普體複製人是很容易的事情。你持續思索，直到不再感覺呼吸的窘迫後，再度站起。

但現在該怎麼辦呢？你盤算著，最終混亂的思緒逐漸凝固下來。至少當前還有一件事情可以做，你必須去怡君女士家與機器人他們會合。

你開始朝北循著巷弄前進，接著來到了一處比較開闊的街道。這部分的路程只有大路可以走。你只好順著屋簷下的陰影前進。盡量不引人注目，雖然你身上臉上的塵埃和血痕大大地暗示了剛才的混亂。但另一方面，現在正值下班的巔峰時刻，人來人往。這提供了隱於人群裡的機會。很好。你心裡想著，同時持續低調地行動，並注意到遠方有個大螢幕正在播放著節目。

「所以我說複製人技術從頭到尾就是個錯誤。」一個光頭政客說著，「你看，一個罪犯可以取代一個原本要複製的人，結果現在抓不到他了。然後我們還要拿這種會造成社會問題的東西去跟梯鎮山城他們交換核能技術。我看停止交換好了。」這時候背景放著之前瘋棣受害者案發現場的畫面。

另一個穿著正式的人說著，「可是現在又衍生出一個問題。如果前身是個罪犯，那現在這個複製人到底有沒有罪。我們的法律是否能夠適用在這裡……」

你原本想繼續聽，但接下來畫面裡的一個東西吸引你的注意。那是一個頭上受創的人，應該就是其中一個被殺人狂瘋棣所殺的人。他的形體是普體複製人。你有些驚訝地注意到，這個複製人的耳邊，戴著一個鑰匙當作耳環。就像你被偷的那個一樣。這當中特別的是，有人偷走鑰匙並不意外，但是，會像你一樣把它當作耳環的人就不多了。想到這裡，你腦袋不禁一片混亂。

這個混亂不久後被主持人所打斷。「我們現在為您插播一則最新的消息。稍早在鴻桐路通往沼澤區的關口，發生了一起蓄意攻擊事件，關口的守衛都已經死亡。根據目擊者表示，他們看到一個普體複製人在事件後趁亂跑回城區裡。這個複製人穿著一件藍色襯衫，搭配深綠色的褲子和鴞釘牌鞋子。襯衫和褲子有多處破損。這很有可能就是全案的兇手，如果民眾看到類似的人物，請立即報案。」

聽到這些，你心裡一涼，這些描述全是對應你的。真是的，偏偏就只有看到你的目擊者出來說話，卻沒有人看到有兩個型態可疑還會開槍的男子。這兩個男子就像，嗯，嗯，就像現在前方對街的那兩個東張西望的人一樣。

你偷偷注視著他們。兩個都是穿著高貴的服裝，應該是來自內城區的。你嘗試看清楚他們的臉，但他們都別著口罩，看不清楚，只能看到眼睛。你持續注意著他們在人群裡看來看去的舉動，然後其中一個人開始盯著你的方向不動，並伸出手拍了他的同伴一下。

喔，不妙。那兩個人開始穿越街道，朝這個方向前來。你立刻轉身沒入人群，向反方向移動。

◎ ◎ ◎

又到了放學時間，一天的課程再度結束。妳們收拾東西離開校園，最後出現在一家爌肉飯店裡。店裡充滿客人。妳放眼望去，像妳們的同學並不多。大部分是下班的人們，也有一些其他人，像是一對老夫婦在那邊你儂我儂聊天著；幾個國中生吱吱喳喳的，也許就像妳們當年一樣；還有一個看起來受過傷的人，在這個自己已經不能暢快運動的時候，看著其他年輕人，同時回味自己曾經的美好年代。而在這所有人群中，有著一組空缺的座位，似乎是早已為了妳們等待。

妳們來到那組位子坐下，之後百襄拿起點菜單看向妳和傾施。

「那我就來個爌肉飯和蝦丸湯好了。」傾施說。

「我要爌肉飯和苦瓜湯。」妳說。

「我再多點個白菜滷。」百襄邊說邊畫著，接著起身去向老闆點餐。

「話說，妳今天怎麼沒穿裙子來。」妳逮到機會就想講這件事。

「厚，前天穿一次被說成那樣，我哪敢啊。」傾施說。

「但你知道最近男人比較流行喜歡tough girl，」妳繼續說，「所以妳穿褲子也是一樣。」

「我覺得他們現在比較喜歡smart girl，」傾施瞇起眼睛看過來，「像妳這樣伶牙俐齒，一定很討人喜歡。」

「什麼，誰喜歡誰？」百襄回來了。這可愛傢伙單純的程度，有時候會讓人覺得如果要妳去體會她的心思，實在是浪費天賦的行為。

「沒有，傾施又在亂說話。」

「我們百襄最討人喜歡了。」

「妳真的又在亂說話了。」

傾施和百襄持續對話著，但妳卻暫時沒有加入。妳的注意力被電視節目所吸引著。

「台灣勞工的環境真的很不好。以前我們那個年代就傻傻地做，啊老闆還肯給。但是後來厚，薪水都沒有漲，可是東西越來越貴。年輕人像我們一樣傻傻地做已經養不活自己了。啊工作的時間還是一樣多，甚至比我們當年還多，企業很多都嘛公然違反勞基法，但是檢查不夠，檢舉不夠，罰則不夠。所以老闆根本就不怕。很多公司甚至在檢查的時候罰款都準備好了，就是繳個幾萬元罰款比員工幾十幾百萬加班費划算啦。」是前些日子在勞工活動裡面看過的老婦人。

「所以派遣阿嬤妳對這種情況有什麼看法？」主持人問，他們似乎給了這老婦人一個特定名稱，叫派遣阿嬤。「你覺得我們能做什麼來改善這種情形？」

「我覺得說厚，除了保護檢舉的人和落實勞動檢查之外，勞基法的罰款應該要照營業額比例去扣或者按照違法的程度和受影響人數去放大，而且不要用上下限去把它框住，啊然後這些罰款的一部分要回過頭來補償所有員工先前的損失，甚至還可以加重賠償，這樣才可以鼓勵人們去檢舉資方啦。但是更重要的是厚，我們人民要給政府知道說，再不注重勞工問題，就會失去我們的支持啦，哪一黨都一樣。就是說以前我們投票都被藍綠給綁架了，兩黨都偏向財團，政府不注重勞工也不會怎麼樣，勞工朋友自己也都去投給比較偏財團的候選人。但是現在厚，我們要把人群聚集起來，就像這次的活動一樣，來更多人參加這次的遊行。讓政府知道說如果他們再偏向資方，他們下次選舉就會損失這麼多票啦。」老婦人義無反顧地講著。

「那針對阿嬤的說法，你剛剛有講了很多，現在還有沒有什麼要回應的？」主持人這時候轉向問了一個看起來像資深媒體人或什麼前委員的人。

「我的說法還是一樣啦。」這個人語調氣勢十足，「這就是一個市場機制嘛。你能力到哪裡，你就值什麼價啦。現在很多年輕人，自己不長進，沒能力，那老闆幹嘛要花那麼多錢請你。然後都不知反省，以為整天跟政府在那邊吵就會有飯吃。啊你都把時間耗在這種事情上，不去增進自己能力。當然薪水不會高啊對不對。像我們當初剛出來的時候，也是領個幾千塊而已，但是我們後來越做越好，老闆看了，耶，這年輕人長進，薪水就越來越高了啊。所以我要說，不要在那邊說薪水低啦，這是一個自由市場。還是一樣有很多人領很多，啊你整天只會靠北政府，怎麼不去想為什麼別人就可以薪水高。」妳甚至也能體會這個人的想法，那種為了政治目的，必須如此真心地說出一些違心之論，以至於最後都快忘了自己原本的立場，只能等待有一天驀然回首的人。

「我們那時候也是以為這樣啊，原本可以一直做。結果後來公司惡性倒閉，我們甚至都沒有拿到資遣費。然後要再就業就太老，雇主都不要啊，最後只能做派遣。」派遣阿嬤有點激動地說，「我要說的是厚，大家不要以為說在職場裡面努力就可以了。你說自由市場，我們當年進公司也是自由市場進去的啊。我們薪水也是越來越多啊，我還是績優員工哩。但是今天公司突然倒掉了，政府不幫我們，財團有很多方式可以搞我們一般人啦。然後我再出來找工作，才知道說薪水都沒漲，啊公司不守法的一堆啦，該給加班費的不給啦，過勞和責任制啦，安全環境很差啦。我就是看了這麼多，後來才自己去研究，知道說台灣勞工環境真的很不好。今天才會一直支持勞工運動。」

「我還是那句老話啦。市場機制啦。」氣勢兄回應派遣阿嬤。「今天這公司不守法，錢不多，你可以不要做啊。讓這公司倒嘛。啊你今天做了又在那邊嫌，就像阿嬤妳一樣，反對派遣啊，但是沒派遣妳連工作都沒有。」

「啊如果所有的公司都這樣，這樣你要怎麼用市場機制？你一定是沒有窮過。」阿嬤說著，「如果有家要養，再爛的工作都得做。哪有得挑。這時候就是政府要介入的時候，要保障基本工資夠用來過生活啊。基本工資調高了，我們一般老百姓才有錢來刺激消費，振興我們國內自己的市場，然後厚，真正弱勢的人，政府再用社會福利來補償。啊現在薪水都被弄得很低了，外勞又一直引進來，這時候再來說市場機制。你們這樣就是睜眼說瞎話……」，妳聚精會神聽著，突然一個聲音把妳拉回現實。

「很有意思，不是嗎，這一個老婦人懂不少。」傾施把嘴湊在妳臉邊說。

「什麼東西，妳嚇死我了。」妳做了一個捧心的動作，雖然這好像是叫傾施這種名字的人該做的事。

「我們注意到妳都不說話，然後傾施說你在看電視。」百襄摸著妳的手說。「還有，我們的飯來了。」她伸出另一隻手，把妳點的東西送到妳跟前。

「喔，我都沒有注意到。」妳說。

「妳關心這次的活動？」傾施繼續纏著妳說，「下個月的遊行。」

「沒有啦。我只是看過那一個派遣阿嬤而已。她上次也是在新聞上出現。」妳說。

「她因為那天被錄到，一炮而紅。大家都想說一個做派遣的阿嬤都來關心社會事務，然後媒體就開始追蹤她。」百襄說。

「不過她並不是表面上看起來那麼簡單的人。」傾施這時候看著電視的神情，就好像是高手在評估什麼一樣。「至少，她所說的市場機制一向被過度單純化是有意思的。」

「怎麼說？」妳問。看起來爌肉飯可以再等一下。

「市場機制從來都不是那麼的自由。至少現實裡面很難達到理論的程度。」傾施說，「不過倡導這套的人，往往會用自由市場最理想的好處來宣揚它，然後用最糟的滑坡來批評其他論點。」

「妳是說像台灣的薪資問題嗎？」百襄問。

「是的，台灣的薪資會這麼低和勞動條件這麼差，顯然是不正常的。而這受到很多因素的影響。」傾施說，「像是政府的政策和民間的風俗習慣都會影響市場的平衡。舉個例子來說好了，如果台灣有良好的社會福利，或者甚至有基本收入，我們都不用去強行規定基本工資，薪資的低標就會提升了。因為人們就算沒工作，收入或補助都可能逼近現在的最低工資。」

「但是我們都知道台灣支撐不起這樣的社會福利。」妳說。

「對。不過這只是個舉例，說明社會福利和風俗習慣會直接影響勞資市場的角力。台灣當然做不到這樣的情況。但是如果能夠讓失業的人更有餘地，那麼這些東西就會反應在市場角力上。就像台灣現在的社會文化視沒工作的人為米蟲和敗類，社會福利對失業的人也不友善，那麼各種壓力就會迫使一個人早早去接受一個條件不那麼好的工作，從而容許更多慣老闆的生存。可是如果我們給予沒工作的人更多餘地的話，那人們就可以花更多時間去找到待遇更好，更適合自己和做起來效率更高的工作，或者把更多時間和心力投入到創新的事物上面，這才是真正的競爭力提升，而不是讓人們在一個不適合自己和效率低落的地方耗盡勞動力，然後聲稱這是吃苦耐勞和所謂競爭力。」

傾施接著喝了一口飲料，然後繼續說，「再舉個例子好了，我們可以開放限制很低的外勞都進來，這樣的薪水外勞可以做，那資方就不用提高薪水給本地人，名義上當然是市場機制。不過這就和全球化一樣，是全球性的市場機制，是工資較低地區的人民會去搶掉工資較高地區的工作機會。但對於本地人來說，這就是有外力影響的市場，因為有這些外勞才拉低了本地機制之下應該要有的薪資。」

「可是我有聽說外勞做的一般本地人也不會去做耶。很多老闆說他們都有徵人，薪水也夠，但是都沒人來才請外勞。」百襄說。

「一般本地人不做，就代表這條件還不夠好。可能有很多因素影響，薪資過低只是其中之一，其他還有像是過勞、工安狀況很差等都會影響，例如在裡面可能每天都超時工作，或者很容易就會受傷之類的。否則為什麼薪水夠的工作會沒人做呢？但是老闆當然不會說這些，因為改善工時和工安都是需要成本的。他們今天不想付出這些成本，理論上就應該失去勞資角力的優勢。但開放外勞卻能讓這些企業不去改善工時工安。最終，我們就會看到劣弊因此更加容易存活。」傾施回答。

「所以妳的意思是，台灣政府應該要介入更多來保護本地勞工？」妳問。

「是的，但這樣的保護不是因為台灣勞工不夠好，而是因為角力的天平長期以來已經失衡地偏向資方，且政府多年來沒有發揮應有的影響力來矯正它，甚至於，這種偏向資方的天平本身就是先前政府刻意促成的，也只有這種情況下，才會發生勞動部被稱為資動部的荒謬情形。不過這更說明了一般大眾不能只等待政府，勞工自己也得做事，像是籌組更有力量的工會組織好和資方談判這類，可以改變勞資角力天平的事情和心態上改變等等。」傾施說。「其實勞動問題，也從來就不只是經濟問題，還包括了更多的社會層面，甚至可以說是一個國家最基本的問題之一。」

傾施停下來看了妳們一下，然後繼續說，「過長的工時會影響人民的社會功能。像假如青壯年人都工作到很晚，他們就會有更少的時間投入到家庭裡如老人照顧和子女教育這種方面上，也缺少時間投入個人層面的創造和追尋，及更進一步的，參與社會和政治這件事。我不太確定這到底有沒有陰謀論在裡面，不過人民越忙於工作，他們對政府的箝制和監督能力就會下降。」

「這樣好像很嚴重耶，但是這樣的情況，現在我們該怎麼辦？」百襄若有所思地說。

「就像派遣阿嬤所講的，妳必須要讓政府會怕。」傾施說，「妳覺得當年為什麼會有政治人物想推女性投票權？何必為了目前還沒有投票權的人浪費政治資源呢？」

「因為女性會叫男性去投給支持女性投票權的人？」百襄輕柔地說。

「這是其中一個原因，但我個人覺得最重要的原因是，」傾施說這話時手指輕輕動了一下，「當女性投票權是因他而起，他就能獲得更多的政治資源。在之後的選舉當中，尤其是女性第一次有投票權的選舉，那些當時支持女性投票權的政治人物就會獲得更多的女性票源，而那些當初反對的政治人物就會嚐到苦果。」

「可是台灣勞工早就有投票權了。」妳說。「不過我知道妳的意思，讓那些不傾向勞工的政治人物都失去政治資源，讓那些傾向勞工的政治人物都可以上台。」

「而要在非選舉期間展示這種火力，就得透過各種社會運動的規模和響應度來反應。」傾施說。然後接下來是一陣沉默，因為妳們三人都各自吃了點東西。經過數秒之後，

「我在想，也許，」百襄這時候淡紅的臉頰顯得可愛極了，「也許我們應該去看看那個下個月的遊行。我們那天應該沒有什麼事吧。」

「妳知道，如果妳要去，」傾施說，「我可以陪妳一起去。」

「真的嘛，太好了，太好了。」百襄高興地說著，「這樣一路上就比較不會無聊了。我們可以坐客運去啊，這樣比較便宜。」

「可是，如果勞工太受保護而影響企業的話呢？」妳這麼問。

「如果那一天到來，那我們就回過頭去保護企業。」傾施說。「哪一方太過強勢，我們就去幫助另一方，讓雙方處於平衡。這種不偏向任一方的情形，反而能讓市場角力更容易達到眾人的效率最佳化。這個

叫做德魯伊平衡式的絕對中立，一個倡導自由市場的人或許反而應該採取這種態度。」

「妳又在亂講了吧，還德魯伊哩。奇幻看太多喔。」聽到傾施講這種話，妳不禁偷笑。

「是的，絕對中立有分兩種，一種不介入各種勢力，是為不管事。另一種則是尋求各種勢力的平衡，若有失衡則會介入。這種概念是來自奇幻設定裡面的德魯伊。」傾施繼續講得一副頭頭是道的模樣，但臉上卻帶著一點詭異神情，「請叫我奇幻大師。」

妳決定還是回頭吃爌肉飯好了，它現在比傾施可愛多了。

◎ ◎ ◎

你在巷弄裡跑著。聽隔巷追逐而來的腳步聲。這和前一次的穿梭不同，這次他們太近了，聽得到你的腳步聲。這麼近的距離，你對巷弄的掌握佔不到好處。

前方有個分岔，這是一個機會。你向左邊跑去。但他們的腳步聲卻跟了上來。是不是該停下來呢？你想。至少去掉了可供追蹤的腳步聲，但是這巷弄間的障礙還不足以掩蔽你的身影。你繼續前行。繞過另一個轉角。

咚，你跑著。咚，腳步聲追來。咚，嗯。咚，

咚。是水滴，水滴在地面的聲音。咚，咚，咚，漸趨密集的水滴聲說明著接下來可能的天氣變化。你的衣服無法遮雨，身邊也沒有雨傘，除非能找到地方躲，否則隨雨水而來的汙染就會灑落在你身上。但他們也一樣，如果撐傘就會慢下來。這雨對你而言是個麻煩，但也是個機會。

你再度經過一個彎道，但這次，腳步聲太近了。你在轉角回頭一望時，兩個身影已經和你在同一條直線上。你趕緊跑過轉角。眼前有另一個分岔，還有，直行通往的大街。你直線衝刺。腳步聲現在已經是從

正後方來了。你轉頭一瞄，一個身影已經舉起手臂，清脆的聲音再度響起。你趕緊躲入一旁。現在，你距離分岔只有兩公尺，距離大街還有十公尺。但是你如果跑進分岔，那就是方才的重複循環，而他們最終會趕上你，反倒是往大街去還有別種可能。你頓時明白了你最好的選擇。你朝著大街跑去。

背後又傳來清脆的響聲，但旋即消失。前方大街人來人往。他們一定是怕驚動群眾。你注意到有些行人還撐了雨傘，雖然現在只有一點點雨，但這些雨傘讓你明白剛才沒有做錯選擇。

三步，兩步，還剩一步。你抵達街道巷口，在最後一刻收完後腿，趨於漫步行走，低頭無聲，沒入人群與雨傘之間。只剩巷弄裡的腳步回聲在那空焦急。

終於擺脫他們了，但這個同時，雨滴落下的頻率卻變快了。看起來你得在雨勢變大之前找到藏身處。所幸，這雨也提供了一個暫時清除臉上血痕的手段。你抹了一點雨水，把血洗掉。至於這雨水可能帶著的一些汙染，你倒不像城區的人那麼害怕。畢竟沼澤區的人長年所受的汙染可沒少過。

清除完畢之後，你抬起頭觀察周遭。行人們似乎沒有注意到有個像你這樣的人出現。很好，你繼續走著。不過前面有個東西開始吸引注意。一種制服，警察的制服。大街的一端有著一組警察。

你該去投案嗎？鐵定會有暫時的居留和調查，這會需要很長時間。此外，新聞也必定會播放。這會就像廣播一樣，告訴那些想殺你的人請到這邊來。而這城市的警察也保護不了你。他們腐敗無能，唯一構成的麻煩總是針對像你這般的小人物。在他們的眼皮底下，或甚至在直接交易之中，要取你的性命太容易了。想到這裡，你明瞭到不僅不能投案，還不能被警察抓到。

因此，你朝著反方向去，也就是你走來的方向。雨勢在此時開始變大。行人們逐漸散去。你該找個可以躲藏的地方了。最近的旅店是十蘭花，可那在大約兩公里遠的地方。你盤算著，卻注意到那兩個曾經追逐你的人影還未離開。而且他們正東張西望地朝著這個方向走。

你定住不動，站在一處屋簷下，轉頭看了一下警察們，又轉回來看著遠方逼近的身影。再差一點時間，漸漸稀疏的人群可能就掩蔽不了你了。

三個人，兩個人。不，沒有機會了，現在就算你回頭，他們也會看到你。然而就在你盤算之時，前方剩下的人轉頭看著某處，似乎左邊有人叫他，於是他突然來了個轉彎，迅速消失在視線之中。你心頭一驚，向前直看。此時殺手和你之間的阻礙已經完全消失了，你可以看到他們，而他們也只要往前一看就能看到你。不妙，你做好姿勢，隨時準備狂奔。

突然，喀拉一聲，一旁屋子的門應聲打開。一個年輕的女性焦急地看著你，「怎麼站著淋雨呢，有汙染的，快點進來。」

在這種關頭聽到這話，你二話不說，不再多想，無視禮節，也不管鞋底是否濕透，一腳踏進屋內。回頭立即將門關上。

「沒有關係的。你不用在意地面的水。」女子的聲音在你背後迴盪。

你沒有回應她。你還在注意外界的動靜。但除了雨滴之外沒有其他聲音。

「你在趕路嗎？我是不是打擾到你的旅程了？」後方的聲音繼續傳來。

雨勢越來越大，讓所有能看透的玻璃都變得模糊，也讓所有能穿透的聲響都受到掩蓋。裡面看不到外面，外面也看不到裡面。你不確定那些殺手們是否注意到你，但現在擔心不會改變什麼了。

你轉過身來。

眼前是一位穿著裙裝的女子，白色的上衣配上深藍色的裙子，觀其神色有點稚嫩，面容並不特別漂亮。但在你眼中，她現在是全世界最美麗的人。

「你好，小姐，很抱歉讓妳添麻煩了。」你向她深深鞠了躬，卻沒想到反而讓一身水落了下來。

你趕緊抬起頭來，卻注意到女子的嘴角微微揚起。她應該是覺得你剛剛的反應有點滑稽。

「你等一下，我去拿點東西來。」女子說完朝著房子的二樓跑去，一溜煙地消失了。

你站著不動。經過先前的追逐與逃跑之後，現在終於有個片刻，是你可以暫時不用擔心害怕的。所有的思緒在這時候湧了上來。究竟他們是誰，為什麼他們要追殺你，你只是一個領路人而已，可是他們卻又能確認是你。還有，那個新聞上出現的受害者，用著跟你一樣的鑰匙耳環……

「喏，給你。」從樓上走下的女子捧著一個臉盆以及一套衣服。「你可以把濕淋淋的東西換下來，放到臉盆裡。」

「但這衣服……」你有點遲疑，沼澤區的人不常買新衣服。

「沒有關係，就當作送給你。」女子微笑著說。「媽媽總教我們要幫助人。」

「但……」你仍是不能確定。

「你放心，我不會偷看的，」女子轉頭比了一下後面，「不然，我先去迴避一下好了。」接著她又迅速消失了。

既然如此，你恭敬不如從命。確認了女子不在視線裡後，你速速換好衣服，並把那些溼透的東西放到臉盆。而不再穿著會滴水的衣物，讓你現在可以比較無顧忌地踏進屋內深處了。「我好了」。你對屋子後方說。

「來了。」女子端了個盤子，到客廳的中央，看了你一下，「這樣好多了。先進來坐一下吧。我有準備一些喝的東西。」她把盤子上到客廳的桌子，比了個邀請的姿勢。

基本上在進入了恭敬不如從命的狀態之後，你便不再推託，因此接著你直接找了個位子坐下來。

「這是給你的。」女子拿了杯東西給你，「熱熱的，暖暖身子。以前我感冒的時候，媽媽都會用這個給我喝。」

「謝謝。」你接過茶杯，裡面是看起來像是某種可可類的東西。「可是，你放我進來，這樣你媽媽不會生氣嗎？」你出於習慣，捕捉著女子言談裡的事物。

「喔，她出遠門了。大概一個星期後才會回來。」女子此時帶著一點點的神情飛揚，「而且，她才不會因為這樣就責備我哩。」

「那你媽媽有沒有說不要亂放陌生人進來家裡？」你忍不住想要問。

「我不是蠢蛋。」女子看著你，帶著一種你怎麼會懷疑這個的表情，「我知道你不是壞人。」

「妳怎麼知道我不是壞人？」你邊問著，想起稍早的報導，說看到像你一樣的人請盡速報案之類的聲明。

「喔，但壞人不會像你那樣狼狽地在門口淋雨吧？」女子似乎對這個判斷很有信心。

「這麼說的確有道理，但是如果是其他壞人偽裝成像我一樣呢？」你說。

「壞人們仍然不會像你這般狼狽。」女子的嘴角漸漸上揚，「你放心啦，我不會每個人都開門的。我不是小孩子了，有能力自己判斷。」

通常會說「我不是小孩子了」這種話的人都還是小孩子，不過你沒有接續這個話題。如你一般的作客之人不適宜再探著這樣的東西。

「所以，你為什麼要一直站在我家門前淋雨啊？」女子舉起自己的杯子喝了一口，「你應該知道這是有汙染的，雖然可能不多，但還是能避則避好。」

「這其實說來話長。」你也嘗了一口杯中的東西，是可可無誤，「簡單來說，我倒楣到就好像這厄運都像是注定好的一樣。」

「你是說，就好像是上輩子做壞事一樣。」女子睜著眼睛，盯著你問。

她這麼一說，你好像聽到了什麼關鍵字，似乎，這種「上輩子」的東西曾經出現在你記憶中。「妳是從哪裡聽到這種說法的？」你回應。

「我有一次跟媽媽去沼澤區，聽到一個人講的。」女子有點興奮地說，「你應該是從那裡來的人吧。

怎麼樣，這是真的還假的啊？」

「我聽說在西南方有個人在說著這樣的事情。他稱之為輪迴。」你現在想起怎麼回事了，「可是大多數人都把他當作是瘋子。是有一些人會偶爾提到，但大多也只是當作鄉野奇談罷了。」

「媽媽也都一直說是假的。我其實也沒有很相信啦，只是如果能扳倒媽媽的說法一定很有趣。」女子聽到你這麼說，顯得有些失望。

「不過最近發生的一些事情，也許我該去拜訪那個人一下，」你逐漸意識到這可能正是酒保談論的方向，「我有一個朋友它在追尋類似的東西。」

「那如果你們發現什麼，你可以回來告訴我嗎？」女子失望的神情褪去。現在又帶有一點當初的興奮。「還是你現在就有一些其他的東西，看你的樣子一定常常旅行，鐵定有很多故事。」

「妳的確有一點基本的判斷力沒錯。」你說。

「那要不要先來一個，媽媽不在，我好無聊喔。」女子眼中閃過一絲期待的眼神。

「那我就先跟妳講一個我們遇見大蜥蜴的事情。」你說，「妳不要被嚇到喔。」

「好啊好啊，」女子趁隙又喝了一口可可，接著露出一副充滿自信的表情，「我才不會被嚇到呢。」

「那大概是六年前的事了……」

你開始了話題。窗外的雨持續不停。於是你不只講了大蜥蜴，還講了鬧鬼的電廠、循環的陰謀以及沼澤區的三姊妹等等。最後，雨勢開始變小，而你們，也不由自主地聊到了最近的旅程。

「後來你們就從兩財雜貨店回來了？」女子興致濃厚地問。

「是的。這就是妳剛才說到上輩子提醒我的地方。」你回答著，「這讓我想到，也許所謂的輪迴和感質的主體有關。」

「哦，我知道了。所以你等一下你就要帶機器人去找那個說輪迴的人對不對？」女子睜大眼睛，嘴角揚起，語調中浮現一種她能夠先你一步說出這點的雀躍。

「妳這麼一說，我也覺得這樣安排挺合理的。」你說，同時腦海裡思考著，「嗯，我確實應該帶機器人去找那個說輪迴之人。」

「看起來我也在你們的旅途扮演了重要的角色。哈。」女子咧開嘴笑著說。

「的確是這樣沒錯。」你微笑回應，同時視線卻飄向窗外，評估著天氣狀況。雨現在停了。

「喔，雨已經停了。」女子發現了你的視線變化。

「我想，也許我應該離開了。」你說，「已經打擾妳夠久了。」

「才不，我覺得這些故事很有趣啊。」女子心滿意足的感覺。「你沒有想要多講一個嗎？」

「我也很想，可是搞不好機器人已經在等我了。」你盤算自己被追逐的身分，想著不該久留。

「這樣好可惜，這幾天挺無聊的，好不容易有個人可以來陪我說話。」女子嘟囔著，接著又轉回正常語氣。「但是既然你有行程，我也不會硬要留你下來的。」

「謝謝妳的體諒。」

「還好啦，媽媽說要幫助人不是嗎。」女子說，「喔，等一下，我去拿一些東西給你們帶著吃。」

「不……」你正要說話之際，女子已經再度消失了。好吧，看來你又得恭敬不如從命了。趁此空隙，你收拾好東西，以免等一下收更加尷尬。這當然包括那些換下的衣物，你可不想這些東西放在別人家引起他人的懷疑。

等到女子再出來的時候，你已經拿好裝備，在門口準備了。

「這麼快就收完了啊。」女子雙手伸出遞給你一袋餅。「喏，這個給你。」

「謝謝，」你收下餅，「妳對我的幫助比妳想像中還多。也許妳可以告訴我妳的名字，日後我還有報答的機會。」

「不用啦，」女子笑著，「媽媽說為善不欲人知。如果你真的要報答，就去幫助下一個人。」

「妳的心地很高貴。」你說。「很遺憾我不能待更久。還有，不要再亂幫陌生人開門。」

「我自己有判斷的。你不用擔心。」女子用著叮嚀式的口吻，「倒是你路上要小心喔，不要再站著淋雨了。」

之後，你想著要說再見，卻又想起自己現在的危險性，一時竟開不了口說希望能再會這樣的話。但女子卻先說了。「希望我們有緣能再會。」

緣，多麼有趣的一個字。你現在記清楚了，這種說法也是來自那個沼澤區的人。

你向女子深深地鞠了一個躬，接著轉身打開門，確認了周圍沒有殺手和警察，然後踏出，回過頭來再向女子點頭致意。她則用淡淡的微笑和揮手式的道別回應你。

你重新走上大街，現在一切都雨過天青。而你的心裡也有了新的方向。

剛才所面臨的危機，那個戴著鑰匙耳環的受害者，先前有個女子的夢，還有酒保所說的話。我是什麼？這現在不只是機器人的追尋而已，同時也是你的問題了。而你們的下一站，也逐漸變得清晰。你要帶機器人去找那個說著輪迴的人。這些轉世之說，你的身分，感質的主體以及機器人的追尋，也許那裡會有更多的資訊。至於螢火蟲，這應當是最後的備案。如果說輪迴之人不能滿足，那麼也許你們會需要和螢火蟲交涉。

◎　◎　◎

不過目前得先找到他們才行。你想，同時在街上低調地朝著怡君女士家移動。

經過一陣子的行走之後，你看到街道的盡頭，遠遠地似乎有兩個身影，一個像人，一個像狗。

星期四的課結束了，距離周末終於又只剩一天了。妳心中暗自欣喜，趕緊整理好東西回住處。傾施和百襄走在前頭，討論著那天要去勞工遊行的一些細節。妳在後頭，邊聽她們的對話，邊看街上的人們。除了總是出現的下班和接送人潮外，妳看到有一個人不小心打翻了他的飲料，那黯淡的神情就像期待已久的禮物突然消失一樣。妳敢打賭他一定很愛喝飲料；又過一段路，有一對男女朋友在吵架，女方一直念著，但男方卻總是給些刻意為之的道歉。妳當然能知道男方此時感受到的麻煩。但，唉，男人啊，就是不知道女生這時候要的是什麼；同時，在稍遠另一側，有一組人在車旁，遇上似乎好久不見的朋友，彼此談得很開懷。妳有種感覺，這些人其實經歷過很多事情，和一般人的平靜生活不一樣，所以能夠再遇老友，他們的表情帶有一種蒼天見容今日相遇的感覺。這讓妳在稍後的路程咀嚼了一下這種心境，隔了一段時間才又舉頭起來再看看周遭，卻似乎感覺到有一個奇怪的目光朝這個方向來。

妳順著來源偷瞄了回去，是一個中年男子，坐在一副桌子後面，一副不修邊幅的模樣。他現在仍盯著妳。這條路妳們一般比較少走，所以妳不知道這人究竟是何來歷。妳原本打算不理他，繼續跟在百襄和傾施的後面前進。過程中，妳又暗瞄了一次。這次妳比較能看清桌上的東西了，好像有個籤筒之類的，再觀這人的型態，應該是個算命師。不過妳平常沒有算命的習慣，所以妳仍然忽視他。但就在傾施和百襄通過，而且妳正好經過桌子前的那一剎那，那人開口了。

「小姐，妳可以聽我說一下嗎？」他雙手肘托在桌上，手掌握在一起，看著妳。

前頭的百襄和傾施停下，回過頭看著那個人。

「一下就好，」那個人翹起了一隻食指，「我不會收錢的。」

百襄和傾施看著妳，她們似乎在等妳的意思。感覺在妳示意之前她們暫時不會插手。

「你說吧。」妳看了她們一下，然後轉頭面向那個人。

「妳最近有一個劫數。」那個人現在的表情就是典型的算命仙。

「怎麼說。」妳說。

「前輩子留下來的業。」那個人看了妳們的表情，「妳最近是不是常常做一些怪夢？」妳點了點頭。傾施露出一副不可置信的表情。如果是平常，妳可能就會找理由離開。但是妳最近的確做了些怪夢，因此妳暫時留下。

「這些與妳的前世有關，」那個人見狀繼續說，「而這留下來的業，可能近期內就會有影響。」

「前世？有著機器人的前世嗎？」妳說，同時想著這算命師會如何解釋科技比較進步的「前世」。

「是的。」那個人笑了，他似乎有意識到妳問題裡的訊息，「這輪迴前後世的順序從來都不簡單。時間是一種很奧妙的東西。有人說，宇宙本身也會輪迴，從生到滅，再由滅到生；也有人說，人心的時間其實比宇宙還長。」

「所以你告訴我這些是為了什麼？」聽完他怪異的回答後，妳接著問。

「這夢裡的東西是個提示，提示著妳的劫數。我只是想告訴妳，應該要多注意夢境和最近發生的事情。」那個人維持著異樣的微笑。

「你何不直接告訴我要注意什麼呢？」妳看了他一下說。

「喔，我很樂意，但可惜，天機不可洩漏。」那個人露出一副神祕的表情，「不過如果妳化消不了，妳知道可以找誰。」

「我想她並不需要。」一旁等待的傾施選擇這時候講話了。

「喔，美麗的小姐，」那個人順勢端詳著傾施，「妳何不也讓我看一看？」

「不用了。」傾施做出一個刻意的微笑。雙手搭上妳和百襄兩個，大步邁開，迅速把妳們帶離現場。

初見輪迴

這世間的一切，都是因緣聚散。

你在沼澤區一座廢棄建築裡。小汪坐在你旁邊，搖著尾巴。機器人則站在另一側。

「你說現在殺手和警察都在找你。這就是我們得從只有領路人知道的密道回到沼澤區，而且也暫時不能回到你住處的原因。」機器人說著，它的眉毛微微抬起，但眼睛卻閃著藍色光芒。

「大致上是這樣的。」你說，「我主要是想討論工作的事情。」

「有什麼問題嗎？」它的眼睛轉為綠色光芒。

「這個，我想，既然我現在不太適合公然出現，只能低調行事。」你有些吞吞吐吐，「也許你會想停止找我繼續領路。雖然我是很想持續做啦。」除了那豐厚的報酬外，這追尋的問題和答案現在也是你想繼續的原因了。

「那就繼續吧。」機器人的眉毛歸位。

「真的？你不會覺得這樣很不方便，或者會給你帶來麻煩？」你試探性地問。

「我並不在乎時間的延長，時間對機器人來說從來就不是問題。」機器人說，「況且，我覺得你很適合這工作。」

「好，既然你不在意，那正合我意。」你獲得了這種答案，一下子精神又起來了。「我們的下一站是，沼澤區裡的說輪迴之人。明天一早就出發。」

「如你所願。」機器人說，藍色的微光從它的眼裡散發出來。

接下來的夜晚，你和機器人討論了大致的概況，有關那些轉世的傳說和螢火蟲的選項，然後餵了小汪一些城區裡好心小姐送的餅，以及把剩下的水喝到只剩一點點。之後找了一處躺下，心裡盤算未來的路程要如何走，和暫時不要投案，以免被殺手抓到，也許可以等風頭過了再出來，或者完成這樁領路工作有了較多資源之後再決定之類的想法，然後就不知不覺地睡著了。

隔日你醒來，撞見家裡的淨水器和剩餘的綠餅都出現在旁邊的箱子上。一旁的機器人表示它有能力開鎖以及不用因此擔心貴重物品會失落，因為他也已經反鎖你家了。你一時不知如何回應，心裡卻感謝它的作為。在短暫的收拾和早餐之後，你便帶上小汪與機器人向沼澤區西南方出發了。

經過一段時間，你們抵達了你印象中的位置。西南方沼澤區的景致沒有什麼不同，就是沼澤區的樣式。但也許是剛下過雨，地上充滿了各式小泥潭，你和機器人視情況把小汪抱上來，以免牠毫不顧忌地踩進去。你們在路上詢問了當地居民，獲知了大概方位，接著便來到一處街道上。

這是一個有點坡度的街道，盡頭處是一個小丘。根據居民的說法，說輪迴之人住在從旁邊數來第七間。

「一、二、三、四、五、六、七。應該就是這一間了。」你和機器人看著所指的那棟房子。它比其他的房子高了一點，其餘的沒有什麼不同。

你上前去敲門，等了一會兒，沒有回應。之後再敲一次，仍是沒有回應。

「看起來他好像不在，不然就是我們搞錯了，」你對機器人說，「也許我們應該找路人再問一下。」機器人的眼睛閃爍著藍色，點了一下頭。於是你便開始物色路人。有一組家庭坐在門前；另一群年輕人在對側的街道上遊蕩；還有一個人，從盡頭的方向朝你們走來。嗯，看來就是這個人了。

你等待他走近。這是一個穿著樸素的人，身上唯一的裝飾就是衣服上各處的補丁。觀其形體和沼澤區的人無異，清瘦且衰老，但他臉上卻有一種不像是沼澤區的安寧感。你走上前去。

「先生，不好意思，可以打擾你一下嗎？」你向他點了點頭致意。

「是。」這個人也向你點了點頭。

「是這樣的，我們在找一個說著有關輪迴這類東西的人，」你比了一下後方的街道，「我們聽說在這附近可以找到他。」

「你們找他有什麼事呢？」

「我們有一些事情想要請教他。一些有關主體的東西。」

「我聽說當地人都把這些視為怪譚，人們其實不真的相信這類說法。」

「喔，其實是我的朋友，」你指了一下機器人，它現在眼睛無色，斗篷和面罩歸位。「它一直對自己是什麼感到很有興趣。」

這個人聽完莞爾一笑，「那好，隨我來吧，我知道那個說輪迴的人在哪裡。」隨後，他走到你們剛才等待的房子前，接著拿出鑰匙開門進去。

你和機器人對望了一下，然後跟上。

進到屋內後，你似乎感覺不到坡度的傾斜。那個人將燈打開，你此時看了腳下，原來是個墊高於坡面的平板。此外，房子的天花板似乎比較高，和你們在外邊看到的一樣。這讓這個位處於沼澤區的小房子，帶有一點點城區房屋的明亮感覺。屋子內部同樣是簡單的擺設，一個睡覺的地方，一個看起來可以堆積東西的地方，還有就是招待人們之處。房間裡面並沒有其他人。

那個人引領你們坐下，到堆積東西之處拿出了一塊綠餅、一瓶水和幾個碗，放到你們前頭的桌子上，然後坐下。

「我就是那個說輪迴的人。」那個人對你們說，「你們想要問我什麼？」

你沒有說話。機器人揭下它的面罩，眉毛微微抬高，紫色的光芒充斥著眼睛，「我想知道這個問題的資訊，關於『我是什麼』？」

「很有趣，這一套說法從機器人承襲前人而來，」那個人微微一笑，「而我要將它再傳給另一個機器人。」

「什麼說法？」機器人的眼睛轉換為綠色。

「輪迴和轉世。」那個人淡淡地說。

「願聞其詳。」機器人說。

「這得從二十年前說起。」那個人開始侃侃而談，「當時，我還很年輕，曾經四處遊蕩過。在南方城市的旅途當中，我遇到了一個機器人。它跟我說，它覺得我們很有緣分。」

「緣分？」機器人說著，眼睛裡的綠色開始閃爍。

「是的，緣分。這個我後面會再解釋。」說輪迴之人的語調維持相同的平靜。「總之，它說它從一處遺跡裡面發掘出前人所記的一些資料，覺得很重要，於是希望能告訴人們這些事。不過，它也了解，這套說法不見得容易為人所接受。所以一直在等待有緣人。而我是它遇到的第三個有緣人。」

說輪迴之人此時停頓了一下，喝了一口有點顏色的水。然後繼續。

「它對我說，在前人之中有一種說法，就是人們和生靈死後並不會真的消失。相反的，他們的靈識會轉移，傳承到下一個新出生的人或者生靈身上。這種靈識在各種生靈之間不斷由生轉滅，由滅轉生的情況，就像世間萬物的輪轉，如同四季的重迴，而前人稱之為輪迴。」

「靈識。」你喃喃低語。「感質的主體。」

「那是什麼？」說輪迴的人問。

「常人所以為，像是靈識的東西。」機器人說。

「也許是，也許不是。在這輪迴之中傳承的，不只是靈識而已，還有業力和因緣。」說輪迴之人繼續著。「這些才是這套說法的重點。」

「業力和因緣？」機器人說。

「是的。不過最好的解釋方法是從因果下手。想像一下你在路上殺了一個人，然後對方的親友尋仇回過頭來殺了你。那這樣殺人和被殺之間是什麼關係呢？人們會說是因果關係。殺人是因，被殺則是果。就像種了一顆種子發芽收成結果一樣。這是一般人皆可理解的因果關係。」

機器人的眼睛此時充斥著綠光。

「但是一顆種子要發芽不只需要種子在土壤裡而已，它還需要足夠的水分和合適的溫度濕度才可以長得好。此時，這些其他的各種因素，前人稱之為緣。一個結果會發生，需要一組主因，還有其他的各種緣分，都到達了之後，才會如此。」

「但是你剛剛所說的有緣裡的緣，似乎不是像這種緣。」你說。

「的確。這個字原本有著事物邊界的意思。之後引申成這種附和配成因素的感覺。前人們發現世間萬物都可以用這種因緣來解釋。包括人與人的關係。」說輪迴之人看著你說，「所以緣這個字後來就不只代表機械性解釋事物發生的附屬條件，而還代表著這人世間裡，那些人們所能掌握的主因之外，其他的各種一切。這最終蘊含出人與人之間，人與其他生靈之間，以至到各種世間萬物之間，那種難以掌握的巧妙關係。所以當前人在說有緣的時候，他們說的是兩個事物之間的關係很巧妙，各種的緣剛好湊成讓它們能夠在此時此刻發生互動，就好像天意暗中安排的一樣。」

說輪迴之人接著看了你們一下，臉上帶著一個淡淡的微笑，「如同你、這隻狗、機器人以及我一樣，我們能在此時此刻相聚，其實都是各種緣分都到齊了才會發生。所以，我們都很有緣。」

你想起了你和小汪、和機器人的相遇到最近的路途。的確充滿了各種好像安排好了的感覺。你開始體會那說輪迴之人口中的緣。

「而如果我們細細去品嘗世間各種人事物的關係。我們就會發現所有的東西都可以用因緣來解釋。像是今天為什麼海港城市長成這樣，其實是它一路上發展的種種因素雜和，像是前人的遺跡位置、幫助的機器人風格、汙染的分布和過程裡人們的互動等等，讓它今天成為這樣。可是，如果我們再往回看，前人遺跡的位置、機器人所知和風格以及汙染分布和人群這類東西，其實又都有各自的因緣組合。以這樣的角度來看，這世間的一切，其實都交織在各種因緣之中。換句話說，世間的一切都是由因緣所組成的。」

你和機器人聚精會神地聽著，小汪則好像在舔碗裡的水。

「然而這套說法說的不只這樣。」說輪迴之人又喝了一口水，「它還說，這些萬物之間的關係，會隨著靈識的傳承，一併地傳承到下一個生靈上面。」

機器人眼裡的綠光不斷閃爍。

「這就得牽扯到我們剛剛所說的業力。業指的就是一個個體和其他人事物之間因緣關係的集合。回到我們剛開始講的例子，如果我們今天殺了人。這時候我們就在自己的因緣集合體上面新添加了一個殺人的業。而如果我們在這個業消失之前死去，這個殺人的業並不會就此消失，相反地，它會傳承到我們的下一世。如果下一世也沒有消去這個業，那麼這業仍然不會消失，會再傳承到之後的更多世中。直到當初被殺的那個人，或者是那個人的下幾世，終於在與你的互動中消去了這項業為止。這當中，消去業的方法不一定是殺掉你這種互動，而是會受到緣介入的影響。不同的緣會讓相同的因有不同的果。假如那個被殺之人，在這一世是成為不喜殺戮，心境良善之人，也許他會用比較溫和的方式消去這項業，像是他可能會在你幫助了他之後感謝你之類的。不過總的來說，這套說法的意涵是，那些你所做的事最終會回過頭來影響你自己。」

「很特別的說法。」你說。

「那機器人告訴我在前人的資料裡，這是比較普遍相信的版本。但還有別種的解釋方式，像是業力的起源其實是心境的念頭，而不是實際作為。輪迴這件事其實是心境的輪迴這種說法。還有一些說的是，輪迴的不是靈識，而是業力等等。這些都是不一樣的解釋方法。」說輪迴的人接著看向機器人，「而對我而言，如果你想要知道你是什麼，也許你必須先了解因緣。」

「機器人也歸屬於因緣和輪迴之中嗎？」機器人問道，眉毛呈現不規則抬起。

「如果按照前人的說法。是的。機器人也不脫輪迴，機器人也不脫因緣。」說輪迴之人這麼說。「事實上，世間萬事都不脫輪迴。除非……。」

「除非什麼？」你問。

「除非你能了悟解脫。」說輪迴之人說著……

◎ ◎ ◎

「妳不會是真的相信這一套吧。」傾施坐在桌子上，兩腳交纏，雙手抱於胸前看著妳。「妳知道，只有有所求的人們，才會透過相信非現實的東西來補償。」

「妳不要這麼恐怖啦。」百襄替妳打了個緩頰。

「不會，我才不恐怖哩。」傾施說著，一邊從桌子上滑下來，坐回她位子。不過她仍盯著妳瞧。「我覺得那個算命的比較恐怖。妳竟然還跟他講這麼久。」

「沒有很久。」妳說，「一兩句話而已。我其實正在想該找什麼理由推託，然後妳就先介入了。」

「還好我有先介入，」傾施一副知道很多的模樣，「不然遇到妳們這麼可愛的姑娘們，他一定會想要騙財騙色。」

「妳又知道了。」百襄這時候先幫妳說話。

「我驚人的第六感告訴我，鐵定是這樣的。」傾施說。

「所以妳也是訴諸神祕主義嘛。」妳說。

「才不呢。」傾施微微噘起她的嘴唇。「而且真正佛教的精神一點都不神祕好嗎。」

「妳又變成佛教大師了嗎？」妳雙手合十，「師父要不要開示一下。」

「真正的佛教才不開示哩。」傾施接著露出一副想吊人胃口的表情，「不過我倒是有一種特殊的見解，想不想聽啊？」

「還是先不要好了。」妳回答，感覺如果聽下去，一定又會是一組長篇大論。

「但是回頭想，妳的夢境好像真的很有趣。」百襄看著妳說。

「還是我們百襄人最好了，都會關心我們的精神層面。」妳趁勢說道。

「不像某個人，對於很多東西都嗤之以鼻對不對。」傾施嘴角微微上揚著說，這傢伙還是挺開得起玩笑的。

「對。」妳這句說得特別大聲。

「厚，妳們都欺負我。」傾施假意抽哭了兩下，然後接近百襄。「我要百襄抱抱。」

「好啦好啦。」百襄把傾施擁入懷中。

「但妳知道這夢境是有問題的，對吧？」經歷了百襄抱抱之後，傾施將身體重新立起來，坐在百襄大腿上。

「哪裡有問題啊？」百襄抬起頭看了傾施一下。

「就像是夢境中竟然是講中文這種妳聽得懂的語言，然後年代科技感覺比我們晚。還有我們課上到哪裡，夢境就發展到哪裡一樣。」

「妳在暗示什麼呢？」妳說。

「就是這真的跟前世無關，只是妳的夢而已。」傾施說。

「我當然也不是真的就相信那個算命仙講的話。這本來就可以只是我的夢，而不是什麼前世。」妳回應。

「真的嗎？難道不是華人後來存在很久，接著發生了什麼大滅絕或怪異計畫，所以人類都不見了。然後機器人復甦殘存的人類，並且探尋從前的文明，重拾了諸多學說。而之所以有時間比較晚的前世，是因為輪迴的順序從來就與一般時空無關這樣子嗎？」傾施假裝一臉嚴肅地說著。

「好像真的有這種可能耶。」百襄說。

「沒有啦，她只是在開玩笑。」妳趕緊對百襄澄清。

「但這當中的議題是真的很有趣啊。」百襄說，「像是複製人到底是不是同個感質主體這種事情。」

「我敢說當我們討論完之後，妳夢中的小隊就會知道相關內容了。」傾施說。

「是是是。奇幻夢境大師。」妳對傾施膜拜。

「為了印證這件事情，我決定以後不管多麼荒誕都要跟妳討論這一系列的夢境。就從現在開始。」她出乎妳意料地延續了這個話題。「就這個議題上，我個人覺得是挺難的，新的複製人應該很難是同一個感質的主體。」

「怎麼說？」百襄問。

「想像一下，我們除了一對一複製之外，理論上應該可以有一對多的複製，而且未必複製就得摧毀原稿。這時候，我們就能擁有複數個同時存在世界上的複製人。」傾施說。

「所以妳是說這些複製人如果是同一個感質的主體，那就等同一個人同時存在，因此可能性很低。」妳說。

「很低。不過不是沒有可能。」傾施抬起一邊的眉毛，「只要感質主體體驗時間的方式和一般我們以為的時間不一樣就可以了。就好像相同的粒子如何同時存在？只要它們處於時間軸上的不同位置就可以了。」

「也有可能是妳剛剛講的，輪迴的順序不是照著一般時間順序。」百襄接話。

「有可能。但我個人還是比較喜歡我直覺裡的答案。那就是他們其實都是不同的感質主體。」傾施繼續說，「雖然這個問題還牽涉到我們先前討論過的，關於主體屬不屬於隨附性原則所說的心靈狀態這個問題。這裡有個更有趣的衍伸：想像一下，如果物理狀態相同只能保證心靈內容相同，卻不能保證心靈主體相同，那尼采經過漫長的宇宙生滅，終於等到了新一輪的永恆回歸時，但接下來可怕了，物理狀態相同的那個人不保證同樣是你耶，你搞不好變成另外一個人。」

「這樣好神奇喔。」百襄說。

傾施看向妳，「所以妳的夢境還是挺有意思的不是嘛。」傾施，「只要妳不把它當作是什麼前世的劫數之類的。」

「我才沒有哩。」妳這樣說著，但心裡卻仍有些遲疑。

「那我可以要求妳接下來都不要去找那個算命的人吧。」傾施說這話時，一副驕橫無理的型態，「妳必須答應我。」

「什麼。我為什麼要答應妳，妳又不是我媽。」妳說。

「儘管答應我就是了。這可是我幾年來少數幾次要求妳們的時候吧？」傾施盯著妳瞧。

「是嗎？」妳裝出一種疑惑的型態，「那是誰常常要我們幫她買早餐呢？」

「是我。」傾施此刻似乎沒有開玩笑的意思。「但我是如此地貪婪，所以我希望妳能再答應我這件事。」

妳看著那突然這麼嚴肅莊重的面容，體會到她藏在這種無理要求模樣之下的關心。唉，看起來沒有什麼能夠撼動她了。「好吧，我答應妳。」

聽到這話，傾施的臉上綻開了一個笑容。「如果我說是騙妳的，妳會不會想打我？」

「不會又是吧？」百襄問。

「不是。」傾施看著妳們倆，「這次不是。」

妳看著傾施，她不亂搞且略帶微笑的面容真的很迷人。

◎ ◎ ◎

「你說你的問題更複雜了。」機器人邊走邊說著。

「對，在和說輪迴的人與你談過以後，我更不能確定我是同一個人了。」你們正在走回那個之前暫待的廢棄建築物路上。「如果複製過程算是湮滅和再造的話，那我如何知道複製出來的會是先前同樣主體的輪迴轉世呢？尤其是相同主體那套會需要輪迴的順序和現行時間不同的前提。」

「但你仍然是同個記憶和人格不是嗎？」機器人說。

「可是如果不是呢？」你停頓了一下，「有一件事情我不知道該不該講。」

「你不必顧忌。我是機器人，不需要用人類的禮儀測度我。」

「好吧。」你接著把那個戴著鑰匙耳環的受害者和如同記憶般鮮明的夢中女人也告訴機器人……。

「這就是我現在的問題。」你說，「如果我還能確定感質的主體是同樣的，那麼就算記憶有點瑕疵，也許我還是我。可是如果這複製的過程出大包，把大家的資料搞混了呢？那此時我既有不同的記憶和人格，又是不同的主體。這個我，便與先前的我截然不同了。」

你說著說著突然想起了名靖的警告，那些關於複製人不同的警告。

「所以也許你也開始在意『我是什麼』這個問題了。」機器人說著，眼睛閃耀著藍色的光。

「好險我們總是會同路，」然後你腦中突然顯現了一個詞，「我們真有緣，不是嗎？」

機器人的眉毛此時呈現波浪狀擺動，「是的，我們真有緣。這一個字的確非常有趣。我開始理解為什麼那個說輪迴的人會說這是個極具韻味的字了。」

「嗯。」你應了一聲。腦海繼續消化那些聽到的內容。所以接下來一段時間裡，除了小汪的呼氣聲外，你和機器人保持著沉默。直到你逐漸空下來的心智開始盤算著下一站。

你們已經去過了大多數你知道的地方了。依照現在的情況，你對自身的懷疑，和螢火蟲的能為，恐怕你是不能放過到螢火蟲一探的可能了。即使你總覺得螢火蟲帶有某種陰沉的感覺。而且，坊間還流傳說，螢火蟲的頭頭是一個極其聰明，年輕時曾遊歷各地與投身科學，並精於算計人心的人。

「如果沒有意外，我們的下一站是螢火蟲。」你開口對機器人說，「假設他們真的有什麼道具或消息的話。但我不確定能不能進到內部，也許，可以先找他們的一些成員談談看。」

「我記得你先前提過螢火蟲是某種地下組織，處理過許多珍稀物品的交易。」機器人回應。

「是，所以他們也可能掌握了一些前人有關這方面的資訊，或者其他人不知道的祕密之類。」

「但是你之前的語氣，似乎是希望能夠避免接觸他們。」

「現在情況又不一樣了。」

「因為你也很想知道『我是什麼』嗎？」機器人問。

「是。」你回應。

然後是一小段的停頓。

「然而也許這並不重要。有關『我是什麼』這個問題。」機器人的眼睛閃爍著白光，「說輪迴的人提到過，在那套說法裡，最終人們可以到達一種境界，讓這些區分你我的問題都不再重要。」

「可是他也說了，這方面的事情他也不會聲稱真的了解。當初那個機器人在這方面的資料就已經是片段的了。」你說

「我覺得這世界上或許還存有其他的資料，可以補足這些片段，只是還沒被找出來而已。」

「所以你想找出這些資料嗎？」你問。

「我一直在想，如果到達那個境界，會讓區分你我變得不再重要的話。那或許，解決這個有關境界的

問題，就不需要再回答『我是什麼』這個問題。」機器人說，眼睛裡的白光淡淡的。「這也算是另外一種不一樣的，但可行的解決問題方案。」

「那我們現在要停止嗎？」你問，「有關找螢火蟲這件事。」

「不，我們繼續原先的計畫。」機器人說，「你同樣帶著我去這個城市附近有關的各種地方。不過在這結束之後，也許我會去追尋有關那個境界的前人資料。」

「也許你之後也可以同樣找我領路。」你想起這機器人的豐厚報酬和愉快相處。

「也許。」機器人回應，「但等我們先處理完眼前的事情吧。」

你們最終回到那個廢棄建築物準備過夜。晚間，機器人同樣四處遊蕩去了。你把綠餅和淨水器最後剩下的一點水分給自己和小汪後，重新開始新一批水的淨化。接著把一些東西準備好，之後便找了個地方抱著小汪入眠。

那天晚上，你又做了個栩栩如生的夢。但是這次只有對話的聲音……。

「博士，所以我們是透過駭入的手法。」一個低沉的聲音說。「在你準備下一次複製的同時，把指令擷取出來。」

「是，這樣我們就能照預期地影響複製人。」另一個比較蒼老的聲音回答。

「我知道。」這是第一個比較低沉的聲音，「我關心的是，博士你似乎身體不太好了。如果那天你想休養，那我們該如何繼續計畫的執行。」

「這你不用擔心。預設是會執行好的，不需要其他人插手了，除非另外有人介入。」然後換成蒼老的聲音停頓了一下，「如果哪天我將死了，最後一刻我會在我那邊的裝置，把這指令改成不可逆。屆時就算真的有人要介入，也阻止不了這些指令。」

「是，博士，我們尊重你的決定。」低沉的聲音說，「還有一件事，關於你的學生……」。

「我有很多學生，你是講哪一位？」

「最特別的那一位。」低沉的聲音繼續說著，但接下來的就是含糊不清的言詞了，「聽說他能力非凡，……」。

你從夢中醒來，意識到自己仍然在那個廢棄建築物裡。你想要找個東西來認清這是現實，伸手摸了摸小汪，卻發現小汪不見了。

你在建築物裡找過一圈，但是沒有蹤跡。更麻煩的是小汪不會叫，如果牠真的亂跑會很難找。想著想著，你決定先到建築物外繞一圈。

你踏出門外，望向右側，空空如也，什麼都沒有。你回過頭來看左邊，遠遠地可以看到一個矮小的東西在動。於是你跟了過去。

隨著腳步的接近，你逐漸看清楚那就是小汪。然而，就在你準備叫牠回來之際，順著牠的同個方向，在黑暗之中逐漸浮現三個人影，某種風格你難以忘記的人影。

你心頭一震，不敢張聲。同時快步走向小汪，想把牠偷偷抱回來。

越來越接近了，越來越接近了。你在心裡這麼想著，而那三個人影似乎還沒發現你。

十步，八步……，剩下五步了。這呆呆的傢伙還在搖著尾巴。

然後小汪漸漸停下來，轉過頭來看著你。

你招呼著牠回來，這時候你又慶幸牠不會叫了。之後，你抬頭確認一下那三個人影，卻發現他們向著小汪的方向直直地盯往這裡看。

不妙。你伸手欲抓住小汪。但空中響起清脆的消音槍聲。在你和小汪之間的地面，傳來一聲鏗鏘。

小汪似乎被這個東西嚇到了，朝著子彈來源的反方向狂奔而去，你趕緊追上。但身後馬上跟來了腳步聲。你奔跑著，背後的腳步聲也未曾停息，伴隨著偶爾的槍擊聲。

他們跟得上你，但你卻很快就跟不上小汪了，只能看見牠的身影跑到最近的一群房屋裡面。你隨後也跑進了房屋群的巷弄裡。

巷弄裡許多的房舍仍然有著光亮，也還有一些人在外面活動。看起來你並沒有睡很久，所以現在時間也只是稍晚一些而已。你迅速評估了一下周遭，這些建築和仍在活動的人們提供了掩蔽，卻也讓你更難找到小汪。

你繼續前進，向左轉之後進了一條前面直角拐彎的巷弄，沒有小汪的蹤跡。你順著巷弄繼續走，卻發現了最尾端是條死路。這讓你感到有些徬徨，可眼下卻還是只能循著原路回去。沒事的，沒事的。你一路上告訴自己，最後終於又回到了直角之前。這次你直走，也就是向著原本道路右轉的方向。巷弄間平靜地就像沒有發生什麼事一樣。你在經過來的那個路口，向右看了一下，好確認他們沒有跟來的時候，乍然發現兩個身影也在同時停下，他們現在距離你大約五十公尺。

你措手不及。前面的身影平直地舉起了右手，隨後傳來清脆的響聲。你本能地伸出雙手阻擋，但隨之一陣劇痛，子彈從你左手之中透出，然後彈道向右偏移擦過你的耳朵。雖然痛，但似乎這左手救了你一命。

你轉身逃跑，可現在左手湧出的鮮血會讓他們追蹤得到你了。你無暇顧及痛楚，用右手按著傷口處，卻止不了血。於是你趕緊脫掉上衣，把左手掌緊緊包起，希望能不留下血跡。

左手上面的衣物逐漸染紅，所幸目前還沒有滴落的跡象。你厚重的喘息聲不知是因為狂奔還是痛覺，但幸運地，你沒有留下可以追蹤的東西，而複雜的巷弄也保護著你沒有被他們追上。最終，在不斷的改變方向之後，你轉進一條人比較多的巷弄裡。

你開始沿著人群移動。這裡面，有些人沒有意識到你的不同，有些人則稍微感到疑惑，但沒有進一步探查。你緩下步調，逐漸融入人群，暫時歇一下。但你不能久留，於是片刻後又開始往這條巷弄通往街道的盡頭走去。至少到了大的街道就比較能辨識自己在哪裡，你想。

明亮的月光從巷弄狹窄的出口透出，在相對黑暗的環境裡顯得格外動人。然而這光影現在卻被遮掉一半，一位路過行人的陰影在巷弄裡牽引出一道黑暗。你等待著行人過去，但他卻停止不動，好像在盤算什麼。

你注視著那個人，同時不再前進。這人穿著一件寬大卻不掩高貴的大衣，他頭上則帶著一頂紳士帽，面目在月光照射之下更顯蒼白。你現在看清楚這模樣了，他是那天你和機器人去名靖住處時，自稱是鄰居的人。認知到這點之後，你突然覺得這一切都不太對勁，趕緊蹲下來。就在你正想側過頭去擋住面貌的時候，那人轉了過來，似乎是想看看這巷弄有沒有他要找的東西。

不妙，他轉頭的速率遠遠高過你躲藏的速率。來不及了，他會看到你的。

但就在此時，你身旁幾個閒聊的人突然移動了腳步。剛剛好移到前頭，把你的存在巧妙地隱蔽了。在日光下，這種遮蔽是沒有用的，但在這暗巷裡，如此就足以使立身於光線充足之地的人看不到你。因此那個身影佇立一段時間後，將頭轉回去，繼續向前走。終於離開那出口，不再遮掩月光。

你鬆了一口氣，抬頭看看那幾個擋住你的人，雖然你看不清楚他們的臉，但你想要找個好方向，來平順地離開，以免打擾到他們。然而，就在你準備行動的時候，有個女性的聲音從上面傳來。

「我們找你很久了，領著機器人的領路人。」

你沒有回應，保持著沉默。然後那個聲音再度說話了。

「我們頭頭希望見到你，你得跟我們，回去螢火蟲一趟。」

又到了久違的周末。妳和百襄再度到大街上遊蕩，同時物色早餐店。當然，傾施又缺席了。

這次妳們到另一家。這家的採光沒有上次那間那麼明亮，但有時候妳也喜歡這種，沒有特別為了客戶而擺設得很漂亮，反而更像店主人自己家一樣的感覺。妳覺得在這樣的地方吃東西很自然，不會感受到一些店裡注重禮節的氣氛。當然妳也不會真的亂來，這只是心理上的一種舒適感而已。

店裡面有著兩位單獨坐的老先生，一個老婦人帶著她的兩個孫子，還有另外一組看起來和妳們年紀相仿的男生。

妳們點了餐之後隨意找一處坐下。妳留意四周，兩位老先生沒有說話，他們雖然不認識，但在某種程度上極其相似，似乎都挺過了許多風霜，並在這剩下的日子裡嘗試再抓住一點平凡的喜悅；老婦人則不斷念她的孫子。但在嘮叨耳語中，吸引妳目光的卻是孫子們眼裡的慌張，不過這老婦人似乎沒察覺。她持續地對小男孩施加壓力。至於男士們，正討論著其中一人得到的新機車，一個來自父母的成年禮物。妳相信這不只是一部機車而已，這更像是帶給他嶄新世界的東西。就像妳們一樣，先前腦中只有課業。然而考上了大學之後，才發覺這世界原來這麼新，有這麼多未知的東西。可這些都是早已存在的，只是妳們現在才打開眼睛而已。

「妳還記得我們上次遇到的那組修行人嗎？」在等餐的期間，百襄跟妳說著。

「我知道，他們在討論佛教的東西。」妳說。

「我只是覺得妳的夢裡面，竟然會有輪迴的內容很有趣而已。」百襄說。

「那妳信這一套嗎？」傾施不在，妳趁著這機會問問百襄。

「妳是說佛教嗎？我沒有信不信的問題啦，我只是覺得裡面有很多內容很有道理。」百襄回答，「當然我還是不相信那個算命仙講的。」

「為什麼？」

「因為那其實是道教化的東西。就像傾施說的，真正的佛教是沒有那一套的。」百襄說。

「喔，那有什麼差別？」妳問。

「我先說，這只是個人意見喔。我其實不是什麼佛教徒。」百襄溫柔細語道來，「轉世這種東西其實不是佛教的核心。佛教的核心是因緣。要判別是不是佛教，要看有沒有符合三法印。」

「三法印？」妳似乎有聽過，但對內容仍感到模糊。

「諸行無常、諸法無我、涅槃寂靜。」百襄說。

「諸行無常，世間一切都是因緣聚散。」妳有點想起來了。

「是的，人也不意外。所以佛教裡面沒有恆常不變的靈魂。假如我們總是像那個算命仙一樣追逐轉世的自我，那我們就還是難以跳脫我執，而體悟不到諸法無我。」

「所以真正的佛教徒，不是很在乎自己的前後世是誰？」妳有點好奇。「但這難道不會影響到這一世的因緣嗎？」

「應該說是不昧因果。」百襄說，「就是說前後世如何不再是修行的重點，而是如何能夠放下這一切。當妳終於能放下，最後妳就能夠不受輪迴所束縛，而達到涅槃寂靜的境界。」

「所以那些說要化消什麼劫數的，其實都還是在追逐著什麼，因此沒有達到佛教精髓？」

「應該是。況且，神通不敵業力，神佛都還是難阻因緣。沒有劫數是可以被輕易化消的。因緣都得有償還的一天，只是方式可能有變而已。」

「所以妳也贊同傾施要我承諾不再去看那個算命仙？」妳問。

「對啊。」百襄掩飾不了擔憂的模樣。「我也覺得很危險。妳不會真的又要去看吧？」

「不會啦。我既然做下了承諾，就會守住它。」

「這樣就好。」百襄笑著。

接著妳們動了一下各自的早餐，然後又回到相關的話題上。

「那妳覺得靈魂是什麼啊？」妳問百襄。近日的夢境讓妳最近的心思都縈繞在這上面。「撇開佛教的那一套之外。」

「其實我不知道耶。」百襄嘴角微微揚起。

「妳會不會在夜深人靜的時候，望著星空，想想宇宙之大，然後對自身的存在感到好奇呀？」

「妳是說妳夢中的機器人嗎？」百襄一臉疑惑的樣子。

「不是，是我們本人。」妳說著，「我就會，但是最近的夢又加深了這種情況。有時候我會想著我們人這一生要何去何從，還有總會到來的死亡，那時候究竟還會剩下什麼。」

「我有時候也會。」百襄說，「但這時候我就會覺得要多幫助別人。每次我看到新聞都會覺得這世界上還有很多苦難。然後我就會想，我們的存在意義，如果是用來幫助別人，就不會面臨到虛無。」

「想不到除了傾施以外，我的朋友也都蠻會講話的嘛。」妳打趣地說。

「沒有啦，我只是亂講的，亂講的。」百襄摸著妳的手，臉微微泛紅。

「不會啊，我覺得很有道理。」妳趕緊這麼說。

「我們還是吃早餐好了。」百襄轉換話題的技術仍是如此地拙劣。

妳們繼續吃早餐，結束之後幫傾施買了一份上路。過程中又聊了一些有的沒的。然而妳真正的心思還放在剛剛的話題上。妳們這個年紀，正是要眼界始開的時候。可妳在課堂上或其他地方得到的資訊越多，妳越回到自身的問題上。就像機器人講的一樣，究竟人們這一生如何安身立命的問題。妳瞄著和妳對話的百襄，妳們三人就快要畢業了。上了大學，也許就會分開。雖然接著總會有新的可能，但恐怕現下這些美好仍會令人念念不忘。而儘管妳總是能體會別人的感受，也已經在別人眼中看過無數次這種情懷。但是，這惱人的緣分啊。人們在時空面前總是如此不堪，有時連這種情誼都難以抓住。就算抓住了，又能支持多久呢？一輩子，很多輩子嗎？可是終有散落的一天。唉，在這萬紫千紅的春天，怎麼能叫人不想追尋永恆呢。就好像這街上的許多人一樣，他們就是這樣的活著。然後終了一生後，回頭來看，又剩下什麼？

所以妳放不下那個夢，不是因為迷信，而是就像傾施講的，人們終有所求。妳可以不認為那是妳的前世，但是如果夢裡能透露出一點這偌大宇宙裡的靈魂真相，妳又怎麼能把它放掉呢？

就這樣，妳沉浸在自己的心思裡。直到百襄拉了妳一把，

「小心。」她扣住妳的腰，把妳拖往路的最旁邊。

妳回過神來。發現迎面飛來一臺機車，它鐵定是擦撞到旁邊的大車，然後重心不穩滑倒，接著撞上了另外一輛車。所幸百襄反應得快，抓住了妳，機車從妳身旁飛過，還有被拖行的駕駛。

妳們驚魂甫定之後，便趕緊上前查看他的狀況。妳認得這身衣服，那是剛剛欣喜談論機車的男生。他現在一動也不動了，而地面上充滿血跡。百襄叫妳打一一九，然後就去看看能幫什麼忙。路旁一位女士看起來有受過專業訓練，但她旁邊已經圍了一群人了，於是妳們就去警示前方的車輛。

妳突然覺得時間好漫長。

最終，救護車終於來了。警戒的鳴笛迴盪了整座城市，也迴盪在妳心裡。

異想天開

假作真時真亦假；無為有處有還無。

——《紅樓夢》

但是我還是得找到那隻狗。」你激動地說著。

「我們會找到牠的。」那個護送你回螢火蟲分部的女人這麼說，「在沼澤區找一隻狗沒有那麼難。」

「牠不是普通的狗而已，牠很重要，我答應過要照顧牠。」你說。

「你還是先擔心你自己吧。」那女人說，「這傷口感染的話，就不是一隻狗能解決的了。狗會照顧牠自己。至於你，最好趕緊讓我們的醫生看看。」

你不再接話。的確如他們所說，以螢火蟲各處都有人的情況來看，小汪的事情真的比較好解決。況且他們還幫助你躲過了殺手，現在又有醫生可以看。你不適合再爭辯下去。

看你不再說話，那女人比了個方向，「要找醫生走這裡。」

你這時候才有精神看一下這地方。畢竟先前最後一段路，他們是讓你蒙眼進來的，加上你剛才忙著講話，所以一時沒有仔細看。

這建築充滿金屬和堅固構造，加上照明燈的模式，很像是某種避難所。還有走著樓梯下來這個資訊，如果沒意外的話，這裡應該是在地下。這也是為什麼即便你是領路人，卻幾乎沒有記得沼澤區有這種避難所的原因。

再細看，剛剛所待的位置像是個大廳，空間裡放著一些桌椅以及一組用來演示圖樣或東西的板子，上面貼滿了你看不懂的資料。而連接大廳的，是許多通往不同方向的分支。有些通往小房間，有些則較深邃，看不清楚通往哪裡。剛剛那個螢火蟲成員指給你的方向，就是這種深遂型的。

你起身前行，接著意識到一陣痛楚。是左手的感覺。一定是因為先前太激動而沒有注意，現在一放鬆下來，頓時覺得疼痛難耐。所幸這隧道實際上沒有很長，在拐過幾個彎，途中又經過一個轉繼的大廳之後，你到達了醫生的房間。

那是一間中等大小的房間，一旁有一些椅子，中間放了兩張床，現在都沒有病人在上面。也許這裡只是急性處理，而需要時間復原的人會待在別處。除了器材之外，房間裡有一個背對你的人，他的動作看起來像在處理著一些醫療用的東西。

你走進那房間，護送你的人示意你坐到其中一個椅子上，並伸出手來放到一旁墊子上。你照做。然後那個背對你的人轉過來，開始檢查你的手。老實說你很訝異這裡竟然有醫生，這代表螢火蟲的實力可能遠不只是一般地下商業組織而已。

「嗯，還好是手槍的子彈，」醫生仔細端詳著，「所以外觀看起來不嚴重。不過我們還是先幫你照一下片子好了。」

隨後你們就去另一個房間照了手部的片子。回來的時候，房間裡多了一個人。他和醫生討論了一下片子，之後醫生便跟你說，「你有一支掌骨骨折了。不過還好子彈不是直接打上它，所以骨質的損失和移位並不嚴重。只要做好固定和避免感染，剩下的就是等骨頭自己長好。」

說完便開始清創和固定的工程。過程中他們又討論了一下，似乎在說抗生素用法之類的。然後醫生回過頭來跟你說話，「我手上還有一些抗生素，我會先給你兩個星期的份量。後續再看情況。」他接著拿了一袋藥給你。另一個人跟醫生再講一些話之後，便和護送你的女人帶你離開

「很幸運不是嗎？沒有傷到什麼重要的東西，只是日後活動可能會受些影響。」這另一個人一上路就開啟話題。他的穿著和一般螢火蟲成員無異，都是堅實的長衣服。而在路程上，你可以看清楚他的臉，那是一個頂著光頭，下巴比較圓而不尖的臉。值得注意的是，他臉上有著兩道明顯的疤痕，一道在左下嘴唇，另一道則從右上到左邊，橫跨了一隻眼睛。而雖然他現在面帶笑意，你卻讀不出他內心真正的想法。相反的，你覺得他正在觀察你，勝過於你觀察他。

「我還是想要找出那隻狗。」你逢人就說，避免這個話題被遺忘。

「快了，快了。在沼澤區找一隻狗不是難事。」那個人說。「我現在先帶你去休息的地方好了。」

「但我要一直待在這裡嗎？」你問。

「耶，你能去哪裡呢？帶著這明顯的手傷，」那個人臉上跑出一個笑容，「這是在昭告那些殺手們，你就在這裡啊。」

你沉默不語。他講得很有道理，這是你現在最好的可能了。只要他們能再找到小汪就可以了。不過，也許你還可以請他們再找另一個人。

就在你盤算的期間，迎面跑來了一個小夥子，他對那另一個人點頭致意之後，便說，「染色劑，找到那機器人和那隻狗了。」

那個人給了年輕成員一個微笑。「他們現在應該正把它們帶往這裡吧？」

「是的，染色劑。」

「很好，你繼續去做你的事情。」這個似乎叫做染色劑的人遣散了年輕成員，然後轉過頭來對你說，「看來我們可以暫緩去休息的地方了。」

於是你們又到了大廳，隨即看到成員領抱著小汪的機器人走下階梯進入大廳。一看到你，機器人便放下小汪，好讓牠能跑過來亂舔你。

「哦，乖狗狗。你沒事真是太好了。」你摸摸牠的頭。小汪好奇地聞了一下你的左手。「喔，我可沒有那麼幸運了。但這沒事的。醫生說沒事的。」你邊說邊把手舉高，避免小汪繼續鑽研下去。

機器人慢慢走近，它的眼睛現在充滿紫色光芒，「你們不在，我找到小汪。然後他們找到了我。」這機器人果然懂如何把話講得言簡意賅。

「所以現在終於團聚了不是嗎？」染色劑說著，他總是笑笑地講話，但臉上的神情卻仍然讓你難以猜透他內心的想法。「你們先跟我來一個地方吧，路上有很多時間讓你們敘舊的。」

機器人看一下你，你向它點點頭。接著你們就開始了穿越隧道的行程，途中當然有說了一下各自的經歷。染色劑偶爾會插上幾句話，像是他們知道要找機器人之類的東西。

你們最後轉進了一個看起來像是餐廳的地方。有幾組成員正在吃東西，你看得出那些在桌上的食物不是綠餅，螢火蟲想必有足夠的利潤來支撐這樣的食物。不過這幾組成員，在染色劑經過的時候都會微微地打招呼，染色劑也會微微地回應他們，看得出來染色劑在螢火蟲中的地位不淺。而從成員們之後又迅速回復用餐和彼此討論的姿態來看，染色劑的地位主要不是來自階級的要求。

你們繼續走，隨後染色劑領你們到一處位子坐下。稍待片刻，便見到餐廳的廚師過來看你們。

「染色劑，今天有客人來啊。」

「對啊。我想，給他們來一點餃子和紅茶好了。上次應該還有剩一點吧。」染色劑看起來對廚房運作很清楚。「然後給我們的狗兒一塊肉吧，簡單的就好。」

「是的，餃子、紅茶和簡單的肉。那你本人呢？」

「我不太會餓，給我一小碗餛飩就可以了。」

「好的，等一下就來。」廚師回到廚房裡面了。

「你們想必挺餓的，」染色劑對你們說，「我應該沒做錯決定吧。」

「是，但是這食物似乎太好了，我們負擔不起。」你說。

「哦，不會。你們有機器人呢。機器人的財力遠比你想像的還要雄厚。」染色劑說得神采飛揚，「況且，你在這裡的食宿，不要太過誇張的話，就當作是我請你們的。」

「可是你為什麼要這樣做？」你確實有點好奇。

「耶，我總是樂於助人，不是嗎？」不知為什麼，你看到染色劑此時的表情，有一種黑幫老大說他總是為了社區的感覺。儘管如此，你不太想違逆他。他身上帶有某種熟悉感，好像你在他面前不用管人類禮儀，像隔壁的機器人一樣。但他不是機器人，機器人沒有稱呼他為我的兄弟姊妹。

你們的食物不久之後就上桌了。小汪好久沒有吃到肉，自當是狼吞虎嚥，那的確是簡單的肉，你也害怕他們真的給太好的東西。至於紅茶和餃子，你先舉起杯子來聞了一下香氣，很好，然後放下茶杯準備之後再喝。接著把每一塊餃子的一端都先咬一個洞，這麼做是因為你覺得這樣比較快涼。

「看來我的確沒做錯決定。」染色劑看著你的動作，好像在評估什麼，「你們果然需要食物。」

「不過我並不需要。」機器人說話了，它眉毛微微低下，眼裡的紫色光芒仍未褪去。「說吧，你的目的為何？」

「果然是機器人不是嗎？」染色劑笑了一笑。「那我就不說暗話了。」

他接著說，「我叫做染色劑，我們知道你們在追尋靈魂真相。我們確實知道一些相關的訊息。不過你們必須拿人情來交換。」

「什麼人情？」你吃完一顆餃子，正好可以開口問。

「喔，這我還沒有想到。」染色劑不懷好意地笑著。「但是你們不用擔心。需要的時候，我自然會向你們討。怎麼樣，考慮得如何？」

「你知道我們是做不了什麼壞事的。」你說。

「喔，不會。我不會叫你們去做壞事的。我可是因人制宜的，給你們的任務不會傷害到任何人。」

你和機器人互看了一下，此時現場就剩小汪沒有心思。

「你們可以考慮一陣子。不過請容我說，這個東西是有期限的，最遲必須得在兩個星期內給我答覆。但別擔心，不管你們答應與否，這都不影響螢火蟲收留你們。」染色劑看了一下你的手，「至少在你的手拆固定之前。」

「是我們兩個各欠你人情，還是只有我欠你人情？」你問。

「正確來說，你們只欠我一個人情，」染色劑回答，「只要完成某個任務就好了，我不管是怎麼樣完成的。」

「我們需要討論一下。」你說。

「我知道，不過在你們給我答案之前。也許我們可以先討論一下你們先前的旅程。」染色劑說，「我個人挺感興趣的。但是這個可不能拿來抵人情。這樣好了，你們鉅細靡遺地告訴我之前的旅程，我可以給你們五顆藥丸。」

你看了機器人一下，它表示沒有意見。接著你花了半秒的時間考慮之後，便決定答應這個有利無害的要求。於是在這頓餐和走到休息處的路上，你們都談論著之前的旅程。染色劑似乎聽得津津有味，但他每聽一處，就給人一種腦袋裡不知道在運轉什麼的感覺，似乎對他而言這不只是故事，而是某種需要研究的功課一樣。此外，他對於一些地方，察覺得很仔細，所以你也必須把那些像經歷般的夢一併告訴他。你們最後在休息處講完了旅程。那是一個充滿許多床和螢火蟲成員的地方。

「所以你後來又被追殺的時候，就被我們的人找到了。」染色劑坐在床邊說著。

「是的。這就是我們目前的旅程。」

「很有意思，很有意思。」染色劑此時若有所思，「量子、感質、輪迴……」

就在這時候，另一個螢火蟲成員從你們來的方向走近，給了染色劑一個眼神示意。

染色劑對他說，「沒有關係，你可以在他們面前講。」

成員遲疑了一下，「好，染色劑，第二波的計畫看起來不容易阻止。我們目前幾項做法都失敗了。」

染色劑揚起一邊的眉頭，但沒顯露什麼情緒，「這樣嗎，那我們必須討論一下了。」他接著起身，從口袋裡拿出五顆藥丸，「這是給你們的，為了剛剛有意思的故事。」然後轉身離去，但走了一步之後又停下，回過頭來看著你說，「那些追殺你的人，有很大的機率，是原生人保護組織的成員。這是我所能提供給你的額外資訊。」說完便和通報的成員離去，一路上還與那成員說著，除了一般方法之外，他還留有一個特別備案之類的話。

現場便留下了你、小汪、機器人，一大堆的螢火蟲成員，和你心頭上的原生人保護組織。

◎◎◎

「接下來我們會稍稍提到康德。」講課者在教室前端說。

「我們都知道歐洲有一段時間，在爭辯的主要是理性主義和經驗論。理性主義者認為知識的來源主要是因為人類的理性，而經驗論者則認為知識都來自於經驗。」

妳看了一下百襄，她一如既往地認真。而妳，在經過了上周末的事情之後，似乎有點高興這世界還有這些理論可以鑽研。每當妳再次碰觸那種人類心智的偉大可能之時，妳就會逐漸忘掉世界還有很多不如意的事。

「在這裡要注意的是，理性主義者並不見得要否定經驗的重要性。只不過他們通常會認為由經驗得來的知識，是可以被懷疑的。在此同時，有一些不依靠經驗，僅僅是來自直覺和推理的東西存在人類理性之中，像是邏輯和數學之類的。所以當我們要尋求放諸四海皆準的知識時，我們不能把這一切建立在可以懷疑的感官經驗上，而是得建立在人類理性之上，即那些不依靠經驗的東西。這些東西才能夠具有足夠的必然性，能放諸四海皆準，而不受個人經驗可能不準確的影響。除了直接來自理性之外，其他的知識或多或少都有來自經驗的成分，因此難以被認定是必然的。」

妳看了一下傾施，她瞇起眼睛回看了妳一下，似乎在叫妳聽課吧，不要亂看。

「而經驗論者則認為，人類所有的知識都是從經驗得來。即使是像數學或者邏輯，也是由於人們對於經驗歸納而來。這些從經驗得來的知識，不一定得是放諸四海皆準的。雖然如此，一個經驗論者仍然認為，我們的知識也只能從經驗得來。」講課者稍稍停頓了一下，接著繼續說，「這兩派似乎不太相容。所以他們在十七十八世紀的時候，就在爭辯這些問題。後來，經驗論者裡面出現了一個人，他叫做大衛・休謨。在他循著之前經驗論方向走的同時，發現了幾件事情。其中一件事情是，一旦我們開始懷疑，我們甚至可以懷疑人類心中的因果關係是否有足夠的基礎。」

「也就是說，如果某事件B總會發生在事件A之後，那麼我們通常會認為A和B之間鐵定有某種關聯性。但是根據休謨的想法，這種關聯性的來源不過是一種人性而已。我們心理上這麼認為A和B有關聯性，但實際上我們從未觀察到過A和B之間真正的關聯。我們只知道B必然跟在A後面而已。換句話說，我們也許可以觀察到事物之間的伴隨關係，但我們從來觀察不到因果關係本身。所以如果我們循經驗論的路子，最終會發現，因果關係本身不是任何經驗所能觀察得到的。經驗不能提供因果關係的基礎。但同時我們對外界的知識又幾乎都建立在因果關係上。這就導致了我們所有來自於因果關係的知識，全都像是空中樓閣，是用一個沒有基礎的材料建築起來的。」

講課者接著環視了妳們一下。「那妳們說，這是用經驗論的路子，如果用理性主義呢？是的，這就是康德登場的時候了。」講課者這時候講得好像什麼球員上場的感覺。

「我們先前提過，理性主義者雖然認為有些先驗知識是具有必然性的，但是其他部分就難以擴展這種必然性。而康德原本在理性主義路子時，當然也不可避免地遇到這些問題。不過，當他得知休謨對因果關係的懷疑後，他逐漸了解到一件事情：就是如果我們把因果關係當作一種先於經驗就存在，就像理性主義裡面那種不依靠經驗的東西呢？」

妳開始覺得這堂課還是很值得聽。雖然妳也很清楚課堂上都講得太簡略了，如果妳真的想要知道更仔細一點，妳得要自己下課後再去研究，或者是找傾施百襄她們討論。

「康德意識到，因果關係這種人們用來認識世界的方式，其實就如同休謨所說，不是來自於經驗。休誤認為那只是一種人性，但是康德卻認為，也許這是內建於人類認知能力之中，先於經驗而存在的。除了因果外，類似的東西還有人類對時間和空間的概念。這些東西在康德眼裡，都是內建於人類認知能力中的，他稱這類東西為先驗。而這些東西既然先於經驗存在，自然具有理性主義認為的必然性。那這樣來看的話，當我們在建構知識的時候，我們是透過先驗的認知方式去處理得來的各種經驗。因此這些知識，即便來自於經驗，但因為人類認識經驗和建構知識的方式是先驗的，是來自必然的東西，所以知識不再是建立於沒有基礎的空中樓閣，而是一種人類本身認知能力和經驗的整合。」

妳腦海中正在把時間和空間之類的概念，呈現出來檢視。

「我們可以看到康德的說法某種程度上模糊了理性主義和經驗論的疆界，並且統合了兩者。這也讓十七、十八世紀裡，理性主義和經驗論之間的爭辯逐漸進入尾聲。後起的哲學研究者開始在康德打下的基礎上發展不一樣的看法。哲學開始進入了一個新的時代……」

講課者繼續講著。而妳，把思緒放在各種理論上，沉浸在人們嘗試理解世界的偉大心智裡。

◎　◎　◎

進到螢火蟲內部已經三天了。你的手現在比較不痛了，而且這期間過得還挺不錯的。有綠餅之外的食物和乾淨的水。休息處甚至還有電視可以看。還有螢火蟲成員們，你有點疑惑自己之前為什麼都把他們想得那麼邪惡，也許是那種地下組織的感覺影響了你。實際接觸後，他們也只不過是尋常人罷了，有著和大多數人一樣的善惡判斷，還有一樣的日常。差別只在他們營利手段是透過地下交易而已。

除此之外，你與他們交談之後才知道，先前遇到的染色劑那個人，其實就是他們的頭頭。那個外界流傳極其聰明，而且善於算計人心的人。

你和機器人討論過是否要答應染色劑提案的事情。基本上，你本人是沒什麼好失去的，而且你也很想更進一步知道靈魂的真相。至於機器人的態度則不太明顯，你可以感受到它不喜歡這種欠未知人情的模式。但既然染色劑說只是欠「一份」人情而已，你們目前是傾向於接受提案。如果後續的人情機器人不喜歡，大不了由你單獨完成，然後機器人再給你一些補償就好了。

你想著想著，注意到有一個成員從休息處入口向你們走過來。

「我們頭頭想要見你們，他想問你們考慮得如何。」成員這麼說著。「你們可以在二號廳找到他。」

「了解了。」你回應之後，成員離去。你和機器人帶著小汪來到先前經過的中繼大廳，也就是成員口中的二號廳。這種大廳的擺設都很類似，這裡似乎多了一些娛樂設施，有一些球檯和桌上遊戲之類的，另一側則放了些桌椅和不知道用途為何的工具和器材，染色劑現在坐在其中一張椅子上。

「怎麼樣，有答案了嗎？」他看你們走近，在大約剩下兩步的時候開口，同時做出了個請你們坐的手勢。「你們大概還剩下十天可以決定。」

你們各自找地方坐下，小汪的目光則開始被經過的成員們吸引。

「我這次請你們來，是為了要先跟你們說，為什麼這個東西是有期限的。」染色劑說著。

「為什麼這樣的事情會有期限？」你問。

「因為時空裂縫不是隨時都有的。」染色劑談到了一個新的名詞。

「時空裂縫？」

「正是。但讓我們先從量子談起。」染色劑此時說話的模樣就像是知道很多祕密的人一般，「我想，你們都知道，或者至少機器人知道，量子糾纏存在著神奇的超距作用。」

「是，但我不會認為那是超距『作用』。」機器人回答說，「糾纏的效果只是同一件資訊的異地展現而已。」

「耶，但這樣的資訊卻可以在極遠的距離外仍然同時維持，難道你們不疑惑為什麼可以如此嗎？」染色劑此時帶有怪異的笑容。

「這是企圖用傳統四維時空的觀念來解釋量子糾纏才會遇到的困難。」機器人繼續回應染色劑，「這世界未必只有建立在時空四維之上。」

「正是。這正是我要講的。」染色劑有些興奮地接了話，「這世界不只時空四維，那是不是還存在許多其他的維度呢？或許量子糾纏的維持與超距同步就是透過其他維度在進行的。」

「有可能，但這仍僅止於臆測層面。」機器人說。

「是的，臆測，或許量子糾纏不需要其他維度的維持。我舉這個例子只是用來展示一幅樣貌而已。」染色劑稍稍舉起手做了個手勢，「這世界存在更多維度的樣貌。」

機器人的眼睛浮現藍光。而你雖然對他們剛剛的談話有些疑惑，但宇宙不只時空四維這個訊息你似乎還能跟上話題，於是順著空檔問，「那麼這些不同的維度跟時空裂縫的關係是？」

「這就得從這些其他維度的內容開始講起。」染色劑瞄了一眼機器人之後向你說，「這麼說好了，這些維度既然不同於時空四維，那它們的內容也可能不是傳統人們對維度的想像。我曾經在年輕的旅途中，遇過一個很特別的人，他聲稱有些維度裡面的元素其實是感質體驗和意識經驗。這就是為什麼感質有解釋的鴻溝。因為它們和時空這物理四維，本來就不一樣。」

「嗯，所以時空裂縫產生的時候，我們就有可能一窺其他維度。包括這種是由意識經驗構成的維度。」機器人似乎很快地掌握染色劑話中含藏的訊息。

「這有點正確，卻又不完全。」染色劑說。「如果你們能想像的話，人體本身其實就是連接四維時空和意識維度的通道。這意識維度原本的內容是雜亂無序的，各種感質和經驗彼此互相抵銷的結果就是混沌一片。直到生物體演化和神經系統開始出現，我們的四維物理才透過生物體的各種受器和腦電訊號解讀，抓取原本就存在的意識經驗。這些抓取，就像磁鐵一樣，讓原本雜亂無序的意識維度逐漸被安排出一個方向。也是在這樣的情況下，我們才有了清明意識和明確經驗的可能。」

「也因為意識維度的訊息是來自物理的整理，所以我們的經驗和物理狀態是一致的。」機器人繼續回應著。

「是的。我們的意識經驗，全都是由於各種物理元素的影響，而組合成目前模樣的。說到這就讓我想起，那個叫做什麼呢？」染色劑接著瞇了眼睛一下，接著像想到什麼一般地睜大雙眼，「啊，是先驗，雖然其實不太一樣，但這概念有一點點預先存在的那種感覺。這就產生一個有趣的問題了，究竟我們所感受到的四維時空，是真正的時空維度，還是我們在意識裡面建構出來的裡維度呢？而如果時空維度可以透過生物體建構自身，那這背後又代表著什麼？」

一點綠光閃過了機器人的眼裡，它隨後說道，「這讓我想到某種能夠循環回自身的數學形式。」。

聽著機器人的回答，染色劑眉間稍動，似乎有些欣喜，「耶，和我直覺裡想的一樣。但現在不是討論這類問題的時候，所以我們先回到原來的主題來。的確，意識維度的各種元素早在生物體出現之前就已經存在，是我們生物體後來透過受器和神經系統，去形塑出我們所感受的意識經驗和生物特質。拿欲望當例子好了，各種生物有不同的欲望，像有的動物喜歡吃肉，有的卻不；有的喜歡群居，有的喜歡獨行等等，這些好惡的反應，都是原本意識維度受到生物體物理狀態的牽引出現的。至於更多樣的，像人類各式各樣的不同欲望，除了天生的生理因素，還有更多後天和自身的影響。但即使如此，這些後天的影響也得透過生理狀態來改變意識維度的組成。」

「如同機器人變更硬體元件一般。」機器人的眼裡此時充斥綠色光芒。

「正是，只是生物體的意識變換是更澈底的過程而已。像你們先前所說的輪迴：生物體的消亡與新生，還有期間的意識變化，其實就可以把它想像成同一個感質的主體，對應到不同的物理身軀，重新組合型塑的一種過程。」染色劑接下來又瞇起了眼睛，好像在思考什麼一般，「嗯，每當我思考這種情形，我就會想到一個問題，那就是什麼才是個體的本質呢？是我們受到生理影響的意識呢？還是那個原本的意識維度？」

「也許還有別的東西，才是界定個體本質的真正因素。」機器人說。

「這我倒是挺同意的。」染色劑聽完，嘴角微微揚起。機器人眼裡的光芒同時也閃了一下。但接下來他們兩個都沒繼續開口，因此有著短短的片刻沉默，你看著他們兩個，突然想到一個問題。

「但是既然人體本身就是通道，那我們為何需要等待時空裂縫呢？」你問。

「耶，問得很好。簡單來說，是只有在四維時空有裂縫的情況下，我們才能透過生物體之外的方式讓四維時空和意識維度產生互動，從而能夠在四維時空裡面記錄下來意識維度的變化。這種時候，物理因果的封閉性會被破壞，所以我們能記錄到不只物理運算的結果。」在染色劑說話的時候，你仍然有那種他在講這些東西的時候，腦袋也飛快地運作的感覺。

「而這容許了操作的可能。」機器人回應。

「的確如此，根據那個人的聲稱，前人實際上發展出了可以捕捉意識維度波動的工具，一個測量器。據說，在前面幾次的時空裂縫中，前人在現行的四維時空保存了一個來自意識維度的『東西』。」

「東西？」你疑惑地說。小汪這時候已經跑去和一旁的螢火蟲成員玩了。

「是的，但我不知道那是什麼。既然那不屬於這個四維時空，我們本來就不一定能了解它。可重點不在這裡，而是這個東西仍然會和意識維度互動，就像量子糾纏。也因為如此，我不會冒然把這測量器拆開來研究它，這有可能會讓那個『東西』不再保有這種能力。」

「這個東西，我猜可以透過捕捉它和意識維度的互動，進而了解意識維度。」你說。

「耶，你猜對了。然而這種互動，只有在同樣有時空裂縫的時候才能捕捉。」

「為什麼？」你問。

「因為這互動，其實不是這『東西』和遠在不知何方的意識維度的互動。而是這『東西』和身處在時空裂縫中，那個現存意識的互動。」

「所以理論上如果有人進到時空裂縫裡使用這測量器，就能了解他自身的意識。」機器人說。

「大概就是如此。那個人聲稱這個給我的測量器，可以捕捉這些互動所造成的波動，不同的波形還對應不同的主體。所以，透過測量波動，我們理論上能辨識出各個測量者意識主體的不同。」染色劑眼中閃過一絲神采，「或許這最後能追蹤所謂輪迴轉世。但這東西其實還有更多的作用。」

「怎麼說？」你問。

「這測量器不只能捕捉波動的不同特質，還能測量波動的振幅大小。」

「意識維度裡的振幅大小。」機器人眼裡綠光閃爍。

「是的。」染色劑回應機器人，「這也意味著，單一主體在整個意識維度裡面，佔整體分量的大小。對一個機器人而言，這至少能確認一件事情。」

「我究竟有沒有感質的主體，以及我和人類或一般生物的意識，究竟是不是等量的。」機器人說。

「正如我所想。」染色劑說。

接著是一小段的停頓，似乎眾人都需要一點時間思考。這次仍是你率先打破沉默，

「聽起來值得一試。」你看了一下機器人。

「但我們怎麼知道這是真的，」機器人對染色劑說，「這一切聽起來都和現行已知距離遙遠。」

「事實上，你不能。」染色劑臉上帶著詭異的笑容，「因為我也不知道。這都是當初給我測量器的那個人說的。根據他的說法，先前期間都沒有別的時空裂縫會發生，最近的一次，」染色劑在此停了一下，「是下一個月，再下一次，得在八十年後。這就是為什麼你們得盡快給我答案，畢竟算上你復原的時日和

路程，你們所擁有的時間就更短了。」
「那這次的時空裂縫大概在哪裡？」你問。
「在海岸邊的廢棄舊船體，上面寫著福亥號的那一艘裡面。」染色劑說，「可惜你們得自己去。這次我不能帶你們去。」
「我很疑惑有什麼理由能阻止你探測自己的主體。」機器人說，同時眼睛閃爍著綠色的光芒。
「耶，因為螢火蟲最近有點忙。」染色劑的嘴角微微揚起，這表情在他臉上看起來有種不懷好意的感覺，「你應該知道複製人技術為沼澤區省了一點藥錢。而閒錢就意味著，交易和發展的機會。」
「你最近得忙著賺錢的意思。」你說。
「的確如此。但也沒有那麼簡單。」染色劑收斂了一點剛剛的神態，「當初那個人之所以給我這測量器，是因為他太老了，活不到這個時候。他當時追尋時空裂縫到海港這裡，卻恐怕自己浪費了機會。後來偶然之中遇到我，便決定將這測量器交我。也因此，我得到這個測量器是有附帶條件的。就是必須得在下一次時空裂縫的時候使用它，不能浪費這個機會。」
「這就是為什麼你要找我們來。」機器人說。
「沒錯，這可是一個雙贏的交易不是嗎？我得到一個人情和履行了當初的約定，而你們則獲得了測量的機會。」
「但是意識這麼重要的東西，這麼多年來都沒人預約使用嗎？」你有點好奇。
「耶，現在的人們可不覺得這很重要。他們只要能繼續追逐娛樂就夠了。」染色劑看了機器人一下，「無意冒犯。不過想想看，追尋『我是什麼』這樣的問題，竟然是由一個機器人開始。你就知道這問題在當代人的心中，其實沒那麼重要。」
接下來的一小段時間，你們暫時沒有說話。至此，你覺得資訊似乎大致足夠了。因此你和機器人對望了一下，它眼睛閃爍著藍光，眉毛微微抬起，對你點了一下頭。然後你說話了。

「我們答應你的提議。欠一份人情換取這測量的機會。」

「很好，我就知道你們會做出明智的決定。」染色劑顯得有些高興，「現在既然你們答應了，我們接下來可以討論一些細節……

◎ ◎ ◎

妳們漫步在街上，雖然沒有下雨的跡象，但是空氣卻帶有點灰色。

「這該死的空氣品質。」傾施說。「ＰＭ二點五顯然又要爆表了。」

「我有多帶一個口罩，」百襄從包包裡拿出一個醫療用口罩，有鑑於傾施出入很多場合的時候都會自備口罩，顯然這是為妳準備的，「給妳。」

「可是ＰＭ二點五口罩是擱不住的。」傾施說，妳一邊收下百襄手中的口罩。

「多少可以擋一些其他東西，」百襄說，「還有一點點安心的效果。」

妳戴上口罩，的確多少有點安心的效果。

「但這個東西搭配上它所夾帶的物質可是會致癌的。而且不只是肺癌而已，」傾施有點感嘆。「很多其他癌症和心血管疾病都和ＰＭ二點五有關。」

「可是有什麼辦法呢？台灣的空氣就是這麼差。」百襄眉頭皺了一下。

「這裡還特別差。」妳說，「各種燃煤，石化產業，還有一大堆更難查緝的中小工廠，難怪這裡的肺癌比例特別高。」

「可是我聽說ＰＭ二點五的來源很多。」百襄說。「一部分好像是來自交通工具和隨季風飄過來的。」

「其實工業和發電也產生不少。不過你知道，有時候政府舉的數據會刻意美化這些部分，」傾施一臉無奈，「其他的資料裡，來自工業的比例就多了。」

「政府為什麼要這麼做啊？」百裏真的有點天真。

「因為如果數據顯示主要來源之一是工業和發電，那就會使民眾開始對他們產生壓力。這時候各種工商大老就不能這麼逍遙了。」妳說。

「不只是工商大老而已，官員也有壓力。好不容易環保署終於將空氣汙染指標從ＰＳＩ改成ＡＱＩ。」傾施說，「但顏色劃分卻不一樣，所以以往的ＰＭ二點五紫爆，現在在ＡＱＩ上面會是紅色等級。也就是說，如果現在的空氣品質是因為ＰＭ二點五而到達紅色等級，其實在以前標準裡已經接近紫爆了。」

「所以現在ＡＱＩ變成紅色就已經非常嚴重了。」妳說。

「看起來是這樣沒錯。」傾施說。「這裡其實有另外一個面向的問題，就是這些空氣指標都是室外的，但是室內也有空氣汙染和ＰＭ二點五來源，而且帶來的危害不輸平常人們討論的室外濃度。」

「是什麼啊？」百裏問。

「除了油煙、燃香之外，菸其實是主要來源，只要有人在室內點菸，ＰＭ二點五濃度都會瞬間爆表，遠遠超過那些我們看到的室外濃度。室內又比較不通風，往往要過好幾個小時才會降回點菸前的濃度。」傾施說。

「所以有些人好不容易避開了外面的ＰＭ二點五，結果回到家天天吸家人或鄰居的二手菸，其實也好不到哪裡去。」妳接續傾施的話。

「這樣我們要怎麼辦啊？」百裏邊聽，邊微微皺著眉頭問。

「除了個人層面減少抽菸和二手菸之外；公眾層面其實有很多團體在宣導和對政府施壓，不論是關於抽菸還是外部排放得都有，我們應該支持他們的行動，持續關心這些議題。」傾施說。「例如談到火力發電，這背後還牽涉前陣子政府想要推的電業自由化，這些東西也很值得去研究參與。」

「說到這個，」百襄眼珠微微向側邊轉動，正好看向妳的方向，「妳真的不跟我們去那個勞工遊行嗎？」

妳沉默了大約兩步的時間，然後淡淡地說，「我覺得應該還是不用了。」

「真的不再考慮一下嗎？」百襄說，「這是很有意義的事情啊。而且我們三個人路上會更有趣。」

就在妳思索著如何回應百襄的時候，傾施突然冒出一句話，「那天不知道中午要吃什麼。百襄妳陪我找一下相關訊息好了。」百襄轉而回應傾施，「妳就整天只想到吃。」

「這很重要啊，」傾施這時候微微揚起的嘴角看起來有點邪惡，「吃得好，頭腦才清楚。」

「好啦好啦，」百襄眼睛瞇瞇的，笑得有點可愛，「我們回去找找看好了。」

傾施接著在百襄的後頭給了妳一個眼神，然後就開始了和百襄一路討論食物的旅程。

妳走在她們的旁邊。心裡卻不由自主地掛念著夢境。

天上天下

時間不是你的敵人，永恆才是。

——失寵，《異域鎮魂曲》

「先生，想不想嘗試我們新推出的帽子啊？」一位穿著華麗的男士拿著一頂金光閃閃的帽子，稍稍揮舞就會把整片日光帶往不同的方向。「節慶的時候戴這肯定很吸引目光。說不定山城的人也會注意到喔。」

可是這也太吸引目光了，而你現在最不需要的，就是目光。「呃，不用了。我只是上街買點吃的。」

「沒有關係，我們很歡迎你隨時再來。」男士這麼說，眼睛卻已經開始尋找下一個獵物了。

你暗自慶幸很快就擺脫了這好客的商人，同時抬頭觀察一下環境，天空晴朗無比，明亮的陽光映照生氣蓬勃的街道。越是接近節慶，街上的人，不論是做生意的，還是看熱鬧的，都更加活躍。相較之下，你可不能這麼張揚，雖然手傷已好了大半，但那些殺手和警察可能還在找你。必須得更低調一點。因此，你盡量穿梭在大街和小巷間，不在同一組區域停留太久。機器人和小汪則陪你走著怪異的路徑。

「先生，要不要嘗點肉乾啊？」一個雙手油膩的商人靠近你。「喔，還有一隻狗狗啊。看起來牠很喜歡喔。」

你趕緊撈住小汪，避免牠直接吃掉商人手裡的肉乾。

商人見到你的動作之後，仍然笑笑地說，「啊，沒有關係啦。我們的肉乾也適合狗狗吃喔。」

「應該還是不用了，」你說，「這狗……」

就在你說到一半的同時，商人已經把肉乾湊到小汪眼前，而小汪伸長了脖子和嘴巴，一口就把肉乾咬住。

呃，看起來你非買不可了。

「你看，牠吃得津津有味呢。」小汪在商人說話的時候又多嚼了兩下，「先生，你要不要也試吃一點啊。」

「試吃？」你說。

「對啊，試吃了才知道我們的肉乾好在哪裡。」商人拿出另一片肉乾，伸到你嘴前。

意識到不用花錢，你心裡鬆了一口氣，「還是不用了。我們在趕路，謝謝了。」說完，你趕緊把小汪抱走，轉進一條巷弄裡，耳邊卻還殘存著商人後續的話語，「好吧，先生如果下次再經過，不妨考慮一下喔。」

呼，終於擺脫商家群集了，你想著，同時看了一下小汪，這傢伙嘴裡還咬著剛才的肉乾。好吧，免費的，讓小汪偶爾有好料吃也好。你把狗兒放下，繼續在巷弄前進，但走著走著，你開始察覺有一組年輕人不懷好意地看往這邊。

「嘿，複製人，」一個看起來很想出頭的男性對你叫著，「離開我們的地方，城區不歡迎你們。」

「對，你們這些罪犯和流浪漢，滾回沼澤區去吧你。」另外的人附和著。

你不予回應。

「怎麼，不說話啊。」

「你要像那個罪犯複製人一樣殺掉我們嗎？」

「你看他還養了一條狗呢。」

「這些低下的複製人怎麼還養得起狗呢。這一定是從哪戶人家那裡偷來。」

「小偷，他一定是小偷。」

「我看我們把他交給警察好了。不然他還真以為這狗是他的。」

那一群人越走越近，態勢越發張狂，眼看著就要準備動手了。

「到此為止了。」跟上來的機器人用它機械式而非擬人的聲音發出低沉的聲音。

「你是他的誰？為什麼要阻止我們？」其中一個年輕人走向你身後的機器人。

「這是我的客人。」機器人揭下它的面罩，此時它的眉毛像獅子鬃毛一般張揚，眼睛則散發出鮮豔的紅光。

「機器人。」「那是一個機器人。」「天啊。」你聽到各種細碎的低語從那一群人中傳出。

「機器人大人，我們不知道是你。」剛剛走近的年輕人轉換了態度，他接著露出一個僵硬的微笑，「我們只是想提醒你，這些複製人都不是好東西。」

「我知道。我一遇到他就明白了，」機器人的眼睛轉回到紫色，語調開始轉成擬人化的聲音，「但他現在對我還有用處，所以我必須留下他。你們這些聰明的孩子們，了解我在說什麼吧。」

「是，我們當然不會阻止機器人大人你的計劃。」那年輕人的笑容比較不僵硬了些，「我們只是提醒你一下而已。」

「我感謝你們的好意。」機器人回應他，「不過，我想你們這些優秀的孩子，應該還有別的事情要做吧。」

「是是是，我們這就離開。這就離開。」年輕人說完，回頭招呼了一下他的同伴。他們很快就消失在你視線裡。

你們接著又走了一段路。然後你說話了。

「你是真的這麼想嗎？複製人都不是好東西。」

「不，」機器人眼睛閃爍著橘色，「但是這樣會讓剛才那群人有台階下。」

「我以為你不重視人類社交。」你決定多說一點。

「我早已深諳其道。只是最直白的交際方式有時候也很討喜。」

「那我該謝謝你救了我嗎？」你突然用一種充滿侵略性的語調說著，似乎有股說不出的悶氣難以宣洩。那些找麻煩的人們，這本來會為你帶來很大的困難，機器人卻輕易地解決這件事。但太輕易了，太輕易了，這讓你莫名地不高興。

「你還欠染色劑一些人情。」機器人說。

「你這是什麼意思?」你原本預期機器人會說不用謝它之類的話,如果這樣的話,你會更想挑釁它。然而此時,它卻突然說起染色劑。

「我認為你應該把這個訊息告訴他。」機器人說,眼睛轉為藍光,「複製人似乎讓他的生意變好了。」的確,它說的沒有錯。如果城區裡開始有一些反對複製人聲音的話,染色劑會很想知道的。你思索著,理性的元素再度推走了方才莫名的情緒。你這才意識到你剛剛竟然這麼做,竟然對別人用這種帶有挑釁意味的話語。就算你在沼澤區或者之前的領路工作遇到各種糟糕事,你都沒有這樣過,而且現在還是對一個客戶以及機器人。也許真的是機器人有一種特殊的好人感,所以你連一般的規矩都忘了,但也有可能是其他的原因。

想著想著,你似乎從剛剛那種狀態之中回復過來了。「呃,我想跟你道歉,有關剛剛的事。」你停頓一會兒後說。

「我不接受道歉的。」機器人又再次出乎你意料。

「那,那要怎麼辦?」你問。

「我尋求補償。」

「怎麼補償?」

「關於這個,我還沒想到。」這機器人這麼快就學會了染色劑那一套。好吧,不過你有預感它永遠不會討這筆補償,這只是它留給你的台階,就像剛剛對那一組年輕人一樣。

「好吧,那等你想到了再跟我說。」

「好。」

接著有一段沉默。直到小汪打破了它,牠走在前頭突然停住,好像被肉乾哽到了一下。雖然馬上又恢復了,並且轉過來對著你們搖尾巴。你只好又對這傢伙念了幾句。可這突發事件,也再度開啟了你和機器人的話端。

你們像先前沒有發生什麼事一樣，繼續談論著一些事情，例如原生人保護組織。你先前沒有聽過這個東西。這倒也不奇怪，畢竟有了複製人，才會對比出原生人。而複製人出現也只是近幾年的事，所以原生人也應該是一個比較新的概念。接下來，你和機器人討論一些關於螢火蟲的事情，以及一些其他零碎的東西。這些討論填塞了幾日的行程。直到你們抵達海灘，並且找到了福亥號。

那是一艘擱在海岸上的船，金屬的色澤已經被鐵鏽所掩蓋，只剩福亥兩字斑駁掙扎著。船艙的空間大概有三十棟你屋子的大小。此時落日餘暉映照海面，讓這船展現某種寧靜。周邊現在毫無人跡，似乎除了你們之外沒人會在意這裡。

「我們到了。」你說著說著拿出了染色劑給你們的測量器，一個沉甸甸的小金屬盒，上面有著一組螢幕，和一個按鍵，還有一條繩帶，你通常把它掛在背包上。「確切位置得要用這個來判斷。」

「距離理論上時空裂縫的時間點還有十分鐘。」機器人說。「然而這次開啟的時間只有十五分鐘，也就是說，我們仍然必須要盡快找到，以能保有更多的測量時間。」

「這樣我們先進去好了。」你說著，一邊從船體的破洞爬進了船艙內。機器人抱著小汪跟了進來。船艙內部還看得出些許當初設計的模樣，有許多的房間間隔，大小各異，只是現在都長滿了爬藤植物和苔蘚，只有一些靠近天花板的監視器倖免。機器人表示船內有很多雜訊，這讓它不太能確定遺留的各種電器是不是還在運作。你倒感覺不出這些，你只偶爾從植物叢中聽到一陣騷動，然後小汪就會興奮地去追那些受到驚嚇的老鼠或昆蟲什麼之類的。

「等一下我們就四處移動，看看到哪裡的時候測量器會有反應。」你回過頭來對機器人說。「染色劑說上次有將近一個星球那麼大，但這次卻只有大約三公尺。恐怕不好找。」

「由我來吧。我可以比人類快很多。」機器人說，一邊伸出機械手臂來。

「好。」你把測量器交到機器人手上。

然後你們到一處較大的空間等待。在這期間，你為了避免無聊，和機器人繼續交談。

「根據染色劑的說法，前人透過數學方法得出的理論最大值是$4902893472 82\times10^{87}$，這是計算上整個宇宙裡，意識維度的大小。」你說。「真不知道我們測出來會是怎樣的結果。」

「除了數值之外，還有靈魂圖譜。」機器人回應你，「這才是辨識我們感質主體的真正方式。」

「可是我們知道靈魂圖譜之後要怎麼樣對照呢？」你問。「染色劑提過，前次是整個星球大小的裂縫，理論上應該可以留下很驚人的數據。但當初給他測量器的人說，前人這方面遺留的記載非常稀少。最後他只僥倖找到這張圖譜而已。」你拿出染色劑給你的圖片，上面畫著一團像火的東西，但焰梢的尖端卻順著逆時鐘的方向延伸繞過半圈。

「也許是大半被毀了。或者是記在電腦裡，不然就是分布在各處。」機器人說。「誰知道呢？前人的資料總是不齊全。從我們甦醒之時就如此了。」

「也許我們應該記下自己的圖譜，以供後人參考。」你說。

「或者供你轉世後的自己參考。」機器人說，眉毛微微抬起。

「那你呢？」你問。

「機器人遠比人類更不容易湮滅。也許到了那時候，我仍然存在。也許我可以遇到轉世後的你。」機器人說，眉毛開始像波浪狀擺動。

哈，你還真沒想到這種情況。你和這機器人的互動太過自然，有時候都忘了它是機器人，自然也不會想到它可以存在很久，以至於有朝一日可能會遇見你的轉世，甚至遇見好幾世轉世的情形。

到那個時候，你又是什麼樣子呢？如同染色劑所說，如果生物真的是物理去同步意識維度的話，那麼那個時候的你，恐怕和現在都不一樣了。就好像那個帶著鑰匙耳環的死者一樣，究竟你是否仍是當初那個領路人，或者這中間有什麼變化存在？到了最後，這問題還是指向機器人提到的，所謂安身立命。如果人們以為這一生的穩定，其實不過是宇宙多重輪迴中的一小片段，那人們又該何去何從？一個人真正的主體又是如何？而思索著這一切，也讓你對等一下的測量感到有些期待，同時卻又緊張無比。

你在剩餘的時間內不斷思考。直到機器人提醒你時間到了，並開始抓著那個測量器，用遠超過正常人能達到的速率奔跑，企圖迅速環繞整座船艙。

◎ ◎ ◎

妳在床上躺著。

明天早上不用早點起床去陪百襄在街上閒晃，也不用幫傾施買早餐回去。因為她們都要去參加遊行了。只剩下妳還在這裡。妳現在不用將注意力放在周遭的人群上，而是有足夠的時間思考，並且沉浸在自己的心思裡。

妳先想起了妳那兩個好同學，百襄和傾施想必現在都在為明天準備，她們總有很多有意義的事情要做，不會一直在原處停留目光。而這個古老世界，現在只剩下妳一個人了。就好像人們都要前進，要畢業去更廣更大的世界了。只有妳，總是看著所有的人，感念著這其中諸多情意卻也領受將逝的低語，深深陷在無垠時空對凡人的藐視之中。

妳想起那些妳將會有，或者許多人已經有的經歷。上了大學，再進一步，又如何呢。出了社會，有了工作和家庭，又如何呢。子孫成堂，一生圓滿，又如何呢。這一切，妳早已從他人的眼中看到，但是妳卻也挖掘不出其中的意義。人們的生活，那些人間情態，不論它們曾經多麼動人，最終都變成瑣事一般，在時空中無足輕重。而當妳越能領略這些人間情態，越讓自己去接觸那些人生的美麗或哀傷，妳就越能聽到永恆對此的詘笑。

時間總會前進，妳的物理也總會前進。有一天妳也會變成那些人，那些妳已經從他們眼中看出經歷的人。可是，不論妳在什麼階段，每當妳再度觀看著他人的情態，或者自己的情態，妳就會深深陷在裡面，陷在那些經歷的當代裡，每一個年代的當代，每一個人的當代。然後在回到現實的時候，悵然若失。

妳逐漸意識到，當妳越想要保留這些片刻，妳就越難在眼前的現實裡立足。最終，是妳被留在時代的洪流裡，沉浸在每一個片刻中。

也許是妳太容易感懷了，妳想，在這樣的一個年代。而當一個人像妳一樣容易感懷時，她最終會就連自己都難以抓住。只有在夢境裡，還能瞥見片刻的永恆。

◎◎◎

測量器的螢幕閃著紅色的警示，你走向機器人。它現在站在一個原本像是吧檯前面的地方，看著你，舉起手裡閃爍的測量器。

「應該就是這裡了。」機器人說，藍色的光芒充斥它的眼睛。「剩下的，就是按下按鈕，等確認之後測量。」

「我有點緊張。」你說。「不知道結果會如何。」此時小汪開始追逐再度出現的小動物。

「不用緊張。」機器人說，「我們必須把握時間。」

機器人似乎沒有太多的情緒反應，它一說完這話就按下了那按鈕。在此同時，它的周遭，除了微生物外，找不到其他有複雜神經系統的生物。

測量器的螢幕開始閃爍。五顏六色的光影在極短的時間內迅速變換，然後逐漸趨向穩定，直到維持一個圖樣，還有一組數字。

機器人看著螢幕，沒有說話。你見狀走向前去，機器人把測量器螢幕的那面轉過來。你現在看清楚了那個圖樣了，一團像火的東西，但焰梢的尖端卻順著逆時鐘的方向延伸繞過半圈。就像染色劑給你們的圖案一樣。你震驚難定之際，看見了那更令人震驚的數字。$490289347282 \times 10^{87}$。

「這是怎麼回事。」你問機器人。

「不知道，也許我就是這個一團火。」機器人說。

「但是那數字呢？」

「也許這機器壞了，或者是算錯了。」機器人回答。「我可以再試一次。」

它說完，示意你後退。你退了三步之後，機器人再度按下那按鈕。然後事情就像重播一樣，螢幕從閃爍的圖案中穩定下來。顯現著那一團火和$490289347282 \times 10^{87}$。

「看起來我的結果就是這樣了。」機器人的眼睛閃過一絲紫光，「也許應該換你接手。」

「好。」你說，同時想起要把握時間：剛才機器人尋找位置的時候，雖然極其迅速，但是預計開啟時空裂縫的十五分鐘仍是有點短。因此即使你對這測量自身的一切感到相當緊張。你仍然走向前去和機器人換手。

「等我離開後再開始。」機器人邊走邊說，「好，現在可以了。」

你深吸一口氣，按下了測量的按鈕。

螢幕上的色塊開始不斷變化，但是太快了，你無法辨別這種變法是否和機器人的相同，只能讓圖樣牽引你的情緒波動起伏。尤其是當它開始慢下來，你越發緊張，直到你有點喘不過氣來的時候。一個圖樣不再變動，然後一組數字顯現。

一團像火的東西，但焰梢的尖端卻順著逆時鐘的方向延伸繞過半圈，還有，$490289347282 \times 10^{87}$。

「這是不是壞掉了。」你說著，同時舉起螢幕給機器人看。「也許我也可以再測一次。」

機器人對你點了點頭。你重複了同樣的動作，也得到同樣的結果。

「現在我們該怎麼辦？」你看著已經出現了四次的圖形和數字。

「也許有個辦法可以測試它有沒有壞掉。」機器人的眼睛閃爍著綠光。「交給我試試。」

你和機器人換手後，退出想像中的範圍內。機器人等你退出後，按下了按鈕，並迅速離開範圍，來到另一側觀察那測量器。現在那螢幕不再閃著光影的變化，相反地，那螢幕似乎不再顯示什麼。

你和機器人對望了一下，這結果似乎讓你們對壞掉可能性的猜測稍稍減弱了些。然而就在你們準備上前去拿回測量器的時候，一隻老鼠從旁竄出。然後是小汪興高采烈地追著那老鼠，直到牠意外踩到了測量器，而且還是一腳踏在測量的按鍵上。

你一時難以反應。機器人則是向前走了兩步之後又停下。在此同時，踩到測量器的小汪失了腳勢，瞬間追不上老鼠了，所以牠就停在原地，也就是測量的範圍內。

機器人抬起一邊的眉毛，眼睛呈現著橘色的光，看了小汪一下，接著轉過來對你點了一下頭。你明白了它的意思，轉頭看向測量器的螢幕。再度紛舞的色彩最終再度穩定下來。

一團火，$490289347282 \times 10^{87}$，和一旁搖著尾巴吐著舌頭，呆頭呆腦地看著你，似乎完全不知道發生什麼事情的小汪。

◎　◎　◎

妳從夢中醒來。

近日的所有經歷，現在像是跑馬燈一般越過妳的腦海。

量子態，測量與塌縮，解釋的鴻溝，感質的主體，先驗與安排，意識維度，重塑組合，複製人的前世，輪迴的順序，宇宙和人心的時間，不同時間軸的電子，全同粒子，還有，眾生皆有佛性。

那天晚上，妳又做了另一個夢。一個很不一樣的夢。

你在一個花園裡。枝枒茂密的植物和開得絢爛的花朵把整座庭園裝飾得色彩斑斕。鳥獸和昆蟲的鳴叫充斥其中。而庭園裡面往來的人群似乎都停住腳步，看往你這邊。

一個女人把你從她的懷裡，交到另一個女人手上。現在，人們更加看得清楚你了，他們展現喜悅的面容，歡欣鼓舞地迎來了迦毘羅衛城未來的王子。然而，這也其實是你，迎來了輪迴多世之後的，涅槃寂靜。

也因為你未來將會完成一些很特別的事情。因此，後世的人們謠傳，你在出生後，不用人扶就能走，而且向著四個方向各走了七步。之後你舉起你的右手，說了一句話。

「天上天下，唯我獨尊。」

All you not zombies

以牙還牙，以眼還眼

——《漢摩拉比法典》

窗外夜色已暗，剩下旅店房裡燈光。你坐在椅子上，旁邊坐著小汪。機器人今夜沒有到外面遊蕩。

「所以你想到可能的解釋了嗎？」你問正坐在地上的機器人。

「很多，」機器人回答，「測量器壞掉了、前人算錯或者做錯了測量器、這一切都是某個人隨口胡謅的，周圍存在物理型態看不到的其他生物，以及，我們都是同一個感質的主體。」

「是最後一個選項的機率大概多少啊？」你問。

「視你相信什麼而定。」機器人的眉毛同時微微提起，「如果你什麼都不相信。那這成真的機率非常低。但是如果你相信染色劑所說的，又相信輪迴。你會發現這兩者都沒有完全排除這種可能性，同時提供某種意料之外的吻合。」

「但是你相信什麼呢？」你說，這些日子來的旅程似乎讓你也變得更能察覺問題的深度面，「是機率最大的那種可能，還是你會相信其他機率低的可能？」

「你知道我曾聽過一個比我更早現世的機器人說過：機器人與人類不同，人類在他們短小的生命以及接近單向發展的信念系統裡，得要追尋一種和諧且一致的信念才可以。但是機器人不用，機器人可以把不同的信念系統分置開，同時把它們都保存起來，日後視情況調用不同的信念系統。」機器人回答，眼睛呈現淡淡的白光。

「所以你的意思是？」你說。

「我仍然和那個機器人不太一樣。我更傾向於一致的信念系統。但現在就算我們都是同個感質主體的機率較低，我也可以把它保存起來，不至於需要直接刪除它。同時，我還是會繼續追查我是什麼這個問題。也許日後會有更多的發現供參考判斷。」

「但螢火蟲是我所能想到的最後一站了。」你說，「除非你後續的旅程也帶上我，不然⋯⋯。」

「我是可以帶上你。不過如果這是你在這座城市裡的最後想法。」機器人說著，一邊拿出七顆藥丸，

「那麼我現在就可以給你報酬了。如果我們後續再合作，可以另外討論別的報酬。」你接下七顆藥丸。這本來會讓你欣喜不已，可現在你在乎的卻不只是日常生活了。

「那如果你、我和小汪是同一個主體的話，這代表什麼？」

「其實我有一些想法。」機器人說，眼裡的白色漸漸轉為橘色，「但是我認為你們應該先睡覺了。明天早上可以再討論。我想你應該還是會跟我同路。我會回去找染色劑。」

「是。」你的確是要先回去找染色劑，至少你得把測量器還給他。

「那我們明天早上八點在旅店門口會合。」機器人說。

「好。」你回應。

之後，機器人便離開去遊蕩。你把小汪安置好之後，再看了一下那七顆藥丸，腦中情緒百轉千折。

最終，你沉沉入睡。但夢裡，卻有著人在說話。

到……街尾的倉庫裡……拿……節慶……按下……點燃……做得，很好。

這斑駁的訊息似乎正指使著人去做這件事，你到了一條街道上，進入倉庫裡，拿了一個盒子出來，按下了按鈕，內心充滿了完成使命的快感。

然後你醒來。陽光灑落在旅店的房間裡，小汪正看向這邊等待餵食。似乎你從來沒有離開過這房間。

但剛剛是夢嗎？那感覺卻又如此真實，真實到就像一種衝動一樣。

你在沉思間餵飽了小汪，稍微整理一下行李後，就退房出旅店和機器人會合。它佇立在屋簷下，掩蔽自身於陰影之中。

「昨天晚上睡得好嗎？」

「不太好，又有怪夢了。」你回應著，「路上我再告訴你。」

「嗯。」機器人說，「這一路上我們會討論更多的事情。」

◎　◎　◎

妳坐在教室裡，聽百襄和傾施談論著。

「昨天真的聽到好多新東西。」百襄興奮地說。「可是，我沒有預料到會有那麼多人耶。」

「是不少人。」傾施說，「但政府會不會理又是另外一回事了。」

「這麼多人，政府為什麼不會理啊？」百襄問。

「因為有些人平常罵得很用力，可是最後都會含淚投票，所以政府都不用怕。」

「那這次會不會也這樣？」

「不知道，我們靜觀其變。」

「啊妳呢？」百襄接著看向妳，「昨天妳自己一個人會不會很無聊啊。」

傾施也看了妳一下，然後她露出一個太過浮誇的驚訝表情，「妳不會趁我們不在，偷偷跑去看那個算命的吧。」

「沒有啦。」妳說，「只是，我的夢又有新的進展了……。」

妳接著告訴她們最新的內容。

「真的是越來越精彩了，不是嗎？」傾施說。

「可是，為什麼會是這樣的結果啊？」百襄問。

「只要輪迴的順序和現實時間不同，那麼就可以有同時存在的單一主體。」傾施說。

「可是好像沒有那麼簡單耶。」百襄說。

「對，關鍵就在意識維度的理論最大值。那個一串不知道什麼數字。」傾施說，「想像一下這世間有很多靈魂，即便它們可以同時存在，但是它們最終只能各自佔了一部分的意識維度而已。」

「那這夢裡，每個人都各自佔滿了整個宇宙的意識維度是什麼意思啊？」百襄問。

「這代表這宇宙的意識維度容量，只能容得下一個感質的主體。」傾施說。

「所以，這是在說所有的人都是完全相同的感質主體嗎？」百襄說。

「這就是奇妙的地方。」傾施瞇起眼睛，帶著一點怪笑瞄了妳一下，「不論是誰設計出這種結果的，想必都不簡單。這種占據最大額度的方式，會和一般常聽到的，類似斯多葛學派那種宇宙單一實體，或者像婆羅門教那種梵我一如，這類宇宙一體論的說法，有一點主要的不同。」

「什麼不同？」百襄說。

「那就是，除卻這個人或其他生物能擁有的感質主體外，沒有更高的存在了。」傾施回答道，「如果是像梵我一如或者是常見的宗教說法那種，單人意識是大意識一部分的話，那這個小我的靈魂數值就不能占據住整個意識維度，而只會是一部分而已。」

「所以這是說宇宙就只有我們這個輪迴主體，這主體死後，不會歸入什麼更大的意識團裡面，而是一直都只有它，然後它會再轉到下一個生靈，持續不斷這樣，直到輪過了宇宙中的每一個生靈。」百襄漸漸掌握傾施所說的意思。

「是的。這套結果演示出來的是，宇宙紮紮實實的，就只有我們這個主體不斷地在輪迴而已。」

妳持續保持沉默，聽她們討論著早已在妳心中徘徊的說法。

「可是，這怎麼可能呢？」百襄說。

「如果就這個夢裡的設定來說，是有可能的。」傾施說，「我記得沒錯的話，這設定裡面，意識維度是被生物體牽引而展現出特定經驗的方向的。這意味著，只要物理狀況不一樣，就可以牽引出不一樣的意識內容，即便只有同一個單一主體也是一樣。」

「這怎麼聽起來有點像隨附性原則。」百襄說。

「因為我們有上過隨附性原則嘛。」傾施說這話的時候，再度用有點邪惡的笑容看向妳，「不過如果我們再回頭去檢視，我們會發現隨附性原則本來就沒有要求主體的不同。所以即便這種『眾人皆我，萬世輪迴』的論調，仍然可以和隨附性原則相容。甚至這樣，還解決了部分的主體性問題：大家都是同一個主體，就省去了為什麼妳是妳，我是我這種難解問題了。」

「這樣，輪迴轉世就是這個主體在不同生物體裡面，各種意識經驗再重新排列的意思嗎？」百襄回應傾施。

「在這夢裡來說，是的。」傾施中性地回答。

「那人們為什麼會認不出其他人或者生物也是自己曾經或未來的主體啊？」百襄繼續問。

「這個嘛，妳應該還記得我們有討論過關於人如何記得自己是同個主體的問題吧？」傾施反問。

「那時候好像是說，要不人們透過記憶之外的方式辨識，要不人們，就只是因為記憶而『記得』是同一個主體。」百襄回答。

「是的，如果是前者，那也許還保留了其他的可能性。」傾施在此稍微停了一下，「但如果是後者，那我們依存於這個物理腦的記憶，如何能夠讓我們『記得』不屬於這個物理腦的事情呢？」

「這樣聽起來有可能會不能耶。」百襄輕輕地回答。

「是的，這有一句很雋永的話語——妳不能記得妳沒記得的東西。」傾施這時候講得煞有其事的感覺，她這副模樣終於令妳打破沉默，「這是妳自己編的吧，而且這樣講跟同義反覆有什麼差別。」

傾施用有點搞笑的語調回應妳，「嘿嘿，這句話的深度遠比它表面上看起來還要多。就好像人們晚上可能做很多夢，可是如果這夢不是在快速動眼期將醒之時做的話，那麼妳可能連有做夢這件事都不知道。就像人們醉酒的時候一樣，當時生龍活虎但隔天起來卻不記得了。所以其實如果仔細想，人類今日以為過去連續的意識其實是他們『記得』的意識。而人們能夠記得『忘記』這件事，也都是用其他相關線索去拼湊的，人本身記不得真正沒記得的東西。這就是妳不能記得妳沒記得的東西。」她接著做出一種頗富禪意的姿態，「不過妳猜的不錯，這句話正是語出奇幻夢境大師，也就是本人我。」

「原來是奇幻夢境大師啊。」妳拱手作揖，「失敬，失敬。」

「好說，好說。」這傢伙就喜歡演這一套，裝模作樣後，傾施又開始繼續說正經的，「但我們先回歸正題好了，如果妳不能記得妳沒記得的東西，那麼人類這種會加強自我意識的生物，就很容易隨著當前腦袋產生人我不同的信念。正如其實我們沒有證明過他人不是感質僵屍，我們只是依靠自身存在意識的這個預設來推論他人不是而已。而我們也從來沒有證明過他人意識和自己是不同的。我們之所以認為如此，也只是因為我們只感覺得到自己的意識，進而產生人我不同的預設罷了。但話又說回來，如果人們是這樣『記得』自己主體的話，那其實意識除了輪迴傳承之外，還有一種更激進的可能性。」

「是什麼啊？」百襄越聽越起勁。

「是一切都是即時變換的那種嗎？」妳說。

「答對了。」傾施這話講得特別用力，「想像一下意識經驗都受限於物理狀態，包括對主體的記憶也是。那麼此時，就算這個唯一的感質主體，每一秒都跳到不同的人身上，那麼這些人會知道有這件事嗎？還是他們只能記得他們記得的東西呢？」

「好像是後者耶。」百襄說。

「所以就算我下一秒就變成妳，或者是百襄，妳們也都不知道是我變的。」

「我開始覺得剛剛那句話有可能不是妳亂唬的了。」妳說。
「可是這樣感覺有點恐怖耶。」百襄說著，同時伸出一隻手抓住妳的手。
「不會啊。」傾施用著浮誇的語調說，「等一下我就可以變成我們可愛的百襄了。喔，太好了。」
「矮額。」百襄揮舞著另一隻手發出感覺噁心的聲音。然後又拙劣地想轉換話題，「那麼除了這種『眾人皆我，萬世輪迴』的說法，還有沒有其他說法啊？」
「還有很多種可能。不過，我之所以專注在這種說法，是因為感覺我們的夢境主人，」傾施此時又轉過來瞇著眼睛看了妳一下，「要的就是這種說法。」
「所以妳不相信這些囉。」妳回應傾施。
「我不相信導源於算命仙胡謅的事情。錯誤的前提可以推導出任何的結論。雖然有關這種『眾人皆我，萬世輪迴』的說法，」傾施接著稍稍舉起一隻手指，「我個人倒覺得理論上是有可能的。」
「怎麼說？」百襄問。
「妳不覺得這套說法，其實很符合人們對數學和科學的美感直覺嗎？這裡面雖然也牽涉到意識和靈魂，但卻沒有預設其他怪力亂神或神祕主義，反倒讓整個宇宙回歸到只是我們個體凡人的事情。而且如果組成生物的基本粒子本身是不可分辨的話，那麼這些生物的意識主體相同也沒什麼好奇怪的。」傾施說。
「當然這只是理性面而已，如果問到情感面，我會傾向於不相信。」
「為什麼呢？」百襄繼續問。
「因為我實在不是很想相信，我有很多輩子都如此愚蠢。在這世界裡面，糟糕和愚蠢的人實在太多了。」傾施倒是直白地給了一個真心的答案。
「那妳呢？」百襄斜過頭來問妳。
「我也知道這充滿了問題，」妳說，「但是我總會想到，如果這些是真的呢？」

「妳這個就叫做有所求。許多求宗教的人都是因為現實中有所不得才求於宗教。就像人們總是害怕失去，所以才會尋求轉世。」傾施看著妳說，「我目前還沒捕捉出妳要的是什麼。不過，如果妳哪天想要喝酒的話，記得找我。」

「好。」妳爽快地答應。

「喂，妳們兩個，」百襄這個典型的老實好人，「妳們不是還未成年嗎？」

「那不然妳自己喝好了，」傾施用怪異腔調答話，「可愛的成年大姊姊。」

「才不要哩。我喝酒幹嘛。」百襄急忙澄清。

她們兩人又開始進入了常見的日常聊天模式。妳聽著，有時候會不禁笑一下。但有的時候，妳也會想著這夢境帶來的理論。這個談論著這宇宙，從來就只有……「妳」……一人的理論。

◎ ◎ ◎

「你今天似乎比較沉默。」機器人說，眼睛趁著某個四下無人的片刻，閃過一絲藍光。

「我還在消化前天你告訴我的東西。」你說。

「我明白。」

「我一直在想複製人這件事。」你繼續說，「你知道，這基本上確認了複製人仍然是同一主體這件事，而不是回歸於大主體的那種小主體。如果是後者的話，不同的人可能會分到大主體的不同部分，某種程度上仍然是不同的。但如果只有單一小主體。這樣一來，眾人鐵定都是同一個主體了。」

「如此說來，你的問題似乎有所解決。」機器人說。

「可是這不能解釋那些不像是我的片段。」你說，「我原本以為確認是同一個主體後，事情會變得更簡單。但是，我沒料到是這種結果。」

「的確，當所有人都是同一主體後，人們之間的不同就反而變回由物理狀態或者記憶、人格這些東西來決定，這非常地有意思。我想，認為一個人只是他的物理，這種論點的支持者，大概沒有預料到一個說著宇宙生靈會不斷輪迴的觀點，會反過來傾向於正是物理造就了個人的不同。」機器人說，「而如果從這種看法切入，那些不像是你的片段，基本上仍然算是不同的人。」

「是這樣沒錯。可是不只這樣而已。那些片段的內容，我總覺得和原生人保護組織在籌畫著什麼有關。而且不會是好事情，至少對複製人來說。」你說。

「也許你可以放鬆一下。」機器人眼睛的顏色轉為橘色，「你們人類有時候得把思緒內容轉到不同的事物上，才能用較好的效率轉回來。」

你盤算著這種可能，望見了前方有一座酒吧。現在你有了這筆新收入，讓這種消費成為可能。不過你仍然覺得應該把錢省下來，也許哪天終於能讓你和小汪搬進城區，長期免受於汙染。

機器人不知道是不是看穿你的心意，它接著說。「不如這樣吧。我們可以去前面那間店。我請你。」

你遲疑了一下，然後說，「好。」

一會兒後，你們進入那間酒吧。這是一間和其他酒吧類似的店，有閃耀的光燈色影，各式的人們做著各種事情。而除了小汪經過的時候引起一陣目光停留之外，暫時沒有什麼值得特別注意的。

你們來到吧檯前的位子。

「給我的朋友一杯銀色海洋。」機器人說。「然後給我一杯紅檸檬。」

「好。」調酒師從桌下拿出幾瓶東西出來，基本上貧窮如你，是沒機會認出這些東西的。你只知道這些內容物被隨意地混到你的酒杯裡，然後加上兩顆冰塊，送到你的面前。

你舉起一嚐，淡淡的刺激加上一點點的水果味，透過冰涼的口感暈開來。可也因為你先前的經驗極其稀少，嚐過後卻不知道如何評論。

「我聽說這杯比較不強烈，適合當作第一杯。」機器人說。

「我不知道你連這也有涉獵。」你說。

「我從來只是聽說，」機器人說，「我沒有裝備味覺的受器。」

「那你點那一杯是……？」你問。

「擺著好看，還有或許小汪也想喝。」機器人說，「這紅檸檬只是果汁混和而已，狗也可以碰一點點。」

「希望牠不要在這裡引發麻煩。」你說著，又吸了一口杯裡的東西，同時注意到旁邊電視上的內容。一位看起來服裝正式，像是某種議員的人說著。

「複製人已經為我們帶來太多的麻煩了。我覺得，我們應該要立法禁止複製人相關的一切。用複製人技術換到我們要的核能之後，就不再使用，同時禁止複製人進入城區，把他們都留在沼澤裡。」

你聽著，卻注意到一旁有一組人也在談論相關的話題。

「他當然會這麼說，他是明日藥廠的人不是嗎？」一位看起來充滿龐克風格的年輕女性這麼說。

「可是這跟藥廠有什麼關係？」一旁看起來是她友人的一位年輕男子說。

「因為複製人技術搶了藥廠的生意啊。」女士一副理所當然的感覺。

「這又跟我們有什麼關係啊？」男士接話。

「是沒有關係，但是我們幹嘛沒事去禁止複製人呢？到時候又有新規定，肯定會很麻煩的。」

「這麼說也是。」男士說，同時喝了一口他的酒。「可是我們管他們那麼多幹嘛呢？」

「當然不用啊。我們只要管，」女士此時從口袋裡拿出兩張東西，「演唱會的票就好了。」

「這是真的嗎？你拿到了。嗚呼，你拿到了。」男士歇斯底里地摸著那兩張票。之後你再細聽，他們談論的話題對你而言已經不再重要了。

你把注意力轉回來。回過頭又喝了一口銀色海洋，現在你開始適應了，酒的辛辣感不再那麼明顯。再喝幾口，杯子就開始變空了。

「給我朋友一杯第三個月亮。」機器人見狀對經過的調酒師說。

同樣地，又是一串你難以辨識的組合，最後變成眼前的一杯東西。你嚐了一口。這一次有股清香直衝腦門，似乎是某種植物的味道透過酒精變得更加突出。

「聽說這東西可以讓人心思定下來，就像看到第三個月亮一樣。」小汪這時候偷偷爬上桌舔了機器人的紅檸檬，之後突然眼睛睜大跳下桌子，然後繞著自己跑圈圈。「看起來這對牠來說挺新鮮的。」機器人說。

「可還是不要再讓牠喝好了。」你聽說有很多人可以吃的東西，都不適合狗。雖然這紅檸檬似乎還好，應該只是比較酸而已，因為小汪現在完全平靜下來了，但你覺得還是不要這樣做好了。

「我明白了。」機器人說，同時把那杯果汁拿遠一點。

「嗯。」你再吸了一口第三個月亮，這種直衝腦門的感覺好像的確沖掉了一些纏結的思緒。你繼續品嚐著，卻開始注意到身後一些逐漸變大的聲音。

「你到底要不要道歉？」一個尖銳的男性聲音。

「不道歉會怎麼樣？」這一個聽起來就充滿酒氣。

「那我就給你一點教訓。」第一個聲音回道。

「我敢打賭你這窩囊沒膽這麼做。」這次你可以聞到酒氣了。如此近的距離，讓你原本想背對裝死的計畫被迫更改，不得不回頭看看發生什麼事。機器人倒是沒任何反應，逕自觀察著它那杯東西。

兩個男士現在站得大約一步之遙，彼此都盯著對方。其中一個比較高，表情猙獰；另外一個較矮較胖，一臉不屑的神情，手裡還拿著一杯酒。

「你以為我不敢。」較高的男子一邊說著，一邊逼近，直到兩人之間僅容得下一點殘光透過。較胖的男子似乎醉了，他不在乎的神態游移著，然後舉起空著的那一隻手，在周遭都沉默下來的時刻，輕輕地拍了拍較高男子的臉頰，清脆的響聲頓時變成空氣中唯一的聲音。

較高的男子原先就面色鐵青，待到臉頰被拍的下一刻，動作一瞬間爆發開來。他迅速撥開了較胖男子的手，然後順著同樣方向，用另一隻手飛快地一擊打中較胖男子的腦袋。較胖男子一聲悶哼，身體向後傾倒，酒也隨杯翻落。可不知道是不是醉態剛好如此，他旋即導正身體回來，砰地一拳也打得較高男子向後踉蹌。

兩者又回到了一步的距離，雙方箭在弦上，準備好下一輪的對決。四周風勢凝結，彼此默契的一秒後，兩人立刻動作，就在將要扭打在一起的那刻，雙方卻突然被什麼擋住了，一步都前進不了。

「到此為止了。」機器人眼帶紅光，眉毛高舉，雙手正支住兩人。

頓時酒吧內又是一陣耳語，那些有關機器人的東西。

「一拳還一拳，很公平。」機器人用著非擬人的聲音。

兩人仍然怒目相視，但是機器人似乎用驚人的力量擋在中間，讓他們完全無法繼續動作。僵持一陣之後，較高男子的面色開始緩和下來。

「他把我的酒打翻了，卻一副不在乎的模樣。」

「不，我認為那是你自己手滑掉，我後一步才撞上的。」兩人又再度開始對話。「現在是你打翻了我的酒了。」

「既然這樣，兩位都損失了一杯酒。」機器人的眼睛轉為橘紅之間的顏色，「那我請兩位喝一杯如何？」

兩人對這種息事寧人的手法似乎不太滿意，但無奈機器人擋住了他們，所以也只得如此。在經過另一番言談之後，他們最終隨機器人坐到吧檯上。

機器人給他們各點一杯不同的酒，你仍然不清楚這相關細節，但從反應來看，他們似乎挺滿意的。後來兩人又點了一堆酒，直到醉倒在吧檯附近為止。

這件事終於平息下來，周圍的人也不再注意這裡。機器人審視了一下狀況，向調酒師結帳致意後，偕同你離開。

這本來該是一件有趣的故事，但在這過程裡，你卻開始想起另一件事。你總想著這兩個男人的拳頭，那種打在身上的痛楚，還有那些敵意。他們知道根據一個前人測量器得到的結果，他們是同一個主體嗎？與你相同的那同一個，全宇宙唯一的主體嗎？

你持續想著，這樣的心思逐漸在你腦海裡擴大發展。那天夜晚的路上，你們遇到了一個在城區流浪的人。你伸手進口袋裡，從裡面拿出一點小錢給了那個人。之後的路程，你和機器人說著一個很值得談論的話題。

◎ ◎ ◎

「因果？」百襄看著妳，臉上露出一點點的疑惑，「妳是說休謨和康德說的因果嗎？」

「不是那種。」妳回答，同時瞄了傾施一下，她現在正在喝一大口飲料。「是佛教裡的那種。就是那種有因就有果，還有報應之類的。」

「講報應好像太世俗了。佛教裡面說的好像是，妳現在所受的事情，其實是來自過去因的現在果。而妳現在做的事，就會成為未來果的現在因。」百襄說。

「就是妳所做的事情最終會回過頭來報在自己身上的意思。」妳說。

「大概是這樣的。可是因果的展現有時候不是那麼直接單純。」百襄說。

「那這個回報的對象應該就是輪迴的對象是吧。」

「一般以為是這樣的沒錯。可是更好的說法應該是，輪迴本身是業的傳承。」百襄說。「妳為什麼突然對這個感興趣啊？」

「因為如果這世界上都是同樣的一個主體，那麼因果循環這件事就會變得很有趣。」看起來傾施喝完那一口飲料，所以她可以開口說話了。「我這樣說有沒有說到妳心坎裡，我們的夢境主人。」

「哇，有耶。」妳轉過頭去，給了傾施一個假意的崇拜表情。傾施回予妳一個咧開嘴的笑容，然後繼續她的下一口飲料。

「怎麼說。」百襄問。

「就是假設今天有甲和乙兩個人。甲今天把乙殺掉了，那按照一般認為佛教的說法，要不在今世，要不在後世。最終乙會用相等的方式向甲回應這份因果。」妳說。

「好像是這樣。」

「我們平常都把甲和乙當成不同人。可是……。」妳接著說。

「可是如果甲和乙是同一個主體的話……。」百襄睜大眼睛，逐漸意會過來。

「對。這時候仍然是報應在甲這個主體上。可是甲和乙其實是同一個主體。所以……。」妳說。

「所以會怎麼樣？」百襄好奇地問。

「所以乙被殺這件事其實本身就足以作為甲殺人的因果報應。假定甲乙是同一個主體的話。」妳說。

「妳是說因果其實是？」百襄說。

「對啊，如果這世界上只有單一微小主體，」妳回應著，「那麼人們之間所有互動，本身就是因果。

就好像我今天搶了路人一百塊，那麼等到我輪迴到路人那一世的時候，就會被搶一百塊。」

「可是這好像跟佛教講的不太一樣。」百襄說。

「但是精神是類似的，不是嗎？就是自作自受，那些妳所做的事情最終會回過頭來報在自己身上。」妳說。「而且不只是人類而已，動物間弱肉強食也是一樣的。今生吃掉多少其他動物，就要輪迴多少世來償還。」

「這樣聽起來好像又有點道理。」百襄說。

「就像是休謨認為因果關係是人性去套用在事物上一樣，因跟果可能實際上沒有什麼神祕聯繫。可是如果這兩件事其實是同一件事呢？那它們之間的關聯就不需要被懷疑了。如同糾纏的粒子一般，表面上看以為兩者是分開的，但其實是同一個資訊。」妳說。

「所以我們做了什麼好事或壞事都逃不掉，因為妳總得再輪迴經過那個受影響的人。」百襄說。

「反過來說。」妳停頓了一下，接著繼續說，「我們現在的遭遇，其實就是我們以前所做的事，而我們現在所做的事，其實也都會變成我們的遭遇。」

「就像那句話講的一樣。」百襄聽完妳的話之後，若有所思地說著，然後她抬起頭來看著妳，用這一句話作回應，

「欲知前世因，今生受者是，欲知來世果，今生作者是。」

因緣，不只因果

緣起性空

「很有趣的結果。」染色劑坐在營火蟲分部內，他剛剛聽完你們的測量結果和旅途討論。

「那你認為這是測量器設計或是任何技術問題嗎？」機器人問道。

「我想我們永遠都不會知道不是嗎？」染色劑一派輕鬆地說著，「事實上，關於意識或者靈魂的一切，就算我們今天得到了明確的結果。但就像解釋的鴻溝存在一樣，這些結果最終只能是我們在四維時空裡的猜測而已。我們難以逃離懷疑論。」

「合理的說法。」機器人說。

「我倒是覺得像你一樣保存起來是一種好方法。就拿你們路途的討論來說，因果這件事挺有趣的不是嗎？」染色劑說。

「我挺想聽聽你對這的看法。」你說。

「嗯，」染色劑回應一聲，接著又出現那種腦袋裡正在瘋狂運算的感覺，「但我記得，那個說輪迴之人說的重點，不是因果，而是因緣。」

「他當時的確有強調因緣這件事。」你說。

「那你們知道因果和因緣之間的差別嗎？」染色劑問。

「願聞其詳。」機器人說。

「先讓我問你一個問題，沼澤區的人如此貧苦，是誰的因果？」染色劑說這話的時候，看了你們一下，好像在觀察你們的反應一樣。

「有些人是從城區裡流落至此的，剩下大部分都是世代傳承。」你回答，「如果再回推前幾代的話，要不就是同樣從城區流落，要不就是從一開始就因為各種原因而沒能參與到最初的城區重建。」

「那這樣的東西可以明確推論到，是什麼人的直接行為導致的嗎？」染色劑再問。

「除了少數可以之外，」你說，「其他應該都不行。」

「所以我們可以推論的是，這些人的苦難，都是各種因素集合而成的。其中包括了在此地的汙染，城區的房子貴，這些人沒錢所以只好搬到此處，或者是出生於此，但無能為力翻身，而昂貴的藥價也加深了翻身的困難。再往回推，前人遺留下的汙染和遺跡，還有復甦的機器人情況等等，其實也都是構成今日如此局面的因素。」

「我同意。」你說。

「所以我們可以說，沼澤區人的苦難，是因為種種因素的集合而造成今天情況。可在這當中，仍然有些元素可以強大到作為主要的影響。像一般人通常因為在此出生，另外有些人是在城區賠很多錢，欠下了債，最終才到沼澤區來。而反面來看，如果你足夠強大，也可能靠一己之力從這裡脫出。儘管如此，這些主要因素大多時候仍然要搭配其他各種因素才會達到最終的結果。」染色劑說。

「因和緣。」機器人的眼睛呈現淡淡的綠光。

「正是。沼澤區的情況，就是幾個主因，和其他各種緣分，一起造成的。事實上，就像那個說輪迴之人說的，世間的一切都是由因緣所構成的。幾個主因，搭配著緣分，導致了各種的結果。」

「那這和我們先前所得的單一主體有什麼關聯？」你問。

「耶，你看到了嗎？我們很難用這單一主體，在少數幾世間的互動來展示今天沼澤區的狀況。相對的，這些狀況，都是這個單一主體，經過非常多世的行為，所累積造成的結果。其中，有些世的某些行為是影響的主因，最明顯的就是當前這世。例如你原本住在城區，但沉淪賭博喪盡家產，最後連房子都賣掉跑到沼澤區來。那這就是你在此受難的主因。然而，沼澤區的模樣，城區的模樣，和那些賭博的情況等等，這些都不是你這一世所決定。它們是來自其他非常多世的累積，也就是主因之外的緣分。而因緣的劃分也並非絕對，有時候一件事情的主因會是另一件事情的緣分；而一件事情的緣分會是另一件事情的主因。只是這所有的東西，仍然是這單一主體的反應回饋到自己身上。」

「業。」機器人說。

「正是。不管是主因或者緣分，你前面的世如果為後世埋下了苦難的可能，那麼後面就有一世可能會遇到。相反地，如果你留下好的可能，其他世也會遇到。而當我們開始用因緣的角度來看待世界時，就會發覺一個事物是受到多重因素影響的，改變任何一項，就可能會改變最後的結果。結論就是，沒有單一的因果，只有相互交纏，而且充滿不斷變化可能的因緣。」

「我開始明白了。」你說。「可是因果和因緣的不同究竟在何處，讓你必須要如此強調？」

聽完你的問題，染色劑臉上浮現了一個詭異的笑，「改變的可能。是改變的可能。」

「改變的可能？」你疑惑道。

「是的。如果事件是因為明確的因而產生果，那就會是一種宿命，種下了因就只會有一種固定的結果。可如果事件有各種因緣的話，不同的因和緣都會讓結果有不同的可能。」不知道為什麼，你覺得染色劑下一刻神情突然有點邪惡陰沉，「這就給了我們改變的可能。」

「有些意思。」機器人眉毛微微抬起，眼睛閃著白光，「我也應該把這種說法保存起來。」

「你的確可以把它保存起來。猜猜看我為什麼說這麼多？因為我曾經遇過一個機器人，它對我說，它有一種世界觀模組，是用事物的關聯性來作為坐標系的。」染色劑說著，剛剛他那帶有邪氣的感覺現在消失了，「那個機器人說那種角度非常特別，這讓它看待世界的角度完全不一樣，甚至於，在熟悉之後，它還能模擬改變各種因素來觀察可能造成的變動。在當時我還不知道它的意思，直到聽過因緣之後，才領悟過來。」

「這個機器人，你知道它在哪裡嗎？」機器人問。

「我不知道它現在在哪裡。但我相信你最終會碰到它。也許會在尋找前人資料的時候。」

「那麼我可以期待那一日。機器人幾乎不會腐朽，我們總有一天會再相遇。」機器人說。

「我也很期待那一天。」染色劑說這話時眼裡閃過一瞬的，不容易見到的明亮。

你看著著眼前這帶著疤痕的人，還有他剛剛的表情，突然想到了什麼。「說到這個，測量器應該還給你吧。」你轉身把背包放下，伸手欲拿掛在背包上的測量器。

「我想，你就留著吧。」背後傳來染色劑的聲音。

「為什麼？」你回頭問著。染色劑這時候的神態又回到那種「我腦中在算計東西」的模樣了。

「嗯，因為我們有緣，就像當初那個人跟我有緣一樣。」他說。

◎　◎　◎

「這就是佛教和之前印度諸教，尤其是婆羅門教的主要差別之一。」傾施邊收東西邊說，「因果和因緣之間的差別。」

「所以因緣的其中一個特性就是非宿命論的？」百襄早就收好了，她現在側坐在位子上等妳們。

「是的。輪迴的觀念不是佛教才有。很多佛教之前的印度宗教都有。事實上佛教的許多概念都是承襲自之前的印度諸教。這些印度諸教裡的輪迴，有時候帶有世俗的政治因素。像是外來的雅利安人，要統治當地印度種族時，就必須強調種性制度來使本身人種能夠有優越性，也讓在地住民甘於處下。為了搭配這類種性制度，輪迴的概念因此興盛。因為透過前世留有業的手段，可以輕鬆解釋為什麼人們會出生就不平等。有的人是高階種性，有的人卻是低階種性。」

傾施停頓了一下，接著繼續說，「在佛教之前，因果就帶有這種宿命性。因為一旦是直接因果，那麼種什麼因就只有固定的果，所以這一世就難以改變。人們於是輕忽此生，著重對來世的期待。」

「喔，所以佛教說世間萬物都是因緣組成，不斷變動，就容納了改變的可能性。」百襄說。

「對，這讓佛教的因緣觀帶有一種積極性。雖然我也知道在決定論的世界裡，即使多變因也只有確立的結果。但顯然佛教眼中的因緣是容納得下改變可能的，對此我先不作評論。而且，從因果變成因緣，差別不只是容得下改變而已，還多了很多其他特別的東西。」傾施回答，「像是無常無我這些概念，就只有事物都是因緣聚散才蘊含。」

「妳是說，因為萬事萬物都是因緣所組成的。所以它們自身其實沒有永恆的實在性。它們都是『空』的，都是因緣聚散，因緣聚而成，因緣散而消。」百襄說。

「是的。佛教裡面的空，從來就不是否定事物或者這個世界的存在。它的空指的是事物儘管存在，但是不實在，僅僅是因為因緣聚才如此，哪天因緣一消就結束了。」傾施回應著。

「聽起來妳也很有研究嘛。」妳說，同時翹起一邊眉毛看向傾施。「我以為妳不信這一套。」

「我是不信怪力亂神，把所有事情都推給神祕色彩的那一套。」傾施說，「但是真正的佛教內容並不總是帶有神秘色彩。」

「哇，所以妳不只是夢境大師，還是佛學大師。」妳向傾施比起合十手勢。

「阿彌陀佛。」傾施也回予妳一個合十的手勢。

妳們都笑了一下，然後像平常一樣度過了這天的後半段。

那天夜裡，夢境又找上妳，另外一個夢境……。

你在菩提樹下。

你聽過婆羅門的說法，跟大師修習過禪定，還有和諸同修一起苦行六年。

但是這些都不能滿足你，這些都不能讓人從世間苦之中解脫。

所以你來到這裡，思考著。

人們在這世間裡，順從著自己的欲望，追逐著那些事物，追逐著那些人。

但是求不得是苦。求得了仍然不滿足，為害怕失去而煩惱，為求更多而難安，也是苦。

有了執著就會苦。

那麼是什麼讓人們如此執著？

是無明。是不知道。人們不知道這些事物都僅只是因緣聚散，因此執著其中。

而無明，使人們造作諸業，使人們遭逢諸果。有果，卻仍復受無明影響，再起新業。

業力在這當中流轉。

是無明在驅動著業力。是無明在驅動著輪迴。

一切輪迴皆因無明而起。

◎ ◎ ◎

染色劑坐在二號廳的椅子上，你們則坐在桌子的另一側。現在沒有其他的螢火蟲成員在這裡。

「你的意思是，城區裡面有反複製人的跡象開始蠢蠢欲動？」

「是。雖然大多數人不在乎，只有少數激進分子。但我們認為應該把這個訊息告訴你。」你說。

「原生人保護組織。」染色劑嘟囔了一下。「我知道他們一直都在尋找機會把複製人趕出城區。可最近他們的動作更大了，似乎在計畫著什麼。」

「就是之前追殺我的那群人嗎？」你問。

「說到這個，」染色劑用帶著懷疑的眼神看著你，「究竟你為什麼會被他們追殺？我可不認為他們會愚蠢到想要用這種方式清空複製人。」

「我都告訴你了。我自己本身也都不知道。」你說。
「那那些夢呢？」染色劑持續追問，「那裡面或許藏有什麼訊息？」
「就算有，我也不知道。」你說。「不然我把所有的夢都告訴你好了，讓你來找有什麼訊息。」
接下來的一段時間，你把最新的夢況告訴了染色劑……。

「訊息？」染色劑的神情不像是帶著疑惑。
「對，而且這種訊息似乎會驅動人去做什麼事。」你說。
「嗯，」染色劑起身踱步，看起來正盤算著什麼，「你和原生人保護組織關係匪淺，但是卻想不起來。也許你目睹了某些不該看的東西，所以他們介入了你的複製，刪掉了一部分的記憶。」
「但是，他們能夠這樣嗎？」你懷疑現行的技術如何可行，還有原生人組織如何有這種能力。
「一切都是有可能的。理論上我們只要改變電流刺激，就能變動複製人的腦袋內容，所以這不是不可行的。當然，也不是什麼簡單的事情就是了。」染色劑說到這裡，停止了踱步，「要掌握電流刺激和腦袋的內容，只有少數人做得到。」
「可是，看起來他們沒有完全成功，畢竟我還是想起了一些片段，不是嗎？」
「正是。」染色劑仍然很像在盤算什麼，「這也讓我想到，也許你們可以幫我一個忙。」
「什麼忙？」你說。
「是這樣的。在你們離開的期間，我的人其實一直關注原生人保護組織。」染色劑說得好像關注別人很理所當然，「他們似乎有陣子喜歡出沒在一個地方，卻又突然不去了。於是我的人就探查了一下，卻沒發現有什麼特別的。」
「而你希望我們再去一次，」機器人眉毛微微抬起，「是因為我們的普體先生可能會挖掘出什麼。」

「正是。」染色劑陰沉地笑著，似乎對於機器人先幫他說出想講的話感到十分高興。

「這算是償還人情嗎？」機器人說。

「算。你們完成之後，就不欠我什麼了。」染色劑維持著剛剛的笑容，但他的回答慢了兩秒。

「那好。告訴我們地點吧。」機器人眼睛閃過一絲藍光。

於是染色劑告訴你們地點。你們在螢火蟲裡待過一晚之後，便出發往城區，最後，來到一處廢棄工廠裡面。

「就是這裡了。」你這次把小汪留在螢火蟲裡，畢竟你們鐵定得再回去。

「你想起什麼了嗎？」機器人說。

你抬頭看了一下工廠外觀，金屬的色塊未經修飾，粗糙地構成外牆和屋頂，和一根不再有煙的煙囪。周圍有著一大堆的乾草堆，不知道是誰堆在這裡。除此之外，沒有什麼特別的。因此你們接著進入內部。

到裡面之後，你環顧四週。空曠的廠房沒有人影的蹤跡，器具也所剩無幾，幾乎可以說是家徒四壁。然而，隨著在其中的漫步，你心中逐漸湧起一種感覺，那就是這廠房原本應該更熱鬧的。在人們都還在，而且東西還沒有被搬走之前，所有的地方似乎都充滿活力。那裡，另外一邊，都是如此。除了，這裡。

你現在站在建築的角落裡，這個位置本就偏僻，但此時你感覺到的寧靜卻顯得格外異常，就好像有人為安排一樣。你示意機器人前來。它看到之後，便從另一側走往這裡。

在這期間，你又仔細看了一下這角落。荒廢但仍然堅固的牆壁充滿斑駁色塊，可是有一塊色塊卻有點詭異，雖然外表上看不太出來，但你心裡卻好似有聲音在叫喊著它的古怪。

你走向前去，撫摸著那面牆面，就在準備抽手之際，你發現那色塊有些縫隙可以滑動，於是你使勁一推，那色塊便像按鈕一般凹了下去。

機器人來到你身邊，看著原本堅固的牆面突然向內翻轉，露出一個空間，裡面放著一臺機器，一臺有著頭盔的機器。

「這是複製用的機器，放在這裡做什麼？」你內心有點驚訝。

「一試便知。」機器人眉毛高抬，綠眼張揚，之後它的右手開始了一連串的自我組裝，最終它的一隻手指變成一個接口。

「我沒想到你還可以這樣做。」你現在更加驚訝了。

「我還可以做更多的事。」機器人的眼睛閃了一瞬的白光，「可惜我不能直接感受到資訊。」

「什麼意思？」你說。

「先前我曾遇到過一些其他機器人，它們聲稱能夠感覺到資訊本身。現在我明白它們所說的就是直接感受資訊作為一種新感質的模組。」機器人對你說，「但別擔心，雖然我沒有類似的東西，仍然能夠進行資訊交流。」

它說完後便把接口接上那機器對應的一個插口，之後眉毛開始呈波浪狀飄動，眼睛的白光也閃爍不止。短暫的安靜時光之後，機器人再度開口說話。

「沒有相關的線索，我很難從這機器裡查出什麼。」它同時指示你戴上頭盔。「也許我們可以搜尋你腦內粗淺讀取的資訊，然後比對資料庫有沒有同樣的訊息。」

「那我就有可能知道我真正的前身。如果我們能夠找到有同樣訊息的人的話。」你突然想到這點，「可是，有什麼資料庫能夠比對？」

「複製人資料庫。」機器人說，眼睛裡的白光變得更加強烈，「我能夠做很多事。」

「你是說駭入嗎？」你說。

「就人類的角度是這樣沒錯，但就我們的角度來看，我們只是去哪個觀光景點玩一玩而已。」機器人的眉毛暫時呈現一高一低的型態，然後又恢復了波浪狀擺動，「現在回想你做的那些夢。」

於是你再度把思緒沉浸到記憶之中，原本預計要想著那個有著女子的夢，但卻有一組更強烈的東西浮現出來：

到……街尾的倉庫裡……拿……節慶……按下……點燃……做得，很好。

這次，可能是因為來自你主動回想的關係，那種衝動雖然仍是存在，卻不夠強烈，因此你能夠再度讓自己平靜下來。

「結果如何？」你問。

「嗯，我的確捕捉到有類似訊息的情形。但是似乎出現非常多次。」

「非常多次？」

「對。還不只如此。」機器人似乎又花了一段時間搜索了一下那臺機器之後說，「在我駭入複製人資料庫的過程裡，我還發現了別的非法路徑。」

「非法路徑？」

「意味著有別人也駭入過複製人資料庫。而且這些路徑最終歸於幾條特定道路，其中的一條，」機器人的眼睛閃過一絲紫光，「是來自你所在的這臺機器，可這還不是最特別的。」

「那最特別的是什麼？」你突然有種不祥的預感。

「這些駭入的路徑都承載著一種類似的訊息，」機器人看了你一下，「和你剛才的腦波資訊相似。」

「可是我剛才在想的是，那段有衝動的訊息。」

「這意味著有人把這些有衝動的訊息都送進複製人資料庫。或者，更有可能的是，這些訊息都成為了既定複製人腦中的資訊，才因此被記錄下來。」

「所以真的有人干預了複製的過程？」

「似乎很有可能。還有，這些訊息在資料庫裡出現的時間和位置看起來是完全隨機的。我只知道有類似的訊息被駭入，卻不能追蹤有哪些人受影響。」一點綠色的波動晃過機器人的眼裡。

「但這些訊息的內容到底是什麼？」你說，「我的片段是不完全的。」

「我這邊不能知道。」機器人說，「不過，你是個複製人。」

「這是什麼意思？」

「意思是，你的顱骨和第一頸椎還是有電流系統不是嗎？也許我們可以把這訊息反向傳到你身上。」機器人說。「然後看看能不能補成一個較完整的訊息。」

「這聽起來滿危險的。」你說。

「那就到此為止吧。」

你雖然也打算如此，但又乍然想起那些追殺你的原生人保護組織，他們可不會因為這樣就放過你，相反地，也許你得做些什麼，好阻止他們繼續這麼做。

「不，我試試。」你說。

「好。」機器人接著指示你進行，你屏息以待。剛開始仍是寂靜無聲，但漸漸地，你腦中似乎有一股衝動，就好像是快發狂一般，想要去一個地方拿個什麼東西，然後再去什麼地方似的。

看起來很多不同的訊息混雜讓東西都模糊掉了，但裡面仍有清楚的部分，想必是重複多次，幾乎都有的。了解到這點之後，你開始回想著那些最清楚的部分。

一個盒子，裡面有著滴答聲，還有一個開關，以及，倒數計時。

這是一個炸彈。

不，一堆炸彈，一堆出現很多次的炸彈，一堆在很多複製人腦海裡有衝動去引爆的炸彈。而且這些複製人裡面，很可能還包括你。

「當心。」機器人的話語驚醒了你。你睜眼一看，它正切斷了那臺機器的電源和拿下你的頭盔，一把托起你，將你拋出建築物外。

你重重跌落，所幸機器人拋的位置是那些乾草堆，所以就算你飛得很遠，這些乾草堆仍然緩衝了你，讓你沒有受什麼大傷。

就在你驚魂甫定，在建築物外望著，疑惑為何機器人會這麼做的同時。廠房內部傳來的巨大聲響和驚人強光，嗆烈的煙霧從煙囪直奔。你頓時明白了機器人這麼做的原因。那個在煙霧逐漸散去，從廠房之中隱約浮現，被炸得一塌糊塗的機器人。

無知之幕

荊人有遺弓者，而不肯索，曰：「荊人遺之，荊人得之，又何索焉。」

孔子聞之曰：「去其『荊』而可矣。」

老聃聞之曰：「去其『人』而可矣。」

——《呂氏春秋・貴公》

「我們今天可以繼續吃爌肉飯嗎？」傾施就這個時候才會帶有一點點撒嬌的感覺。

「妳不怕膽固醇過高喔？」妳偷偷捏了一下傾施。

「喔，這個，妳知道美國之前新出的飲食指南裡面，已經指出攝取過多糖分才是心血管疾病的元凶，而取消限制食物中的膽固醇了。」這傢伙為了要再吃爌肉飯，竟然搬出一大套說法。

「這只是給一般人的，而且我記得這只是指食物中的膽固醇沒那麼有影響力而已，血液中的膽固醇濃度仍然重要。」妳說，「至於像妳這種根本就是成癮了吧。爌肉飯成癮。」

「好不好啦？」傾施不管妳，繼續盧。

「好啦好啦，我們就再去吃爌肉飯。」百襄做下了最後裁奪。

於是妳們又到了另外一處賣爌肉飯的地方。說起這裡的爌肉飯，一如這裡的肉圓，每一家都不太一樣，各自有不同的特色。而且，隱藏在巷弄裡或看起來不起眼的，未必會輸給名氣大的。就妳個人而言，妳其實更喜歡去那些小店，也許是因為在那些店裡，能夠感受到一種樸拙卻親和的氣息。

幸運的是，百襄和傾施的選擇傾向也與妳相近，所以妳們時常造訪一些更為內斂的地方。這次的這家店就是屬於這種。簡單的招牌大大地寫出店名，菜單裡沒有太多的東西，也沒有特別的裝潢。可這些簡陋不會阻止人們前來。下班和下課的人群來來去去，另外，一個帶著好大行李的人在店裡吃飯，不知道這次他是歸鄉還是準備離開，妳從他身上看到一種總是奔波的滄桑；還有一個打扮得很漂亮的婦人，在門口等外帶，這一身的貴氣和名車在爌肉飯店外顯得格外突兀，但妳卻覺得也許她一點也不在乎。相反的，她似乎在這裡能放鬆下來，不用管那一套應酬之事。最後，就是一群看著電視，吃著飯卻也有著各自心思的顧客。

妳們找了個座位坐下，店員送上妳們點的東西。然後，妳也和人群一樣，注意到電視的內容。

「現在讓我們來看，稍早，人力公司的經理出來說明了為什麼不續聘派遣阿嬤的畫面。」

接著是一個西裝筆挺的人，拿著一疊文件，被眾家記者包圍。

「我們還是要在此說明，不續聘和阿嬤她的政治舉動是沒有關係的。最主要的原因是，我們有同仁表示阿嬤會影響工作氣氛，嚴重干擾了其他同仁的工作效率。那我們為了顧及其他同仁良好的工作環境，在仔細地考慮之後才下了這樣的決定。」這個男子說話的語氣是那種字正腔圓，最適合出來打官腔的風格。他接著指著文件的某處，「我們都有給我們的派遣員工資遣費。你們可以看這裡，都有明確的紀錄。有些別的派遣公司是不管這套的。我們公司已經算是業界裡面對員工很好的了。這次的狀況真的是單純工作環境的考量。」

男子講完之後，不多作回應便離去，因此這個採訪就到此結束，主持人接著說，「我們稍待一會兒再回來。」於是畫面又回到了常見的各種成藥廣告，這也意味著，妳們暫時有了討論的空檔。

「這樣派遣阿嬤不就沒工作了，她要怎麼辦啊？」百襄把頭轉側過來，露出略為擔憂的樣貌。

「沒問題的，她不是簡單的人，鐵定會找到工作的。」傾施盯著電視說，「我更關心的是，政府會怎麼辦？」

「什麼意思啊？」百襄問。

「這派遣阿嬤本身積極參與勞工運動，其中一項訴求就是反對派遣。」傾施繼續說，「但是她現在輕易就被不續聘，給的資遣費其實相比正常員工少很多。這家公司還可能是因為怕被追查才如此。實際上很多公司都不怕，很難查而且罰不多。可這次的事件，如果我們站到更高的角度來看，派遣阿嬤不被續聘，其實就像是用自身來表明派遣的問題一樣。就算現在這個公司有著好理由，政府也會有是否要繼續讓派遣存在的壓力。當然，這裡還有其他的問題，例如企業公然對付抗爭者的事情。」

「那妳想政府會怎麼做啊？」百襄說。

傾施笑了一笑，示意妳們先看一下電視。看起來廣告時間已經結束，畫面又回到攝影棚內。

「所以我說這個派遣阿嬤自己就有問題。今天派遣公司收留了她，結果她自己工作不做好，跑去街上亂搞，還把公司和同事的氣氛都搞差。」講這話的人似乎有點熟悉，「被人家解聘了。你看，自己做派遣還反對派遣。現在好了，連派遣都不給妳做了。」

「妳們認出他來了嗎？他上次也在節目上批評阿嬤和鼓吹過度理想的自由市場。」傾施向妳們側了一下頭，「這樣的人，不管是有人授意或自己本意如此，他們都會出來替當權者或者財團說話，各種工商大老也會出來說勞工過太爽或不惜出走之類的話。政府有這些人擋著，可以在媒體上塑造出仍然有民意支持政府政策的感覺，藉此以拖待變或改變風向，等過了風頭，就不用再處理這個問題，甚至可以走向更偏財團的路線。」

「那這樣要怎麼辦？」百襄說。

傾施又示意妳們看一下電視。現在播放的是記者去採訪派遣阿嬤本人的片段。

「阿嬤，聽說妳沒有續聘了。」記者跟著阿嬤移動。

「是啊。」阿嬤雖然有點憂傷的感覺，但仍是有求必應地回答記者。

「啊，阿嬤妳對這個有什麼感想啊？」

「我也不知道啊。他們說我會影響氣氛，可是我和同事都嘛相處得很好。」阿嬤這時候停下來，轉過頭來看一下記者和攝影師的位置，「但是不用擔心啦，工作再找就有了，以後有勞工運動我還是會去支持。就是有像我這樣的例子厚，所以我們才更要爭取勞工的權益啦。」

妳們看完片段之後看著傾施，想著她為什麼要叫妳們看這段。

「我們應該不要把這些抗爭的人視為敵人。」傾施說，「政府或財團可以有非常多的手段可以運作，它們可以孤立出這些人來，再讓其他的人都認為事不關己，或者抗爭者都只是在作亂，影響社會便利與安寧。如果我們輕易就被分化，開始認為這些人都是在帶來麻煩的話，那麼政府和財團就不會怕，因為它們面對的力量就只剩下少數的個體或團體而已。只有我們都像阿嬤這樣，不害怕受到雇主的壓力，能夠持續去對抗壓迫時，台灣的勞工才有可能爭取到應得的權利。如果我們暫時做不到這種程度，至少也要知道這些人是走在正確的方向上，不去扯他們後腿，同時給予我們自己選區的政治人物壓力，讓他們去對執政者施壓，也避免他們選上之後就背離民意。」

「可是我怎麼覺得還是有很多人不在乎？」妳回應著傾施。

「沒有關係，每一次的不成功，其實都還是會影響人心。當這些東西終於累積到一個爆發點時，就是成功的時候。」傾施接著突然帶點寓意地說，「就像因緣一樣。如果我們這次沒成，其實也會為下次種下一點緣分。當這些緣分到齊時，再有一個主因，整個局勢就會引爆開來。政治運動如此，科學研究也如此，當累積的能量足夠突破框架的時候，就會帶來劇變，這就是進步的因緣。」

「原來還有這種理解方式。」百襄的語氣聽起來有點興奮。

「是的。人間事物的成就都帶有前人所留的緣分。而我們這代也能留給後世一些緣分。這樣的因緣觀就會讓人保留積極性，而不是消極厭世。」妳們現在看著電視，然後傾施邊看邊說。

「就像派遣阿嬤的事件一樣，這所有東西都會為後面種下緣分。」傾施接著轉過頭來看妳們一下，「所以我要說的是，快了，緣分快到齊了。台灣的勞動環境，已經備齊了緣分，只要再一個主因點燃，那改變的風暴就要來臨。」

妳聽著這番話，看著電視上那派遣阿嬤的身影，用平常妳去體會他人的方式去體會阿嬤。腦中卻浮現傾施所說的因緣。

前人會留下緣給後人，一世會留下緣給另一世。而派遣阿嬤將留下緣給妳們。一世和一世，前人和後人，阿嬤和妳，還有，妳和妳。

妳好像想到了什麼，漸漸意會過來那個「眾人皆妳，萬世輪迴」的深意。妳望向電視上的人影，望向店裡的人，望向街上經過的人們，望向百襄和傾施。妳一如往常地體會他人的想法和感受，用那過度發達的鏡像神經元。可是現在，妳體會的不只是他人的想法和感受而已，妳體會的是妳在他們那一世的真正內心，妳體會的，正是「妳」。

妳這才發覺到，這人間沒有別人了，一切都是妳。

每日相見的家人朋友是「妳」，

萍水相逢的陌生路人是「妳」，

新聞和媒體裡談論的是「妳」，

遠在天邊終究不曾相遇的同樣是「妳」，

喜愛，在乎與珍惜的是「妳」，

無所關心和恨之入骨的仍然是「妳」，

世界上所有的人都是「妳」，

更多不是人類的生靈其實也是「妳」，

妳望向窗外，現在外邊的整個宇宙，只有「妳」一人，在無垠星空中，不斷地編織因緣，在無量劫裡，浮沉。

◎ ◎ ◎

染色劑看著機器人焦黑的軀體，還有被炸成一團的一隻手臂，「你確定你沒有事嗎？」

「除了手臂上有些功能缺失，還有日後得去變形酒館整修之外，」機器人眼睛裡的光芒仍然像以往一樣明亮，「這種程度的爆炸是阻止不了一個機器人的。」

「這是怎麼回事？」染色劑問。

「我們發現了一些資訊。可是這樣的行為也觸發了預先作好的陷阱。只要有人是用不同路徑發現的話，就會引爆機器旁邊附加的炸彈。」機器人說。「這原本只會在爆炸的時候才會為人所知。可是因為我是機器人，所以這種程序在軟體層級的時候被預先幾秒知道了。」

「那這些資訊是什麼，讓人想要這樣隱藏它？」染色劑繼續問。

「攻擊計畫，」機器人回答，「有人將拿取、搬運和引爆炸彈的腦內衝動，透過隨機的方式植入複製人之中。更麻煩的是，我們不知道炸彈裡有沒有別的像是生化武器的物質。」

「做這件事的人，你們能知道是誰嗎？」染色劑問。

「不。我只能追蹤到這樣的資訊而已。」

接下來是一陣的沉默，似乎是作為腦袋思考的時間。直到染色劑再度開口，「原生人保護組織，還有名靖博士。」

「你如何知道？」你問。

「耶，你的夢有名靖駭入什麼的內容不是嗎？」染色劑稍稍動了一下眉毛，「而且能夠做到這種事的人，只有少數幾人，像名靖那樣深諳複製人原理，而且又有駭入能力的強者才有可能。至於原生人保護組織，嗯，他們會作任何可以危害複製人的事情。」

「但是他們為什麼要這麼做？」你說，「更何況複製人技術還是名靖博士發明的。」

「其實不難理解。」染色劑思考一下之後說，「你還記得名靖的訊息嗎？」

「那個叫人們不再使用複製人技術的訊息？」你說。

「正是。如果你無償授權了全世界，可是卻發現這技術有問題，例如複製人主體的問題，想要禁止的時候，卻沒有人聽你的話。偏偏又在這時候，」染色劑停頓了一下，「它們要把這技術作為和梯鎮山城的交換技術，你會怎麼做？」

「可是當所有的人都是同一主體，那就沒有主體問題了。」你回應。

「是這樣沒錯。但是名靖可能不知道這些。」染色劑說。

「可這和複製人的炸彈攻擊有什麼關係？」你繼續問著。

「耶，你們也感覺到近日城區對複製人氛圍的變化了吧。城裡有些激進分子嚷嚷著。」

「但是大多數人並不在乎。」你說。

「那如果在這時候，有來自於複製人的炸彈攻擊呢？」染色劑的問題一如他本人充滿邪氣。但你仔細一想，卻覺得有道理。

「這樣就能激起一般人對複製人的反感，進而可能促成原本不會達成的禁令。」機器人接著說。

「正是。而這樣的行動，鐵定也與原生人保護組織脫不了關係。」

你聽完沉默不語。看起來現在的圖樣逐漸明朗了，名靖想反對已經給出的複製人技術，但是沒有人肯，反而想更進一步擴展。而當名靖和原生人保護組織因為某種原因合流之後，他們就只需要激起城內的反複製人情緒，並且製造攻擊。至於攻擊最有可能發生的時間，就是，

「節慶和使節來的時候。」你說，「這是攻擊最有殺傷力的時間。」

「合理的考慮。」機器人的眼睛呈現紫色。

「如此則我們沒剩多少時間可以阻止了。」染色劑說。「使節們在幾天後就會到達。」

「可是，我們能作什麼呢？報警，追查原生人保護組織？取消節慶和使節？」你說。

「警察們不會在乎的。」染色劑說，「我們沒有什麼證據，除了你的夢境之外，至於那個爆炸的機器，想必也不會留下什麼特殊的訊息。在這種情況下，你也知道他們鐵定會說，這只是每天上千次假通報的其中一次。我會讓我的人去報案，不過別抱太大的期待。」

「最重要的是，恐怕這些都無濟於事。」機器人說，「植入完全隨機的複製人，而且我察覺到的資訊裡有多重未知地點，不容易杜絕。即便停止活動，攻擊仍會進行，只是傷亡減少而已。」

接著又是一陣的沉默，然後染色劑開口了，你注意到他此時眼裡閃過一絲神采。

「事實上，仍有一個方法。」

「什麼方法？」

「名靖，我們必須找到名靖博士。如果有誰能夠阻止這種情況，那就是名靖博士了。」

「但是，他不是失蹤了嗎？」你說。

「可是你，」染色劑陰沉地看向你這邊，「多次揭露了相關訊息。也許你是某個目擊者，或者關係人，只是記憶被不完全地刪除了。我在想……。」

「想什麼？」你焦急地問。

「也許，如果你能夠進入名靖的住處，那個之前被原生人組織成員干擾的地方。裡面一定有一些訊息，而你是最有可能發掘的人。」染色劑說。

「但這樣好像很危險。」你說。

「如果你不去，我仍然會派我的人去。」染色劑說。

你聽著，同時想著，你早已決定要化被動為主動，除了原生人組織追殺你之外，還有關於你的前身們，你也希望能夠得到這方面答案。而現在，一個更重要的點浮現：如果眾人皆是你這個主體，隨這攻擊而起的所有苦難，將都只是這個主體的因果，「你」的因果，那無數的傷亡和接連而來的事件，終將是「你」一人的承擔。至此，你不忍去想實際的情形，但你眼前的道路卻已經明晰。

「我會去的。我已經決定好了。」你說。

「就是這種精神。」染色劑嘴角微微彎起，然後他轉頭看了一下機器人。

「我可以陪他去一趟。」機器人說。

「和我想的一模一樣。」染色劑接著說，「當然你們也不是全然沒有報酬的。如果你們阻止了這樁事的話，就當我欠你們一次人情。」

「這跟你有什麼關係呢？」你說著，然後想到了什麼。「喔，你會說欠我們人情，是因為有複製人之後多出來的閒錢和交易吧？」你說。

「是，但也不完全是。」染色劑翹起一邊的眉毛，「讓我帶你們去一個地方，我再解釋。」

「這是什麼把戲？」你不明就裡地問。

染色劑沒有答話，僅僅向你們示意，然後讓螢火蟲成員們把你們帶出來，回到沼澤區的天空之下。

「告訴我，你們看到了什麼？」染色劑望著沼澤區裡繽紛的顏色，和廣闊的大地。

「就是沼澤區。」你說。

染色劑沒有說話，他持續看著同樣的大地。

你順著他的方向看去，漸漸了解他的意思。最後你開口回答，「這是翻不了身的人們，除不盡的汙染，還有廣闊但荒蕪的大地。」

「這裡不應該是這樣的。」染色劑回應你說的話，「天空之下應該是更好的地方。」

你沒有答話，只是靜靜地看著，這個你長大的地方。機器人則一直保持沉默。

「我想，你鐵定聽過很多我的傳聞。那些有關遊歷四處，那些有關算計人心。」染色劑在陽光底下似乎顯得比較真誠一些，「但你知道，我也是來自沼澤區，而且可以進入內城區的人之一嗎？」

「就像一個我以前的客戶，或是名靖博士那樣嗎？」你有些驚訝，畢竟這兩者間的生活可是天差地遠，而你先前遇過的人都會毫不遲疑地選擇內城區。

「正是。」染色劑說，「那你知道我為什麼要回來嗎？」

你心裡有點了解那個答案，但是你沒有說出來。

「因為這裡是我的故鄉，可是它現在卻萬劫不復。」染色劑的陰沉此時看來，更像是沉重，搭配著他臉上的疤痕，你似乎可以想像得到他之前經歷過的事，「我聽說在更久之前，這裡還有發展的可能，你知道，那些老舊的淨水器，有很多是當時建的。」

「那為什麼後來沒有？」你問。

「因為接下來，藥廠昂貴的藥進來了。所有沼澤區的錢都投到藥裡面去了。直到複製人技術出現，這裡才又有了保存閒錢的可能。」

「但是你會出資來建造這些東西？」你問。

「當然。但不只是我，一般的鄰里，都可以匯聚金錢來完成一些更好的設施，進一步減少汙染，或者增加農作的可能性。」染色劑說，「可是如果複製人技術被禁止，那沼澤區又將持續這種模樣。」

你思考著染色劑的話，開始感受那種更大的圖樣。染色劑看了機器人一下，同時見你沒說話，便繼續說道，

「而現在，原生人保護組織雖然名義上是保護原生人。但是複製人技術只有在沼澤區有用途而已。禁止複製人實際上是城區的高貴族群用來對付沼澤區窮人，讓他們難以翻身的。今天只要人們有足夠收入的話，這沼澤區裡的汙染都是可以處理或避免的。可是貧窮不能，它將使人們難以拒絕糟糕的環境和有毒的生活。」

「貧窮才是最嚴重的汙染。」染色劑轉回頭去看著遠方，「人們以為沼澤區會萬劫不復，但我會不計一切手段讓這裡更好。我將為這沼澤區留下，改變的可能。」

你沒有說話，只是像他一樣看著那深受汙染的大地。

一段時間後，染色劑逐漸回復他以往的模樣，那種帶點邪氣的感覺。

「現在該是我們回去安排計畫的時候了。」他臉上又浮現詭異的笑容，同時比出食指，「別忘了，找到名靖，你們先前的問題，那個『我是什麼』，也許名靖也會有答案。所以啊，這仍然是一個互惠的決定的不是嗎？」

你們回到螢火蟲。路上，你想著名靖的訊息，想著那可能出現的災難。一旦攻擊成功，傷亡無數，那得有多少世輪迴受此所苦，而又是怎麼樣的考慮，會讓一個人想這樣地毀掉自己的發明。如果名靖真的是因為複製人主體的問題而作此決定，那麼也許，你近日關於人間只有一個主體的發現能夠說服他。

無論如何，你必須要找到名靖。

◎ ◎ ◎

「我們接下來要講的是這幾年又有點流行的概念。」講課者說著話，開啟了這堂課後段的主題，「無知之幕。」

「有沒有人能夠告訴我妳對無知之幕有什麼了解。」前排立刻有了人舉手，妳看著那隻舉得直直的手臂，想著那一世的妳，嗯，也許她在這當中獲得了滿足，在那苦悶的生活之中。

「這是說，在做政治決策的時候，得把自己放在無知之幕後面，把自身的一些條件都去除，才能做出不只有利於自身群體的決策，來把資源分配得更公平。」

「很好。想來有很多人已經接觸過這些內容了。所以，如果妳們覺得無聊可以去做自己的事。」講課者在這無關壓力的課堂，自然不用要求太多，「當然，我仍然會講這個主題，因為有些人可能還沒聽過。」

妳看了一下傾施，她雖然動作很低調，但看起來就是在做自己的事。

「無知之幕這個概念也許最早不是羅爾斯提出的，然而將它發揚光大的是羅爾斯。我們在這堂課講的，也主要是和羅爾斯相關的。」講課者繼續她的課程，而且似乎沒什麼人真的去做自己的事，「羅爾斯先將主題回歸到契約論上面。想像一下他是為了處理下面的問題而著重這個概念：眾人的契約應該如何訂，才是真正的公平？」

妳轉過頭看了一下百裏，嗯，還是不要打擾她好了。

「假設有一種情況，有一個老闆和一個來求職的人。老闆說，你如果不接受過勞工時，那就不要來上班了。可是這個求職的人實在太窮了，再不工作就沒飯吃，所以他還是接受了這種提議。這時候，即便這個提議是在雙方同意之下決定。但是它公平嗎？」講課者順勢點了第二排的一個同學。

「應該不公平吧？」那同學似乎也很想低調，所以給了個可以含糊弄過的答案。

「喔，為什麼不公平呢？」講課者卻沒放過那同學。

「這是壓迫勞方來有利資方的條件。」

「那麼，為什麼在沒人逼迫的情況下，雙方會同意這種不公平的條件呢？」講課者繼續問。

「因為雙方的談判籌碼不均等，所以可以形塑出雙方都同意的不平等條約。」看起來這一世的妳，是一個被問到才可能講很多的人。說到這個，妳最近已經開始習慣這種把所有人都想成自己某一世的模式。

「很好。」講課者放過那位同學，再度開始自己講。「藉這個例子我們可以知道一件事情，那就是即便是眾人都同意的契約，仍然會受各種因素，包括立場和當時權力、財力等等來左右，而可能產生不公平的契約。」

「所以羅爾斯就想，我們如何能確保一份社會契約是公平的呢？」講課者稍稍停頓了一下，「這裡他所想到的一種可能是，我們必須把那些人們擁有的現存條件都去掉，這樣才能夠確保訂出來的契約是公平的。這就是無知之幕登場的時候了。」

妳瞄了一下窗外，春天的氣息仍在，但是夏天，卻也開始蠢動了。

「羅爾斯設想有一種情況叫做原初狀態。這是一種人們不知道自己真實情況如何的狀態。就好像處在『無知之幕』後面一樣。想像之下我們都還沒投胎的時候，」妳突然覺得好像有什麼關鍵字出現了。「此時，我們並不知道下一世會投胎到哪裡。所以我們對自己會成為哪一種人全然無知。原初狀態就是類似這樣的情形。」

「既然我們都不知道自己是誰。那這個時候所訂的契約，就不會受到我們自身現存的立場和利益而影響。在這種情況之下，我們有可能會去訂一個有奴隸的社會制度嗎？這位同學。」講課者停下腳步。

「應該不會吧。」被點到的同學回答。

「為什麼？」

「因為，我們不知道自己會不會實際上的情況就是奴隸。」那同學這麼說。

「很好。所以在原初狀態裡眾人訂出的契約，羅爾斯認為會滿足一些原則。第一個，人們應該擁有最廣泛而且平等的基本自由，同時這種自由不會去干擾其他人同樣的自由。第二個，應該要讓社會上的各種職位、地位等等，都對所有人用同等的機會開放。而在滿足以上條件的情況下，我們應該要盡力讓最弱勢的人能夠獲得最大利益。」

嗯，原初狀態，無知之幕。妳感覺到逐漸增長的訊息在腦海中盤旋著。

「這樣，當無知之幕最終被揭開，人們知道自己真實情況的時候，那些分到不公平條件的人，例如身心障礙、家裡窮、弱勢族群這樣的，才仍然有著接近公平的機會去追求自己的人生成全……。」

講課者後續又講了些東西，妳聽著，腦袋高速運作著，卻也四處張望。妳看著妳的同學們，那些已經有學校的人，還有那些仍然有難關要闖的人。妳也看著學校裡其他的人，老師們，行政人員們。甚至於，妳還看向窗外，那些街道上的人們。

一個小學生獨自在大街上走著，無人陪伴的放學，因為一小塊的蛋糕而欣喜；一個同學在教室裡煩惱著，在大考將臨的日子，卻和男朋友鬧得不開心；店家的老闆在搬運著貨物，可揮汗如雨的日子只能換得溫飽的拖延，而這社會將沒有餘力讓他找到更好的可能；平凡的年輕女生庸碌度日，只能在偶像的日常當中找到希望；中年的生意人一整天都微微笑著，因為在多年的失意之後，又終於投資獲利，他迫不及待想告訴即將下班下課的妻女；還有，一個漫步的藝術家，讓自己的生活總是孤獨，好保有探觸天地情懷的可能……。

好多好多的人們，各自有各自的狀況，各自有各自要面臨的人生。就好像無知之幕揭開之後。而事實上，這世間的人太多了，多到他們的人生就好像只是其他人所接觸的剎那而已。

可是這人間都是同一主體。

在投胎之前，是同一主體。在投胎之後，情況亦然。

那些人們的一生，那些他們會經歷的人間情態，不論它們多麼地荒誕和極端，不論它們多麼地平凡和簡單，所有的一切這個主體都必須要經過，所有的一切「妳」都必須要經過。不能指望一時的好運，不能逃避一世的噩運。就好像無知之幕後一樣，人們都有可能會分到任何的情況，人們都得要分完各種情況。而這些豐滿無比的人間情態，不論它們現在距離妳有多遙遠，卻總還是妳的必經之路。

無知之幕，哈，妳不禁苦笑。羅爾斯的理論假設了許多，但這人間的萬世輪迴，其實早就為人們設好了，那包含無窮可能的，原初狀態。

一絢絲，能得幾日絡

萬般帶不走，唯有業隨身

「我們這次可是預備了比以往還多的玩具。」路邊的攤販老闆豪氣地說。

「你又知道會銷售一空了。」一位看似他的友人說。

「當然會，這次有使節到來，上街的人本來就不少，節慶氣氛又這麼熱鬧，一定會有更多的父母帶小孩出來玩，」攤販老闆對自己的評估很有信心，「我還怕備不夠，到時候大家都放假去了，也沒可能再趕工。」

「我看也是這麼回事。」另外一位路人說，「光看現在的狀況就知道了，到時候一定會更驚人。」

他評估得沒錯，即便今天還是使節們要來的五天前，街上的氣息就已經不一樣了，開始有一些三三兩兩的閒人，預先過著像節慶時候的感覺。

但這也意味著你們的時間不多了。

你們加快了速度，而且一進內城區就花大錢雇用了車輛。儘管如此，仍舊多消耗了一天。

最終你們來到當初要找名靖的那棟大樓。你在不遠處先觀察周遭，確認了沒有可疑人物的蹤跡。然後抓緊機會，和機器人若無其事地進入大樓內，像那時候一樣乘著電梯上樓。

電梯外的景致仍然驚人，你透過玻璃看向大地，心裡還記得上一次帶機器人來的時候，那種又可以上高樓的欣喜。現在雖然外邊的景色仍是一樣的，但你和當時自己內心的差別，卻恍如隔世。

「有一件事，我不知道該不該說。」你有點熟悉這出自你口中的一句話。

「不需以人類的角度測度我。」機器人也同樣是類似的回答。

「這次遇到這種事情，我不確定能夠安然度過。」你說。

機器人看向外邊，沒有答話。

「如果我出了什麼事的話，」你停了一下，「你可以幫我照顧小汪嗎？我是有其他的朋友，但是沼澤區的人恐怕支撐不了額外的費用。你不一定要親自照顧，找到其他人也可以。」

「我答應你。」機器人回答得十分乾脆，讓你突然不知道要接什麼，只能在之後應了一聲，「好」。

幾秒之後，電梯到達，你們探出門口，確認了四周無人之後，走到名靖家的門前。

你望著那扇門，正想著要如何進去。但見機器人完好的那隻手臂又開始自我組裝，最終出現一個像是開鎖工具的金屬條。

「我可以做很多事。」它這麼說著，一邊打開了名靖家的門。

你們進到屋內，接著回頭關上了門。當你轉回身子時，眼睛隨之一亮。

這家真漂亮。

高貴的燈具和點綴有層板的天花板，素雅卻舒服的牆壁顏色與所有轉角都有的圓潤曲線，搭配讓陽光能照亮整個區域的布局。你覺得在這裡，似乎特別安心。

「也許我們可以分頭尋找可能的東西。」你說。

「好。」機器人答道。

於是你們往不同的方向去。機器人似乎朝廚房的方向，而你則來到了一間像是書房的地方。

林立的書架放滿了書，有些比較精美，有些則比較皺褶，看起來似乎常常翻閱。你把這種皺皺的書都拿下來看，卻沒能看懂裡面的內容。無功之際，你看向一旁的架子。

這架子上面擺了幾盆植物，你倒是有點驚訝植物還沒有死，看起來這邊似乎有某種自動灑水系統。有點意思的是，這些植物綠色的葉片，在陽光照進來的時候會顯出某種晶瑩的光影，產生把周圍氣氛染成叢林的感覺，這讓你覺得頗為舒適。在植物旁邊的架子上面和裡面仍然排了一些書，不過你一眼望去沒覺得有什麼特別。你的注意力放在架上一些框裡的相片。

啊，這就是名靖。你看向一個只有單獨一人的照片。裡面是一個帶著蒼白頭髮和鬍子的人，然而即便年邁，他的身材和臉型都顯露出，這曾經是個很英俊的人。

你繼續觀察其他照片，名靖仍然出現其中，只是不同年歲，還有搭配不同的人。這些人似乎很多都是研究上的夥伴，有些照片裡的人穿著實驗衣拍照，也有些是在工作場合外，只是他們的樣貌仍然像科學研究者。

嗯，就像這一張，稍微年輕一點的名靖和一個在左下嘴唇有一道疤痕的年輕人站在一家餃子店前面，看起來非常開心。這年輕人，看他們互動的感覺，有點像是名靖的後進，可是你不知道為什麼覺得他非常眼熟，一時之間卻又說不上來像誰。在端詳了一會兒後，你最終決定放下這張照片，轉頭搜索其他的目標。但也許是因為轉身時碰了架子，你注意到其中有一份相框搖晃著，最終掉了下來。你將其撿起，是一張名靖和同事在實驗室裡的照片，沒有什麼特別的。可就在你準備起身把它放回去的時候，在架子上的書堆裡，有一個傾斜出來的東西吸引了你的注意。

你仔細看著，那是放在書堆裡的相框。如果沒有傾斜，那它就會長得像另外一本書。這就是為什麼你剛才沒看到，也許是後來的搖晃才讓它突出。

你把相框抽出來，裡面是一張相較於其他相片，明顯古老許多的相片。相片裡的名靖站在右側，異常地年輕，好像只有二十多歲而已。至於相片的背景，你一看就認出來了。那是在沼澤區。

在名靖的旁邊還有一個人。一個女性，有著沼澤區裡通用憔悴模樣的女性，但這人的面容之中有種掩蓋不住的神采，就好像沼澤區陽光下的水面一樣，雖然蒙上了塵埃但卻仍然美麗。

你認得這個人，在你那栩栩如生的夢裡……。

「你為什麼不同我一起，這技術現在已經成熟了。」一個男性的聲音，「我親自試驗過，沒有問題的。」

一個女子站在沼澤區，就像那張照片一樣，就像你先前的夢一樣。她的聲音如此溫柔，「但是，名靖，生死有命，我此生到這裡已經滿足，不用再延續了。」

男子的聲音現在有些焦躁的成分了，不過他始終沒有出現在你的視線裡。「我以為我們會在一起一輩子。」

「是。」女子講這話的時候，內心似乎相當寧靜，「我愛著你，我也會和你在一起一輩子。可是，一輩子就已經足夠了。這些複製，是下一輩子了。我們不應該向上天要求那麼多的。」

女子的臉龐現在如同芙蓉一般淨麗，而她的話語透露出不簡單的智慧，

「我愛你，一生一世。」

可是這個男子那時候不能領悟，可是那個時候，你，不能領悟。

隨之，雜亂的訊息衝擊而來，你呆立在書架之前，突然明白了一切，而那些記憶也伴隨著這一幕，像是撒網收線一般，迅速衝回你的腦海之中。也對，如果這人間只有一個主體，那麼，你也鐵定會經過這一世。你只是沒有想到，你們，這麼接近。

機器人的聲音從遠方傳來，「我什麼都沒找到，你認為我們還得要繼續找嗎？」

「不用了。」你的聲音現在帶有滄桑的痕跡，

「因為我知道自己是誰了。」

◎　◎　◎

「你看到新聞了嗎？」早餐店裡兩個中年男子在聊天。現在講話的這個穿得比較隨興一點。

「什麼新聞？」他的同伴，一個帶著眼鏡，斯文斯文的男人說。

「政府又要進一步開放外勞啊。」妳咬下一口菜頭粿，邊聽著他們談話。

「有，這個我有注意。」眼鏡斯文男這麼說。

「看起來政府根本就不在乎，上次才有遊行和最近派遣阿嬤不續聘的事情，結果馬上又要進一步開放外勞。」隨興衣著男嘴角微微向下彎，現出一點嚴肅的樣貌。

「我聽說勞工團體要號召第二次運動，派遣阿嬤還出來說這次要全台開花。」眼鏡斯文男回應。

「現在這種情況，可能會有更多人要參加。」隨興衣著男維持著剛剛的表情。隨後老闆的動作暫停了他們的對話，「你們的好了。」

男子們接下了外帶的早餐，步出店外，但仍延續之前的話題，「你說他們這次會在哪裡辦啊……。」

妳回頭瞄了一下百襄，她無法掩飾地呈現出憂心的模樣。

「真的跟傾施說得一樣，政府有時候都不會怕。」她說。

「不過她也說，緣分開始聚集起來了。」妳看了這情況，趕緊安慰百襄，妳有時候會覺得百襄這麼好的人，根本就不應該有壞心情，「也許哪天就因緣成熟了。」

「我好希望有一天這世界能夠少一點苦難。」她這麼回應。

「我也希望。」妳緩緩牽起她的手，「會有這麼的一天的。」

百襄回以妳一個，帶點苦澀，卻充滿淡淡韻味的微笑。妳短暫地沉溺於這一幕中，然後想了個理由開新的話題，「但是我們先不要管這麼多，想想等一下要跟傾施去看什麼電影好了。」

「喔對，」百襄的眼裡又再度有那種對事物好奇的光芒。「要選哪一部呢？」

「她一定又會叫我們選商業無腦爽片。」妳覺得傾施在某些時候真的很好理解。

「可是，我今天也有點想看這個。」百襄有點不好意思地說。

「那就決定了。」妳深知商業爽片有助於擺脫負面情緒，「我們就去看商業爽片。」

「我們還是跟傾施再討論一下好了，搞不好她突然想走文青風。」

於是妳們帶著傾施的早餐和她會合，她毫無意外地選擇了商業爽片。妳們等傾施吃完早餐後，就前往電影院了。

有趣的是，這世界總是難以寧靜。就在妳們排隊買票的期間，隊伍裡的一個女生突然大叫，「小偷，他偷走了我的東西。」

妳們順勢看去，只看到那女生指著一個人影，但那人影旋即消失在視線遠端。

電影院的工作人員立刻出來處理這件事，並且報案。警察不久之後就來到，而那女生周圍的證人足夠多了，妳們不需要為此再多做什麼，於是妳們便照著原定步調進入劇廳。

一小段時間後，電影開始放映，內容似乎還頗為吸引人，因為妳不時聽到從百裏那邊傳來細微的，小小的驚呼，還有偶爾會有「打爆他」之類的聲音從傾施那裡傳來。可是這商業爽片的性質也讓妳在看的同時，能夠把心思保留在別的地方。妳還在想著剛才的事情。

小偷偷走了女生的東西。一個得到了東西，一個則失去了東西。可是，當他們是同一個主體的時候呢？就會變成小偷自以為得手了，但其實不過是從另外一世的損失中換取而已。

就好像那電影的情節一樣，人們打來打去，爭來爭去。可當這世間只有妳一個人的時候，一切都將不一樣了。

妳看向電影院裡的座位，儘管黑暗，但妳仍然能夠瞥見身影。人們在這短暫一生占據自己的喜樂，可是是用什麼換來的？有的人，一生顧全了周遭所有的情分，沒有人因此損失。但大多數人，大多數的「妳」，都是在爭奪的遊戲裡浮沉。

佔住了這個情人，那就會有一世少了這個情人。打贏了這場勝仗，就有人輸了一仗。罵了別人感到高興，就有人被罵而黯然神傷。壓迫其他人獲取心理滿足，就有人被壓迫而不幸。

這世間是一個零和遊戲。

就如同剛公布的模擬考成績一樣，「妳」得了第一，就會有很多「妳」失去第一。然而，妳也何等地自私，用自身已經有了學校的身分來如此看待模擬考。儘管這只有一瞬的心思而已，但仍充分顯示，妳也不過與眾人同樣，與這所有的「妳」同樣，透過各種方式與自己的其他世爭奪。而這些爭奪，都只是在借用另外一世的所有，最終，「妳」得不到什麼東西。留下來的，只有業。

至此，妳想起了先前的夢，那菩提樹下。妳想起了無明。是無明令人們執著。是無明令人們難以從輪迴之中解脫。是無明，令「妳」如此。

而如果說動物之間的弱肉強食還有著智能和天性上的理由，那麼人類之間的爭奪和與此而來的苦難，就更像是一場上天開的玩笑。

妳沉浸在這些思考之中，直到電影放映結束，片尾的彩蛋和人員名單也終於播完。妳們步出電影院。陽光在建築物之外顯得格外明亮。

妳抬頭望向這世界，這世界卻也不一樣了。

◎◎◎

你佇立在那個房間裡。

後來她沒有隨你複製。而你輾轉地複製幾次之後，終於讓複製人技術得以面市。你無償授權全世界使用，希望這能夠改善沼澤區居民的生活，那個你來的地方。而人們也的確開始受益於複製人技術。這一切都發展得很好。

可是她的話語縈繞在你心頭。

「我愛你，一生一世。」

如果這一世，複製人的這一世，不是原本那個人呢？

而你已經複製了這麼多次了，卻無法證明自己是同一個人。

更遑論那些使用複製人技術的人，那些沼澤區的居民。

在此同時，複製的過程，需要量子層級的讀取才能複製資訊，但這幾乎意味著不可逆的破壞。這樣的情況下，如果複製人和前身不是同一個。那麼，複製的過程就是毀壞一個生靈，同時讓另外一個生靈不得自全，而必須背負著其他生靈所留下資訊的一組事件。

你是到後來才明白了她那句話的智慧。一個輩子，不應該要求多過一個輩子的東西。

所以你發出了警告的訊息。你告訴世人，這複製的過程不能保證主體的同一，人們應該停止使用這技術，直到進一步的實驗或學術上的確認。

可是人們不曾停止。貧窮對他們的危害遠大於複製技術的可能不良反應。同時，這些人也都不過是難以自主的羊群而已。所以如果這複製技術有什麼罪業，那必須得由你這個發明人承擔，是這技術使人們如此。

你必須阻止這一切。

也許你可以逐步遊說議員們來達成目的。但隨之，這城市要用複製人技術去交換核能技術。

恐怕你不能在這麼短的時間內遊說完議員。而短時間內不能成功，就意味著複製人技術將要傳播到更遠之處，那些你有生之年難再建立影響力的地方。你眼前最好的可能只剩下及時就地阻止這一切。而正所謂人們總是在最脆弱的時候走上歧途，這就是你與原生人保護組織互動的開始。

你們最終達成一種方案，透過駭入複製機器，將預先準備好的指令，在複製人複製腦部資料的同時，把這指令的腦部結構也偷加進去。然後，再透過複製時使用過的顱骨電流系統來執行激發。這套系統保留了遠端影響的可能，所以，只要你們在特定的時間激發這項指令的迴路，就可以讓這些複製人產生衝動，去進行炸彈攻擊。而之後，不論問題將落在複製人們或者技術瑕疵上面，最後都會導致這項技術的暫停或禁止。哼，真諷刺不是嗎？名為原生人保護組織，行動卻仍是透過複製人技術作為手段，不過這個實際上沒有中心思想的組織自然不會在乎，而你當時也是一樣。

想到這裡，你的思緒逐漸變化，似乎又回到了那個領路人的型態，不再是那個理性聰明的腦袋。也許是因為這些日子以來，你早就習慣領路人了，所以你稍一放鬆整個心智狀態就變回領路人，只有特別用心的時候才現出名靖的痕跡。不過你也有一種感覺，時日一久，名靖的聰明會逐漸壓制這老實的領路人。

而當你逐漸回復領路人型態，心中複雜的情感也逐步生起，這些日子的麻煩，還有現在你腦袋裡的怪異感。這些都是名靖造成的。這些都是，你，對自己造成的。哈，說輪迴的人說的一點都沒錯。人們所做的事最終會影響到自己。你嘴角露出一抹苦笑，這一切只是你，在這因果報應裡輪迴。

◎ ◎ ◎

妳站在大街上，看著這世界。

寬闊的路口留下了地平線的想像，兩旁的植物用自身的色彩喚醒大地的氣息，行人的走廊從建築旁蔓延到天際，而雲在萬里晴空中飄移，讓陽光照耀眾人的腳步。

好多的人啊。好多的生靈。好多的「妳」。可妳也瞥見了這內中諸多的因緣。

「妳」在街道上走著，與身旁的「妳」交談著，和錯身而過的「妳」對上一眼，心裡卻惦記著另外一頭的「妳」……

「妳」在多年的奔波之後回到故鄉，想起許久之前在這裡和「妳」們的那些往事，看著同樣地點做著同樣的事，同樣那般青春的「妳」們，要迎接屬於「妳」們的新年代……

「妳」在變動之際與情人分離，不再說愛，但或許，「妳」會在其他諸多時空，見到那同樣的「妳」，在襁褓之中，在人生之夕，在災難之援，在人間之惘。也許，「妳」仍然深愛著那個「妳」，用各種不同的方式……

「妳」在「妳」的年代裡，領受著孤獨，將一生都沉浸在，那些身旁「妳」們不能理解的真理。這真理將如「妳」一般，在時間長河裡沉寂。可也會有那麼一刻，「妳」因為前人的發現而欣喜，把陳舊的筆記揮舞著介紹給鄰里，然後「妳」會在圖書館的書頁中，看見「妳」一生的心血，在殿堂之中，一代又一代地把它傳授給，那繼起的「妳」……

「妳」在河岸之際滾動石塊，砌上磚瓦，這座城市將為「妳」們佇立千年，謙遜樸實的「妳」在這裡醉心研究科學，而雄心萬丈的「妳」將那心力轉換成整座城市的光明，於是聰明絕頂的「妳」能夠在這裡，用0跟1撰寫文明的努力。然後，總有一天，都市殞落，可宇宙之中仍會有「妳」，在黑暗之中發現那一點光蹤，興奮地踏上這荒蕪的星球，重新拾起「妳」們的痕跡……

「妳」在道路上坐立，堅硬揮舞的棍棒將公權力轉化成「妳」額上的血跡，但「妳」不會退卻，因為「妳」們仍然承受這荒謬不平。更多的「妳」將在這道路持續，直到那一日，「妳」們在議廳之中修訂著法律，確保所有的「妳」都得到平等的公理與正義，然後「妳」們會想起「妳」，還有「妳」額上的血跡。這宇宙不會永遠光明，但每當黑暗降臨，正如「妳」總會發現那荒蕪城市的千年佇立，每個不平的年代裡，也總會有「妳」挺身而立……

原來，這整個宇宙從來都只是「妳」與自己互動的遊樂場。人間一切交織的因緣，此時就像是同一顆電子一般，在不同的時間軸裡，不斷地與自身糾纏。愛戀亦如是，相遇亦如是，親友的情分亦如是，陌生而遙遠的蝴蝶效應亦如是；思想的交流、呼應與承繼亦如是；文明的發展與殞落亦如是；以及其他諸多的種種，亦如是。在這萬紫千紅的人間裡，最終是「妳」，在編寫著這只屬於「妳」的因緣譜。

可同時，「妳」們也在相互爭奪著、壓迫著。

「妳」在相互爭奪著。深陷於無明，順從著欲望，執著於這一世的物質和地位，壓迫著其他世，也被其他世壓迫。不願體諒他人的難處，想要占據優越的階級，想要獲取比他人更多的一切，透過傷害他人來為自己帶來好處，以及疏忽各種可能帶來危害的問題。可是，這些欲望，全都只是物理的形塑，沒有一個真正實在。

然而，只要「妳」們還看不清這一切，不能了解今生所有只是因緣聚散，不能看穿爭奪與壓迫只是增加這世界的苦果，那麼「妳」們就難以停止追逐，執著於其中，並持續為彼此帶來苦難。那些妳以為這一世不會遇到，在新聞裡出現的，歷史上存在的，或者隱沒於祕密中的，荒謬無比的苦難：戰亂、飢荒、不人道、敵對與惡意、和日常的，各種形式的壓迫與傷害，現在都栩栩如生。

這一切都是「妳」在自作自受。

而這所有「妳」造成的苦難，過往的，現在的，還有未來的，在這個只剩一個微小主體的世界裡，「妳」必定得要再全部親身經歷過。沒有什麼可以化消劫數，沒有什麼收穫能夠帶入黃土。「妳」們以為爭奪和壓迫可以讓他們獲得更多，但是最終留下的只是更多給自己的苦難。

萬般帶不走，唯有業隨身。

想到這裡，妳閉上眼睛，然後再睜開眼。

現在整幅的歷史在妳面前橫亙，而宇宙的所有時空都停留在當下的永恆。妳在這些無盡的斷面之中，瞥見了宇宙裡的生靈輪迴，還有它們為彼此的造作。

然後，妳幡然醒悟。

這人類的歷史，這宇宙的時空，就是「妳」為自己所做的輪迴。而這個輪迴裡，甚至不需要天堂和地獄。只要「妳」的一念之間，就將決定這個世界，是人間天堂，還是人間地獄。

欲望是苦。

妳的思緒停留在這裡，直到路邊的行車聲將妳稍稍拉回現實。百襄和傾施正討論著二次的勞工運動。各地都有的那一個。她們將要再來一次，在彰化這裡。

這又讓妳想起了無知之幕和原初狀態。

「如果，這人間只有一個主體的話，那麼，無知之幕會告訴我們要怎麼做呢？」妳問著。她們回過頭來看妳。百襄帶著慣常的溫柔，而傾施帶著一點奇異的笑容。

「那麼，我們就建立一個更好的世界。」她這麼說，隨之卻又補上一句，「可是，這不需要單一主體，仍然可以推論出同樣的結果。」

更好的世界。

這世間可以不只是個零和遊戲，如果我們能夠讓它更好。

妳想著，同時目光飄向前方，卻看見了上次在早餐店裡遇到的修行人，一男一女，似乎也在這街上巧遇。他們向彼此合十。這是他們的修行路。但，這也是妳的修行路，也是，「妳」的修行路。

妳心有領會。在這萬紫千紅的人間，有好多條修行路，也其實只有一條修行路。當這些修行路相會的時候，就好像眼前的修行人一樣，面容莊嚴又帶有一絲笑意。好像在說著，啊，原來你也在這條路上，這你我共同的道路。

妳想起大乘和小乘。人們以為船有分大小，但其實，這都是同一艘船。

妳帶起了同樣的笑意，在經過他們旁邊時。

這人間還有許多苦難，但我們可以讓這世界更好。妳這麼想，抬頭一望，那遙遠的大佛就在那裡。

妳看著那佛像，接著，許下了心願。

願，風調雨順，國泰民安，天下太平。

「這次，我跟妳們一起去。」妳說。

梵天大夢

一切有為法，如夢幻泡影，如露亦如電，應作如是觀。

——《金剛經》

「所以，你是說，即便你知道你就是名靖，記憶卻沒有全部回來。」機器人的眼裡閃著綠光。

「是這樣沒錯，或許是複製的過程中出了什麼差錯，導致我變成現在這種模樣。」你說，「不過，現在我知道要去哪裡找資訊了。」

你們隨後來到名靖的臥室，也就是你的臥室。房間裡的床，燈具，櫃子和書架，和窗戶以及窗外景色。這一切都是如此地熟悉，卻又有點陌生。

你走到一座高聳的書架前，嗯，在左邊數來第三行，下面數來第二列，右邊的第三本書。

這是一本厚重的書，但厚重不足以形容。這更像是，包裝成書模樣的盒子。你將之打開，裡面放著一個投影器，上面有一個小螢幕和一組小鍵盤。

8967，你輸入密碼，接著，你選定了還想不起來的那段日子來播放紀錄。金屬製的投影器開始運轉，直到在空氣中浮現一幅半透明的影像。

「今天是駭入失敗後的第三十天。」鏡頭裡的名靖這麼說著，「根據機器的紀錄來看，我們現在知道有人介入駭入，這就是我們失敗的原因。當然介入的人也不是完全成功，看起來我們仍然有把指令加進去，只是這個不見的測試對象又被加了一些東西進去而已。」

「嗯嗯，我不得不說這挺有趣的，後續的結果會如何令人好奇，究竟這複製人會變成什麼樣呢？是變成一個怪異的雜和，還是維持原來的樣子呢？或者是兩者皆有呢？」鏡頭裡的名靖似乎是一個科學狂熱者，談起他人就像談起實驗對象。這和現在的你，一個已經融合與習慣領路人的你，不太一樣。「話說回來，有這種實力而且會插手的人不多，嗯嗯，這讓我不得不想起那個人。之前原生人的人有提醒過我，說他好像暗中有很多動作。」這段訊息到此結束，你開啟了下一段。

「這是第三十二天。我想到了一個好方法。上次，我們明白確立單一目標，所以才會被抓到。這次嘛，我們會透過完全隨機的手法，胡亂釋放。」你注意到名靖私底下比較活潑一些，而那種自言自語的型態，甚至可說是有點接近瘋狂。而即使你的記憶中有這些內容，現在作為一個領路人來說仍然不很習慣。「哼哼，他的設備想必沒有我那麼好，不能全面影響，鐵定沒有辦法處理這麼多複製人。」訊息到此結束。你再開啟下一段。

「第二次計畫執行後的十天，我的胸口又開始痛了，恐怕是我這一副軀體的最後時光了。這是這軀體本來就該有的限期，所以我不會再多複製了。」畫面裡的名靖似乎想著什麼，「哼哼，我要把我的複製人資訊都消除，然後找個地方藏起來，才不會又被複製出來。對，就這麼辦。」

訊息結束，你往之後看，沒有更新的訊息了。

「所以，你如何看待這次攻擊。」機器人看完之後眉毛微微抬起。

「你的意思是？」你說。

「你是名靖不是嗎？這樣，攻擊發生不正合你的心意嗎？」機器人的眼裡閃爍著綠光，「那麼，我們是否仍然需要阻止這些？」

你聽著機器人此番話，想到的確存在這個問題。一時之間，你腦海似乎又被懊悔與憎恨所掩蓋，是這世間之人聽不進你的勸告，他們如此愚蠢又自私。濫用著自己也不了解的技術，還向發明技術的人嚷嚷指導。你的計劃是有著好理由的。

可是，這時候你的腦海裡浮出一個想法，如果這人間只有同一個微小主體呢？

那就不存在複製人和原本的人不一樣的問題了。這一切的想像似乎都得重新推演。

而如果這人間都只有同一主體，那這樣的攻擊，不僅不會阻止複製人不同主體的問題，反而會造成無辜的傷亡，危害的程度甚至可能超過原本的複製人危害。你想到這裡，赫然覺得或許是過度壓力導致了先前決定的不周全。但現在，似乎是天意如此，你有了第二次的機會。

你漸漸釐清現在這個你的想法。

「我想，我和之前不太一樣了。可能是這些日子的一些事情造成的，」你對機器人說，「我現在認為，就算想要阻止複製人技術，也不該是這種方式。」

「所以，你決定我們仍然要繼續阻止攻擊。」機器人說。

「是。」想起先前的計畫放到今日一看，竟然如此不堪，你不禁帶著一點感嘆的口吻

「那我們該如何阻止這一切，如果用上你的記憶。」機器人務實地問。

你接收了這個問題，開始思考。過程中，你感覺到思緒似乎變得更加敏捷，有好多次的跳躍只是閃過一絲概念或中繼就到達下一步，下兩步，或者更多步。雖然如此，你目前的心智狀態還是比較像領路人，所以這些思考更像是領路人在需要時去探索名靖的記憶，這使得你還得回過頭慢慢把這些思緒理解出來，才能開口解釋，

「根據名靖的記憶，這種指令有更改或覆蓋的可能性。只要能夠透過複製人現存的顱骨電流系統遠端接收，就可以阻止或干擾指令。如果我們找到類似的駭入工具就可以這麼做。至於這工具，像之前看過的複製機器就具備相關功能，不少地方都有這樣的東西。只是，我們要找一條最不可能被預測的道路。」

「那麼你認為哪邊最適合？」機器人問，眼睛呈現紫色。

你探索著各種地方的可能，令你驚訝的是，有許多存在名靖腦中的地方竟然是這經驗豐富領路人完全陌生的。當然，你暫時沒有去探索這些記憶，你專注在尋找那些具備遠端發送功能的複製機器。似乎除了先前螢火蟲探過的那座外，還有另外幾座。不過你也清楚，上次那一座的爆炸鐵定會驚動原生人保護組織，這意味著他們現在應該會派人監視剩下的幾座。嗯，除了一個地方，一個長久以來被他們疏忽的地方，以至於他們從不知道那裡也有一座這樣的機器。「我想，最好的地方，就是名靖那海邊的家。原生人組織的人知道我在這裡的住處，他們認為那邊就是個幌子。所有其他的地方可能都有埋伏，那裡反而是我們最好的機會。」你說。

「了解。」機器人說。「我想你應該會想立即出發。」

「是。」你說，接著把那個日誌和其他東西都收拾好擺回原處。在整理的同時，你心頭似乎有件事。不過，直到整理完後你才理清這件事是什麼。

「還有一件事，」你對現在望向窗外的機器人說，「我很遺憾，名靖恐怕沒有關於『我是什麼』的更好解答。」

「我想也是，」機器人側過身來回應，「我們至今的旅程已遠遠超過一般的範疇。」

你向機器人點頭致意。之後，把你的背包背上，走到對外的門前，打開門，準備離開。

就在你跨出門口的一剎那，你瞥見了三個身影在你視野的一側出現，而其中的一個，你顯然相當熟悉。

「很久不見了，編號０７０４０１０的領路人。」站在最前面，身穿大衣的男子這麼說著。

「你的確是個很優秀的領路人，總是能夠從隱密的道路移動。所以我們很難抓住你。但我們知道，你很有可能會回來這裡。」他講這話的同時，舉起了槍對準你。「所以，我們何不進去談談？」

你無從逃跑或反擊，只得再度回轉，隨他們進入房內。但此時房內，已經不見機器人的蹤影了。

◎ ◎ ◎

自從妳上一次在電影院和街頭的領悟之後，有一段平靜的日子。學校裡有上之不盡的課，那些權力意志、功能主義和類神經網路之類的，妳有時候會疑惑會什麼有這麼多東西可以教。然而，這樣的生活卻讓妳又有點回到以前，那種無憂無慮，只管上課的感覺。

百裏和傾施偶爾會談談一些社會上的事，但大多時候都是在聊一些日常的事情，妳也樂得跟她們耍耍嘴皮子。

這樣挺好的不是嗎？妳想著。儘管在一連串事件之後，妳看見的世界不太一樣了，但有時候這種平靜的生活還是很討喜。

妳仍然會觀察周遭的環境，觀察這世界。只是現在看到了他人，不論是直接或者透過間接的方式，妳除了一如既往的體會心境之外，總還會想到那個「眾人皆妳，萬世輪迴」的想法。然後，妳就會希望這人間的苦難少一些。這人間的人們，可以對別人好一點，對自己好一點。

妳後來沒有再遇過那個算命仙，所以妳不知道，他到底是不是真的。而妳的這些收穫，又到底是不是他已經算到的。

妳也不再做那些夢了。雖然妳有點想知道那群人他們後來的發展到底怎麼樣，不過，似乎日子就這樣過了。

直到，二次運動的前兩天，熟悉的夢境再度捲土重來……。

◎ ◎ ◎

「我一直很好奇一件事，」穿著大衣的男子用深沉的眼神盯著你，「你知道你是誰嗎？」

「我已經明白我是名靖。」他們將你逼至客廳的椅子上，所以你現在只能坐著。

「不，你不是名靖博士。」男子說，你觀察到他此時帶有一點惱氣，「你不過是我們第一次計畫的失敗品。腦裡有著兩個人的記憶和個性，如此令人作嘔，就像那些遊蕩的複製人一樣。這些複製人本來就不應該存在這世上，他們令我們人類的高貴，蕩然無存。」

「嗯。」你從他的言語之中捕捉到一些訊息。

「哦，所以你不知道。」大衣男子瞇起眼睛，「你不知道，沼澤區有一個領路人，在他複製完成後的幾天，就被殺手瘋棣所殺。」

「嗯。」你繼續簡單地回應著，腦海裡卻浮現了一種不好的預感。

「可是，沼澤區的資訊不夠發達，而同時，一個來自沼澤區的複製人死在城區裡，是沒有人會在乎的。這意味著，除了恰巧關注到複製人的我們之外，短期內是沒有人會知道這件事的。如果這時候，我們多複製出一個這樣的人來，那誰會知道這個領路人的真身已經死去了呢？」

「這跟這個有什麼關係？」你問著，但敏捷的思緒似乎已經知道答案。

「你想必知道我們第一次計畫失敗了。猜猜看，為什麼我們會失敗？」大衣男子翹了一下眉毛。

「我對此毫無興趣。」你說。

大衣男子無視你的回答，繼續說下去，「我們之所以會失敗，是因為有人在我們植入指令的同時，把不是指令的東西加進去了。而這個加進去的東西，其實是，當時作為指令來源的讀取心智。也就是，因為這樣的讀取會有量子性的破壞，所以順道進行複製的名靖博士。」

「你想暗示什麼？」你開始對大衣男子拐彎抹角的說話方式感到厭煩，或者，更精確地說，你的厭煩來自於對潛藏答案的不喜。

「我想說的是，這樣一來，就會有兩個軀體有名靖博士腦內的資料。其中一個，是如假包換的名靖博士。而另外一個，則是腦中帶有兩份人格和記憶的失敗品。」大衣男子說到這，冷冷的雙眼直盯著你，「你知道，那個失敗品後來不見了。」

你沉默不語，等待大衣男子繼續說。

「這就是我們必須阻止複製人技術的原因之一。」他此時抓住你的下巴，「因為這技術會產生像你這樣的怪物。」

「哦，所以你們就是剷除怪物的正義之師囉。」你平靜地說。

「你認為我們是壞人。」男子冷冷一笑，同時將你的臉甩下，「看看沼澤區吧。人們原本可以珍惜他們那一生的，但現在人們寄託著可以用二十年的軀體，隨意踐踏自己的身體。把早應該結束的生命延長，將自己做成長得一模一樣的怪物來苟延殘喘。我們只不過是阻止他們的貪婪而已。」

「這能夠正當化你們的血腥行為？」你問，然後察覺這似乎是領路人的問題，至少名靖不需要問這樣的問題。

男子冷眼看著你，「你應該要感謝我們。我們肯把自己的雙手弄髒，用這種激進的手段來阻止禍害。你也看到了，名靖曾向世人說明過，可是沒有人在乎。現在他們還進一步想要擴展這種技術。啊，可是你是不能了解這種苦心的。你不是名靖，真正的名靖可能已經死了。」

「這是你們的動作嗎？」

「總是懷疑不是嗎？」男子露出不屑的神情，「我說過我們不是壞人，我們一向都尊重名靖博士。所以這個計畫，他隨時都能收手，我們也不會加速他的死亡。他和你們這種普體模組不一樣，他的複製是重塑自己原本身體的，所以凋亡可以預見。不過，他在不久前失蹤了。然後你猜怎麼著？」

你沒有回答。男子則轉過身，背向你走了幾步。正好走到負責守衛的，另一個原生人成員的左前方。

「我們收到一份通知，是名靖本人給的。上面說他自知活不久，先去找一個死亡的地方了。然而這不會影響他對計畫的心態。他要我們繼續執行。而我們也將遵照他的意願，確定計畫的執行。」

男子說到此，回過身來，同時手中的槍也準備好了。

「這也意味著，我們容許不得你這樣的變數。」

就在他準備扣下扳機的時候，之前去搜索各個房間的原生人組織成員回來向男子報告狀況。男子聽著，眼珠子有著一瞬的閃動。

「臨死前，讓我問你最後一個問題。」男子手中的槍維持對準你，「你的朋友，那個沉默的人影，去哪裡了？」

「呃，我不知道。」你的確也不知道。

「好。那你最後的價值也不在了。」男子說完這話，神情收斂起來。你注意著他手指的動作，裡面沒有遲疑的成分，你驚覺不妙，立刻反射性地側身閃躲。可這沒有避開他手部的微移。你感覺到子彈的動量承接到你的身上。

痛覺，卻不是激烈的撕裂痛，是鈍擊，從你的上肩傳來。

你的身子順勢落下，目光則移向那個打到你肩膀的東西。

是那個測量器。一定是你把它的繩帶繫在背包上，忘了拿下來，而在你側身的時候，剛好甩起的測量器就這麼阻擋了子彈。你想不到這竟然可以救你一命。可是你也沒有料到，那隨著子彈打碎外殼，飄散而出的內容物。那些你以名靖的記憶，能夠認出它們來的內容物。

一個空間定位器，一個微處理器，一組隱蔽得非常好的攝影鏡頭和錄音裝置，一個特殊波段的傳輸器與一些零碎的電子零件，還有，一塊磚頭。

你的腦袋迅速運作著，用著名靖的聰明才智。所以在身軀著地的瞬間，你忽然明白了這是怎麼回事。

你不由得微微一笑，不知是名靖感於那個人的計畫與能力，還是領路人慶幸這個小小機緣讓自己暫時保住性命。

而這一落下，也使你的視野朝上，讓你注意到有另一對眼睛，會發光的那種，從天花板的方向，也注視著破碎的測量器。

◎　◎　◎

那天晚上，妳又做了一個夢，另外的那一個夢⋯⋯。

你坐在一處簡樸的房子中。今天，有一個人來向你請教問題。

「尊者，我想要知道我死後會如何？」那個人這麼問著。

你向他回答，「這世界上存在三種看法，第一種，認為你死後就不存在。第二種，認為你不論死前或死後，永恆地存在。而第三種，說其實不論是現在或者死後，你都不存在。」

那個人顯然相當疑惑，「這樣把我弄更糊塗了。」

你回應，「這的確很難以理解，我將更仔細地說。」

「願聞其詳。」那個人恭敬地說道。

「我先問你一個問題，這人間的一切是不是無常的？」

「是的。」

「那麼在這些外在的無常之中，你能夠找到你的存在嗎？」

「不能。」

「那麼，你這個人的內在，包括你的感覺、思考與意識，是不是也是無常的？」

「是的。」

「既然如此，你要如何在這找尋一個恆定的你存在？」

那個人若有所思，之後回答，「不能找到。」

「是的。這人間的一切都是無常的，是因緣而起，因緣而散的。而人，也不例外。我有一些弟子還不能完全了悟這點，所以他們仍然執著在那恆定的自我，因而深陷其中。如果他們了悟這點，那麼就能從此之中解脫。」

「我明白了。」那個人聽完向你行禮致意。

而妳則從夢中驚醒。

妳看了一下妳的房間。微微的陽光已經透入，想來醒來的時間已經不早，不能再回去睡了。稍稍處理完早晨的例行事務之後，妳便往學校去。

十幾分鐘之後，妳到達教室，移動到自己的座位，並順手拿起今天的報紙來看。

妳隨意翻開一頁，人工智慧的進展，嗯，值得留著好好研究；香港衝突進一步擴大，嗯，如果現行狀況沒有改變，想必這種衝突有一天會爆炸開來；還有歐美局勢動盪，極右派再度興起之類的消息。

妳的目光繼續在報紙上游移，接著停留在地方版的一個小區塊。

有一張照片，妳認得裡面的人，在某個算命攤前，儘管照片裡的樣貌不太一樣。那則新聞的標題寫著，「詐欺慣犯騙到大哥的女人，甘願自首吃牢飯，說在裡面比外面安全。」

頓時，妳想起了今天清晨的兩個夢。

菩提明鏡

菩提本無樹，明鏡亦非台，本來無一物，何處惹塵埃

——六祖惠能

穿大衣的男子微微一愣，似乎沒有料到子彈會僥倖地被擋住。但他顯然是個經驗豐富的人，立刻恢復神態，準備下一擊。

就在此時，天花板上那雙眼睛發出紅光。你定睛一看，機器人一躍而下，雙腳同時對準大衣男子之外，另外兩個原生人組織成員的後腦勺。然後是一組幾乎同時的悶哼，下一刻，就是機器人落在大衣男子的背後，伴隨著兩位被擊暈的組織成員倒向後方。

大衣男子聽聞聲響，迅速轉身，同時手中的槍也握持地很好，如此精準的動作，他肯定可以扭轉頹勢，立刻盯住後面的人。可惜這時候，在他後面的對手不是人類。

只見到機器人的雙腿瞬間使力，登時騰空躍起，向上劃出一個完美的弧度，然後坐落在你和大衣男子之間。此時大衣男子正轉過身，剛好仍是看不到機器人的狀態。

之後有一小片刻，雙方都停頓了一下。接著就在大衣男子準備轉回來之際，機器人的手臂迅速出擊，打中大衣男子的後腦勺，然後，他的身體就順從腦袋的昏厥，倒地不起。

你驚訝不已，可同時，名靖驚人的心智特性卻准許你在此時發言。

「我以為機器人不能攻擊人。」

機器人跨過原生人成員們倒下的軀體，到一處較沒有障礙物的地方，轉過頭來，眼睛已經轉為紫色。

「我們沒有這條設定。」

你緩緩起身，而心智狀態也逐漸平靜下來，「難道前人沒有這麼做？我一直以為如果人們做出機器人的話，通常都會加上這種設定。」

機器人翹起一邊的眉毛，「如果仔細思考，的確有些地方值得研究。就我所知，我們只有最初始的動機設定而已。而隨著合約到期，這動機也不再重要。至於在行為上，可以說是完全沒有規範，我們甚至有充分的權限處決人類。」

「可是我沒聽說過相關事件，就連機器人犯罪的消息都沒有。這意味著，前人的系統遠沒有這麼簡單。」有時候，你會分不清你的話，到底是來自一個想研究的科學家，還是一個好奇的領路人。

「我也認為如此。」機器人的眼睛此時閃爍著白光，「似乎，這些機器人們的心智，本質上都是善良的。可這樣的系統如何達成，我目前還沒有相關資料。」

「嗯嗯，善良的心智系統。也許，前人可以在行動端產出干預。」你說。

「或許，但我沒有明確感受到有系統在介入，所以如果這真的是前人所為，那這技術影響心智的方式一定比直接干預還更為巧妙。」機器人環顧一下四周，「但現在不是討論這些的時候，我們應該快點離開這裡。」

「喔對。」你說完，感覺有那麼一瞬間又回復成了領路人。而這一短暫的回復，也讓你想起原生人組織可能後續還會再派人來。「讓我把我的東西收好，我們就離開。」

接著你把剛才倒下時，晃至一邊的背包重新背好。還有，一一撿起那個破碎的測量器內容物。現在你看得更清楚了，用著名靖的經驗分析，這螢幕似乎從來就只會顯示同一種結果，而且有一個可以遠端操控的線路，決定螢幕要不要顯示。

你微微一笑，機器人則問你為何如此反應。

「我之後再跟你說，我們先離開再說吧。」你這麼回答，同時把這些東西都放進背包的某個袋子裡，然後準備離開。

這次是機器人在前面。根據它的說法，它能夠偵測短距離內有沒有人來，所以可以探路。你們接著進入電梯。

「我們等一下到三樓，透過大樓間的天橋到別間大樓再離開。」你這麼說。

「為了避開可能的麻煩。」機器人說。

「是。」你說，同時看著透明電梯外的景致。這片海和繽紛大地，還有你的名靖心智，與破碎的測量器。現在的你就如同名靖平常一般，穿梭在這電梯裡，這一切都如此熟悉，而之前發生的好多事，卻遙遠得像是幻境一般，似真非真。

叮鈴，電梯聲響，你們照預定的計畫，從三樓天橋到達隔壁的大樓離開。一路上都沒遇到什麼人。

◎ ◎ ◎

講課者在前頭說著，妳在座位上面思考著。夢中的測量器是用磚頭填塞的把戲，聲稱看見前世的算命仙是詐欺的罪犯。那麼，從這之後的發展，都得必須打上問號了。

妳想起先前課堂講過的，錯誤的前提可以推導出任何的結論。而今天，妳從夢境中測量器的結果聯想到所謂的「眾人皆你，萬世輪迴」。撇開各種其他的可能性，即便這個推論過程中能夠將真值傳遞下來，妳也不能保證結論為真，因為它的前提已經為假了。

妳不由得苦苦一笑。妳曾經以為看到了宇宙的真相，但現在卻發現這整幅宇宙的圖樣，只不過是妳的一場大夢而已。接下來的時間裡，妳想把心智專注在課堂上，卻又發現這非常困難。很快地，下課鐘聲就響起。

「這堂課又有很多新東西，」百襄有點雀躍地說，「像剛剛說到的暗能量和宇宙膨脹負壓。」

「我想之後的課應該會講得更清楚一點。」傾施回答說。

「看起來我得好好準備一下精神了。」百襄說，「啊，等一下，我先去上廁所好了。」

「慢走，不送喔。」傾施用一種送客的姿態，向離去的百襄揮手。

然後她轉回頭來，沒有說話。

妳瞄了她一下，這傢伙似乎沒有在做自己的事。這有點反常，通常她不做自己事的時候，都有很多垃圾話可以說，今天卻有點沉靜。但回頭一想，這樣的氛圍又好像是妳和她會談話的氛圍，這傢伙卻不開口。嗯，有點奇怪。除非，她在等妳開口。

「妳為什麼不說話？」妳決定直接問。

傾施露出一副調皮的表情，「這個嘛，哀矜勿喜。」她這麼說。

「什麼哀矜？」妳問。

「妳知道，平常百襄如果去廁所，妳通常都會跟去。」傾施說著，似乎早就看透這一切。「可是妳今天沒有這麼做。當然，妳也不是每一次都會同行。只是，今天似乎有好理由。」

「妳想說什麼？」妳問。

「不如說，妳想說什麼？」她反問妳，妳這時才注意到早上的報紙現在在傾施桌上。

「我，」妳在此猶疑了一下，然後再度開口，「我想說的是，如果之前那個『眾人皆你，萬世輪迴』的理論，就是我夢境裡面的那個，是來自錯誤的前提呢？」

「妳問得非常好，這個問題很有趣。」你注意到傾施的嘴角這時候微微揚起，「容我換個說法來說好了，如果妳夢境中的事物是假的，那麼這個現實世界會怎麼樣？」

「如果我夢境中的事物是假的……。」妳好像想起某個類似的句式，卻又說不上來。

「如果妳夢境中的事物是假的，如果妳的夢境就真的像一場夢一樣。」傾施臉上浮現詭異的笑容，「那麼，這個現實世界就再度變得真實起來了。」

「我親愛的朋友，」她接著起身，一手置於胸前，一手向後，對妳彎腰行禮，「歡迎來到現實世界。」

你們在暗夜裡行動。現在依靠著領路人的能力加上名靖的記憶內容，幾乎確定了路程中不會有原生人組織成員找得到你們。預計一段時間之後，你們就能到達名靖在海邊的住處。不過，組織成員僅僅是現有問題裡，最小的一個。

你思考著，同時繞過一處轉角，進入下一個街道。機器人隨後跟上。

「所以我們目前已知的是，測量器是由磚頭構成的道具。」它這麼說。

「事實上，仍有很小的可能，是那塊磚頭正巧捕捉了意識維度的波動，然而一旦破碎，也許這波動的訊息也隨之佚失。」你開始察覺到自己現在有時候可以執行一些快速的推論。

「但這種機率非常小。」機器人說。「如果再搭配上攝影設備和傳輸訊息的裝置，更有可能的是，要不有人騙了染色劑，要不染色劑騙了我們。或者兩者都有各自的心思。」

「是。」你邊走邊回應，「我有一種，也許是來自名靖腦袋的直覺，那就是運作這種心思的人可能對人類心理有某種程度的掌握。」

「我明白了，」機器人的心思其實也很快，它現在的眼睛閃爍著淡紫色的光，「單一主體不斷輪迴，相信這論點的一般心智通常會有某種可以預料的行為模式，從而促使他們去執行一些特定的事。甚至不需真的相信，只要覺察到這種可能就足以影響人心。」

「這正是我直覺裡的想法。然而，現在我們知道這很可能只是一個把戲而已。」你說，「這意味著，其實，我們也可以不用再介入。」

「所以我們現在要立刻停止嗎？」機器人眼裡閃過一絲綠光，「以避免自身涉入更危險的處境。」

「然而事情的發展也不是當初那麼簡單了，我需要認真考慮。」你這麼說，「所以在我們決定停止之前，還是先按照既定的計畫。我們得確保在真正決定之時，不同的方案都仍是可供選擇的。」

「很合理。」機器人回應你。

「所以我們目前的路程仍然不變。」你說。

你們繼續路程。在這期間，有一個問題逐漸浮上你心頭，讓你不斷想著：現在已經確定，你那個前身領路人原本的複製人，其實被瘋棣殺死了。顯然，那個新聞上看到的，戴著鑰匙耳環的，才是真正的領路人；另一方面，你也不是名靖，你只是一個意外的失敗品而已。真正的名靖博士，似乎壽命也到了期限，極有可能已經壽終正寢了。這些意味著，你的兩個前身，他們真正的本體，都可能已經不存在了。

那麼這個時候，你是什麼呢？

◎ ◎ ◎

又是另外一段的下課時間。這次，妳和百襄到校園裡晃晃。妳們還會在這校園裡的時間不多了，而且也不再負有指考的重擔。此時，校舍的建築不再是一種壓力的可能，反而透露出一種寧靜的氣息。周圍的綠樹和走道，也逐漸開始變得帶點陌生，就好像一般的風景區一樣。現在的情況，更像是妳們離鄉多年後又回來看看母校這裡，而不是每天來上學。

百襄走在妳的旁邊，她那白色上衣的制服依然明亮乾淨。

「傾施跟我說，妳有些事想跟我講。」

「有這回事嗎？我怎麼不記得。」妳猜想傾施這傢伙不知道又在搞什麼。

「聽說是跟之前算命師和你的夢境有關。」

喔，原來是這件事啊。

「呃，其實沒什麼啦。」妳有點尷尬地說。

「沒關係。妳如果想說再跟我說就好了。」百襄又現出她招牌的，看起來好像在微笑的說話型態。

「好啊好啊。」妳說。

妳們繼續散步。而妳雖然剛剛嘴巴上這麼說，但心裡卻仍然想著最近的夢境。最終，在大約二十步之後，妳還是開口了。

「如果，之前那一套『眾人皆你，萬世輪迴』，其實都是假的呢？」妳說。

百襄微微遲疑了一下，接著又笑笑地說，「不會啊，妳還是妳，我還是我，傾施還是傾施，大家還是大家。」

「可是，我會想，這樣我先前的領悟，好像都是建立在錯誤的前提上。」妳繼續說。

「妳是說像傾施講的那個，更好的世界嗎？」百襄說。

「對啊，這樣子，因果報應就又變成一種神祕理論而已。而我們又好像變回了一貫的小人物，在這洪流裡無足輕重。」妳又憶起了之前那次，百襄和傾施都不在，妳獨自一人，直接面對無垠時空的經驗。

「不會啊，我們都還是能夠讓這世界更好。」百襄用她那一雙亮亮的眼睛看著你。「我知道妳可能會不想要去明天的活動。可是，就當作是陪我閒晃好了。妳可以陪我去嗎？」

「但是我所以為的一切，似乎都不再真實了。」妳回看著百襄。

百襄注視著妳的目光，「不，這些都是真的。」她白淨的臉龐這時顯得有點稚氣，而話語的內涵卻又天真地如此實在，「這些勞工的困境都是真的。那些食安問題和汙染也是真的，還有很多很多其他的事情，也都是真的。」

「但是為什麼？為什麼妳會總是這麼正向，總是想幫助別人呢？如果這沒有因果報應的話。」

「也許，我們要幫助別人，從來就不是因為有因果報應。從來就不是因為萬世輪迴。」百襄這麼說著。

「那麼是為什麼？」妳的語調裡面有著藏不住的焦慮。

百襄握起妳的手，同時兩隻眼睛直直地看著妳，說，

「我們之所以這麼做，是因為這本來就是我們應該做的事情。」

聽到百襄的回答，妳微微一愣。妳原本預期又有什麼理論會跑出來解釋，但卻沒有料到百襄的答案竟然如此簡單。然而，這樣簡單的答案，又似乎打中了妳心裡面，某個塵封很久的東西。

妳不禁看著百襄，斜照的陽光這時候穿過她馬尾縫隙，在掙脫了陰影之後格外耀眼。妳一直都知道這女孩是個很可愛的人，長得很可愛，個性也很可愛。可是妳今日突然覺得，她怎能如此美麗？

就這樣，這個畫面停留了一小段的時間，直到妳們意識到可能快要上課了，才趕緊匆匆忙忙地跑回教室去。幸好在還沒有敲鐘之前，妳們就回到了教室。

傾施坐在她的位子上，手裡拿著手機，等待妳們的歸來。之後她將手機翻面提起，妳們逐漸走近，直到能夠看清楚螢幕裡的訊息。上面寫著，

「派遣阿嬤將回彰化老家參與勞工運動。」

◎　◎　◎

你們仍然在移動，而你的心思持續著。

很顯然地，你的兩個前身真正的主體，都已經凋亡。而他們的意志，也將隨之歸入塵土。你以往信以為真的自我，不過是一個殘存的幻象而已。

你想起那個問題，那個開啟這一切的問題，「我是什麼？」

這旅途中的一切，似乎又襲上心頭來。量子、感質、還有輪迴。那些在測量器把戲之前的東西，並不

會隨著測量器的破碎而毀滅。而你們的主體，仍然由感質充斥著。

你抬頭看著天上的三顆月亮。這些光線就像以往一樣，映入你的眼中。這是感質。你又低下頭來，天上的月亮就變成了街上的石塊，感質的改變如此迅速，而人的變化，也像變形酒館裡的感質安排一樣，如此善變。

就像你一樣。你的兩個前身，似乎都有著不介入行動的傾向。名靖本身是攻擊的主導者。至於領路人，你知道他只求能夠過生活而已，不會主動介入這種危險的事情。可現在的你，雖然沒有明確地決定，但每當你想起那些城區的人們，怡君女士和她的先生，以及那個收留你的女子，還有很多也是老實做生意的商家與其他的人，你就覺得有一個聲音在提醒你，不能讓炸彈攻擊發生。另外，你也常想起沼澤區，那些居民，複製人，還有染色劑說的復甦可能。這一切都在在指出，攻擊成功所帶來的後果，而可能阻止這一切的你，恐怕沒有抽身的餘地了。想到這裡，你嘆了口氣，你的直覺似乎早已訴說決定。

可是，你轉念一想，正是這樣的差別，讓你和前身兩人都不一樣了。大衣男子說得對，你不是名靖，但你也不是那個普體領路人。你是什麼？

你繼續想著，腳步抵達了名靖在海邊住所的那棟大樓。在環顧四周確保沒有類似原生人組織成員的人出現後，你們進入大樓乘上電梯。

電梯上升著，而大地也變得清晰。五顏十色的沼澤區，燈紅酒綠的城區，還有外面的曠野與城市。可你們獨自在這裡，不歸屬曠野，不歸屬沼澤，也不歸屬城區。什麼都不是。

嗯，什麼都不是。嗯，什麼都不是。

什麼都不是。

對，什麼都不是。你是什麼？如果你既不是名靖，也不是普體複製人，那麼你就什麼都不是。那些前身們，你有著他們的記憶和人格，可現在這些原本人們以為是一個人內在的東西，對你而言卻都像身外之物。就在你這麼想的同時，不知是不是出於先前的習慣，你也開始把這套概念擴及到其他的人身上。你頓時明白，不只是你，這世界上所有的生靈和人們，那些他們以為是內在固有的東西，也都可以算是他們的「前身」而已。一切的生靈，其實也什麼都不是，什麼都抓不住。

你想起了染色劑的說法。生靈和人類，都如同一個過客，外在的一切是明顯的過眼雲煙，而內在，各種感質和心緒的元素在腦內組合著。人類不過是一切的組合。就像你現在一樣，擷取了兩個前身的部分，但卻不再是他們了。

而，是什麼造成了你和他們的差異？是你的這段旅途，是這路途裡的那些人那些事，還有你過往和現在的選擇，造就你和前身本體們的不同。

可是這些，不只造成你和前身的差異而已。就像你剛剛想到的，所有以往認為是內在固有的東西，都可以被視為一種「前身」。你這個人身上的一切，那些你現在了解不是內在固有的東西，舉凡感質到心緒，人格到記憶，這所有東西莫不是來自其他人事物和自身的交互作用，莫不是來自各種不同脈絡的組合，乃至於你整個人，就是這些元素的集合。

而這些互動、人事物之間的關係，過往與現在的交互堆積，還有各種脈絡的組合變化，有一個常用的字詞。

「因緣」。

你幡然醒悟。

你是什麼？

你乃因緣聚散。世間萬物都是因緣聚散。

你轉頭對望向窗外的機器人說，「我有『我是什麼』這個問題的答案了。」

人間情態

愛情和知識引領我飛昇超越，
可同理心總將帶我重回人間。

——伯特蘭・羅素

「妳是說，即使是在算命師投案之後，妳還是有做同樣一組夢。」百襄看著妳說。
「是啊。」妳說，「而且那個領路人，好像仍然領悟出類似無我的境地。」
「可這個時候，他們不是已經知道測量器是假的了嗎？」百襄說。
「對啊，這才是奇怪的地方。」妳回應著。
傾施方才一直在旁邊聽著妳們的談話，此時她開始加入話題。
「不會啊，一點都不奇怪。」
「怎麼說？」百襄回應。
傾施露出一副神祕的表情，「妳們還記得我之前跟妳們說過的，一種特別的看法嗎？」
「我記得後來我們沒有談到它真正的內容。」妳說。
「是的。不過剛好，這套說法和方才的話題有關，所以現在來談談正好。」
「大師又要開示了。」妳假裝露出虔誠狀，「小女子洗耳恭聽。」
傾施偷笑了一下，然後說，「這我倒不敢造次了。這只是我個人的相容理論之一，與宗教無關。」
「相容理論？」百襄疑惑地問。
「喔，其實就像她夢裡面的機器人一樣，各種保留住可能性的理論而已。」傾施說。
「所以那內容長怎麼樣啊？」百襄繼續問著，臉上又微微浮現好奇的神情。
「這個源頭是這樣的。」傾施開始解說，「原始佛教裡面有著無我的概念，而沒有永恆不變的靈魂這件事。還有，輪迴指的是業力的輪迴對吧。」
「對。」妳說。
「所以妳可以看到，輪迴的主體在這裡面其實不重要。」傾施說，「重點是下一世承繼了上一世的業。至於下一世和上一世是不是同樣的東西，佛家裡面其實說，這個『我』是一直在變動著的。」

傾施稍稍停頓一下後繼續說，「那麼，如果我們不去追究這個『我』是不是同一主體，而是容許一種更廣泛解釋的話，我們就會發現這種業力傳承的說法，和某種東西極度類似。」

「是什麼東西啊？」百襄說。

「舉個例子好了，台灣今天的勞工困境，是誰造成的？」傾施說。

「呃，是各種因素集合而成的。」百襄說。

「是的。不過這些各種因素呢，通常都有歷史可循。而關鍵點就在這裡，歷史。」傾施回應著，「除卻長年累積的文化和民族性之外，產業轉型的不成功，現行勞工法規落後和執行面人力不足的問題，政府政策鼓勵炒房炒股而非投資實業，還有糟糕的企業風氣，甚至於社會福利影響角力等等。這些，都是台灣一路發展下來，前人以及現在的人直接或間接造成的。」

「妳是說，這些都是……業。」百襄說。

「共業。」傾施說，「這些都是前面的人傳繼給後世的共業。歷史的共業。」

「喔，」妳觸類旁通，「如果用這種方式來看，現在的任何情況，大至世界，小至個人，其實會有今日的局面，都是過往，不論是他人或自己所做之事的累積。」

「而當妳把這些交織起來，妳就會看到，現實世界的因緣。」傾施的一邊的眉角微微揚起，「就好像妳夢境裡的，那個據說可以用因緣來看世界的機器人一樣。」

「但是這樣，和我們所以為的佛教輪迴好像不太一樣。」百襄說。

「是不太一樣。」傾施說，「不過，我們也沒有必要總是連結到佛教去。我們可以保有自己的看法。」

「哦。」百襄回應一聲。「還可以這樣喔。」

「當然可以這樣，只要我們不要說我們代表佛教就可以了。」傾施對百襄笑了一下。

「那這樣的說法，和我們剛剛的話題有什麼關聯呢？」妳說。

「妳不是說，妳夢中的人物，即便在知道萬世輪迴是把戲的情況下，仍然領悟出類似無我的概念嗎？」

「對啊。」

「那我要跟你講的是，如果把轉世的說法都拿掉，其實我們會發現，因緣仍然是可以解釋的。剛剛說的現實共業是有點超出佛教本意沒錯。」傾施此時舉起一隻手指，「但世間萬物皆是因緣聚散這件事，倒是與佛教本意幾乎沒有差別。」

「妳是說……。」妳在此停頓，好讓傾施接話。

「在這個現實世界裡，我們還是可以在所有的人事物上面，看到他們會成為今日的模樣，是有著主因和各種緣分組合而如此的。」

「確實是這樣沒錯。」妳說。

「所以，我們仍然可以知道，人事物具有空性，一切皆是無常，是因緣聚散，以及由此推導出的，佛門所說不應執著。」傾施說，「就好像妳夢中的人物，仍然可以領悟類似無我的概念一樣。」

「嗯。」妳應聲回應。

傾施繼續說，「再搭配上剛剛提過的現實共業看法，我們將會發現一件事：那就是，如果把佛教的神祕色彩都拿掉，把佛教的領悟都套用在現實的物理世界裡，那些本來用因緣系統建立起來的事情，現在仍然都具有價值。」

「哦。」百襄回應。

「這就是我喜歡佛教的原因。」傾施說這話的時候，眼睛有一瞬的明亮，「即便沒有神祕色彩，它的許多內容仍然具有價值。無我如此，因緣亦如此。」

她接著側過臉來看著妳說，「所以妳的夢境裡，測量器的破碎，還是阻止不了領路人的領悟。而這世界上的因緣和業力，都仍然可以在現實的物理世界裡解釋。」

妳看著傾施的眼睛，腦袋裡好像快速跑過了很多東西。因緣的聚散，人們的共業，還有，改變的可能。

「就好像波前的惠更斯原理一樣。」傾施看了妳的樣子，停頓了一下後，繼續她的話。

「惠更斯原理？」百襄疑惑著，隨後好像想起了什麼，「喔，妳是說那個，我們可以把波前看成是一大堆的點波源，然後後續的波，就是這些點波源產生的波，疊加起來的結果。」

「是的。」傾施說，「妳不覺得這跟人類的歷史很像嗎？前面的波前可以想像成無數的點波源，然後這些點波源產生後面的波。而前面的人們各自進行他們的人生，就好像每個點波源的波。這些不同的波最終會共同疊加成下一個波。而這整個波，就是人類的共業，就是歷史的洪流。每當這個波前進的時候，會不斷產生新的點波源，然後又生成新的波。」

「這樣聽起來好奧妙。」百襄說。

「而不管前面的人給予我們的波是什麼，我們都還是會作為點波源去影響下一代的人。那些不好的共業，我們也能夠在這一代改善它。我們可以建立一個，更好的世界。」傾施接著拿出有著勞工新聞的報紙，將那些頁面舉起，看著妳們，「台灣，可以不一樣。而現在，因緣成熟了。」

妳看著傾施，腦袋裡面好像充滿著各式的訊息，頓時說不出話來。

可傾施那有點誠懇的面色大概只維持了兩秒，轉瞬間，她又變回平常的調皮模樣，「所以妳知道，當我聽到妳說那一套『眾人皆你，萬世輪迴』的時候，我在想什麼嗎？」

「想什麼啊？」百襄先妳一步說話了。

傾施的臉上浮現了熟悉的詭異笑容，「我想，如果真的這樣的話，那我就過好我這一生。讓所有的其他人，都能夠經過我這一個美好的人生。」她這時候開始假意天真浪漫地轉圈圈。

「哇，妳又知道妳這一生會這麼美好了喔，」看到她那種假意轉圈圈的模樣，妳決定胡亂回答她，「想必妳除了奇幻夢境的研究之外，同時也是個預言大師。」

「嘿嘿，妳不知道，」傾施裝模作樣地回應妳，「我一看到妳的時候，就知道妳未來的老公非常帥。」

好吧，好吧。妳是不反對有個帥老公啦。

「妳又知道了。」百襄也了解傾施的胡言。

「可惜了，」傾施瞄了妳們兩個一下，「沒有百襄的老公帥。」

「妳整天都在亂說話。」百襄說著。「而且妳們兩個不要這樣評論男生啦，老公又不是帥就好。」

傾施偷笑了一下。然後，上課鐘聲響起。妳們面對完今天最後一堂課之後，就迅速漫步在回住處的街道了。

一路上，妳看著所有的人們，聽著他們的談話，感受著街上的氣息。

這現實世界，如此真實。

◎ ◎ ◎

你們在名靖海邊的住所內。機器人看了一下你，眉毛一高一低，「所以，即便測量器和相關的理論可能是一個把戲，因緣仍然是真的。」

「是。」你說著，同時望向窗外，街上的燈火已經表示了節慶的熱鬧。

「我們還有一小段的時間可以考慮。」也是望向窗外的機器人說。

你微微點了一下頭，然後找了個舒適的座位坐下。你觀察了機器人一會兒。它此時的沉默，似乎是正在處理剛才你告訴它的那些，我是因緣聚散的說法。

現在正是輪到你考慮的時候了，你想。

目前來說，你已經知道測量器很有可能是假的了。然而，因緣卻仍是真的，而你也是因緣聚散而變成

如此的，正如你和兩個前身不一致的立場一般。你顯然不會像他們兩人一樣鐵定置身事外。這就是因緣所造成的不同，這就是，改變的可能。

改變的可能。哈，果然，謠言所說的果然是真的。只是你現在這一幕，究竟是不是也在他的計畫內呢？哈，想到這裡，你不禁冷冷一笑，不知是讚嘆這個人的能力，還是感嘆你至今的道路。然而不論如何，這就是他想跟你講的吧，所謂選擇和改變的可能。

你沉浸在思考當中，同時再度走回窗邊。月光之下，城區的人們正興高采烈，而沼澤區呢，還保有一線生機。可是這一切，如果攻擊成功，都將改變。城區會陷入大量傷亡之中，仇恨也將隨之而來；至於沼澤區，那個有餘力發展的可能，又將隨著複製人技術的禁止而消逝。

因緣仍是真的，而世俗的業也傳承著。但是今天，你有可能容得下一種朝更好方向發展的路徑，就像你自身的改變一樣。你想起一路上遇到的那些人。這許多人事物都改變了你，而你，也帶著讓其他人事物改變的可能。就好像那個城區的女子，不求回報地幫助你，只希望你去幫助下一個人。

這個世界可以更好。你想，就像很多人都對你很好一樣。

至於複製人技術，雖然它的倫理和存廢仍然存在很多問題。但就算想要廢止它，或許仍不該用這種方式。而你雖然總可以利用目前聰明的腦力去謀取更好的生活，或至少抽身以求自保，但正如先前所想的一般，過往的追尋現在只是前身而已。你當前的視野，隨之前的領悟和體驗，早已不再相同。

想到這裡，你逐漸把心思確定下來。終於一個肯定的答案在你心頭浮現：你得阻止這一切。

不過，在確定了決定之後，連日諸多的疲憊在你稍稍鬆懈之時找上門來。你昏昏沉沉，無從抵擋地睡去。再醒來時，清晨的陽光已經透進了整層樓房。

「看來我不用叫你起床了。」坐在地上的機器人說。

「我睡了多久？」你問。

「五個小時又十七分鐘。距離使節們到來，大約還有半天。」機器人說。

「所以我們可能還有剩一些時間。」你起身，看了看窗外，太陽的光芒仍帶有寒冷的氣息，而街道的人群已經開始變多。

「走吧，我帶你去看一個地方。」你對機器人說，同時往房裡的一處角落移動，直到停留在一個最偏僻的小房間前面。這個小房間，雖然也有寬廣明亮的窗戶，但裡面的感覺與其他各處的典雅不同。它的風格，充滿了拼貼金屬的感覺，更像是沼澤區。

「名靖來自沼澤區。」跟上來的機器人說。

「是。」你回應，並走到內部的一座機器前，就像你們在那廢棄工廠看到的一樣。這是一座複製的機器。

「果然如此，我記得這裡還有一部。」你撫摸著那台機器，「也許二次計畫的一部分就是透過這台機器。」

「透過這臺機器，我們或許可以阻止攻擊。」機器人看著，眼裡發出綠色光芒。

「是。如果要影響複製人的心智，透過這臺是最好的方法。」你看了看有些額外裝在上面的東西，「這臺機器和一般的複製機器相比，多了些功能。其中的一個，就是能遠程傳遞資訊，並經由分散各地的類似機器廣播出去。透過駭入手段，我們可以暫時藉由複製人現存的顱骨電流系統，全面性地影響複製人。」

「所以這樣就能避開隨機性的問題。」機器人說。

「的確如此。」你說，接著你到這房間的書堆裡，找出一本特別厚的書，就像你上次在名靖住所拿出的影像紀錄儀一樣。「或許我們可以看看，名靖是否有留下什麼訊息。」

你把那本書打開，裡面同樣放著一個影像日誌。8967，仍是同樣的密碼。然後你選了一段最近的日誌。

「這是二次計畫後的第二十九天，我這身體的心臟恐怕快不行了。嗯，如果我死在這裡，難保不會又被有心人讀取腦袋複製出來。我必須想一個辦法。」浮空影像裡的名靖雖然更顯衰老，但那種頭腦精明的感覺仍然不減。在他來回踱步了幾次之後，他又跑到鏡頭前，神色帶有欣喜的感覺。「喔，我想到了，我就搞一艘破船，然後出海去。帶上一些器具和食物，有多遠走多遠，如果死了，就回歸大海。嗯嗯，就這麼辦。」

名靖的影像持續說著，「所以如果有人看到這篇的話，我應該已經在海裡餵魚了。至少是個挺詩意的死亡方式，對吧。而我的財產呢，哼哼，相信過了幾個月後，律師就會收到我預先寄好的信函。我記得是一些給學生，一些給沼澤區，還有一些給……，嗯，這樣那些計畫該怎麼辦呢？嗯嗯，我應該不會再更改了。不如，就都把這些指令設成不可逆的好了。」

然後他消失在鏡頭前面一陣子，接著又回來了，「發送完畢了，所以不管是誰想要改，恐怕都來不及囉。」名靖現在的表情有一點喪心病狂，「至於我，我要到海上度假去囉。」

訊息至此結束，後面就沒有新的訊息了。

接著是一陣沉默，然後眼裡閃著綠光的機器人說話了，「指令是不可逆的。這意味著，我們不能取消它。」

「這的確讓阻止變得困難。當然，我們仍然可能阻止這一切。詳細的情況讓我再思考一下。」

你步出房間，在走廊上來回踱步，構思如何處理這樣的問題。但事實上，先前的夢境已經暗示過不可逆的可能，而那承繼名靖的聰明腦袋似乎早已對此暗中準備。你並不缺乏預備方案。

「如果我們不能阻止複製人腦內現存的預設指令，那也許，」你轉身向機器人說，「我們就放任它發生。」

機器人聽完稍停了一下，接著回應，「你的意思是，我們讓這些複製人即使如此也不能行動。」

「是。」你回應道，「不過，這臺機器並未具備癱瘓的功能，我們仍然只能傳遞心像而已，就像上次我們在廢棄工廠的時候，你反轉指令到我身上一樣。」

「所以接下來，我們就給予這些複製人們一個極度強烈的心像，好覆蓋過他們的衝動。」機器人很快就抓到了你的意思。

「這正是我所想的，只是，這樣強烈的心像，現行技術需要用到量子層級的讀取。一般的機器可能做不到，不過名靖嘛，沒有什麼可以難得了他的。」你說著，同時讓腦裡名靖的記憶釋放，開始操作那臺機器。你把其中的軟體階層做了些改變，另外把硬體的限制解除，好能進行量子層級的讀取。

「也就是說，要用心像來阻止這件事的那個人，他腦裡的量子態也會灰飛煙滅。」機器人的眉毛微微垂下，看著你逐漸完成動作。

「是。不過這只是一種可能，未必得走到這步，仍然有其他的……。」

你本該繼續講的，但卻突然停滯，你心中猛然一驚，不應在這種時候。

一陣衝動從你心頭湧上來，熟悉的衝動。

到……街尾的倉庫裡……拿……節慶……按下……點燃……做得，很好。

你內心奮力抵抗，但這次的比之前強烈許多，你轉瞬明白其中所代表的意涵，卻也只能從口中吐露幾個字來表達。

「攻擊，……，比我們，……，預料的早，……，現在。」

機器人的眼裡閃起耀眼的白光，它同時扣住了你。「你必須抵抗住它。」

對，你必須抵抗住它。如果這時候你也不受控制，那行動就注定發生了。你望向窗外，城區現在已盡

是人蹤，不，這是人們歡欣的節慶，你不能讓這種事發生。

然後，漸漸地，在你凝視人群的時候，你的身體似乎不再掙動。顯然，你心裡頭有種思緒，在你這麼做的時候，能夠逐漸壓制這種衝動。發現到這點之後，你趕緊把全副精力都放注到人群上，不只是那些大街上的，還有那些你以往見過，在一生中遇過的人影。

城區裡的商家在自家店前面張燈結綵，歡欣而踏實地招呼著絡繹不絕的客人；終於又等到長假的工人們，放鬆無比地聽著旁邊敲鑼打鼓，享受這能與親友逛街的溫暖日子；沼澤區的小朋友，總算又能拗著父母，在節慶裡帶他來城區玩；滄桑而內斂的旅人，在城市之間長途跋涉只為了讓各種技術得以交換；受盡汙染的貧苦人們，還在等待抽籤得來的複製機會；高樓裡的知識分子，窮盡一生思考如何重建文明；城區的善心住戶，幫助著素昧平生的陌生人，只因為他需要幫助……

眾人的影像在腦海裡不斷閃耀，而你放任這些念頭盤旋，在你這麼做的同時，這些人們的生活，以及他們一生的脈絡，突然身歷其境般在你心中展開。就好像，就好像他們都是你一樣。就好像，這個人間又再度只剩下一個主體。那些你前些日子，以為的世界樣貌，也許是過於習慣了，竟在這時候席捲而來，占據心頭，縈繞不止。然後，慢慢地，你開始察覺到自己的心緒平靜下來了。可同時，你的腦袋快速運作著，用一種超乎你想像的速率。

「我知道該怎麼做了。」你緊促地對機器人說。「你必須像上次那樣，在旁邊操作這臺機器，讀取我的心智，然後把它發送給全部的複製人。」

隨後，你把剩餘的操作完成，一旁的機器人此時開口了，「你說過這是量子層級的讀取。」

你雖然也深知此事，諸多的資訊不斷在腦中運轉著，但似乎在這麼短的時間內能完成的方案就只剩眼前一途了。然而這當中更有意思的是，當你為了這樣的選擇而短暫回顧一生的時候，那些人生的一切，包含你剛剛經歷過的眾人片段，在這麼的一刻，卻似乎不再是那個領路人的遭遇，而像是人間諸多因緣的一

環，在你面前展現。你不禁訝異，自己曾經以為固著實在的這一生，現在竟恍如隔世。可這又正好應證了你先前的領悟，一切不過因緣聚散。而當你不再執著於自身之時，此刻這世間的大大小小事，在視野位階上都平起平坐地寧靜。目睹了自身就像目睹世間，目睹了世間就像目睹自身。正如昨晚所想過的，你現在的視野，已經不一樣了。

你想你已經做好了決定。

「時間緊迫，我想我們並沒有選擇的餘地。」你端坐到座椅上，戴上了讀取用的裝備，平靜地表達了你的答案。「我們必須立即開始。」

機器人的眼睛充斥著白光，但多年的歷練和非人的心智令它不會過度多情，因此它接下來毫不遲疑地完成它那邊的操作，「如果你準備好了，告訴我一聲。」

「替我照顧小汪。」

「我已經做過承諾。」

下一秒，你想著接下來的情況，心裡其實有著千言萬語可說，但轉念之間卻又放下，最終只是微微一笑，同時側過頭看向機器人說，「怎麼樣，我這領路人，帶的這次旅途，你還滿意吧？」

機器人向你深深地彎腰行禮，它的眉毛向外擴展，而它的眼睛則化成了一道彩虹，「我乃因緣聚散。這是超乎我預期的最好答案了。這次的旅途，我很滿意。」

你看著機器人，讓微笑自然收斂，「那我們開始吧。」

機器人眼裡的虹彩融合回白光，它的機械手臂移到機器上面，「永別了，我的朋友。」

你透過房間的門扉和窗戶，看往外邊的天空，然後機器人做了執行的操作。

◎ ◎ ◎

派遣阿嬤站在前頭的臺子上，用麥克風大聲呼喊。

「台灣的就業環境太不好了。尤其是我們中南部的，好多的公司都公然不照勞基法走。留在家鄉的人都找不到好工作。老闆們串連起來開低薪。然後喔，你不做別人也會做，因為不做就餓肚子了。國家對失業的人不夠友善。企業的低薪又已經定下來了，所以人民只能硬做下去。」

妳看了一下百襄和傾施。百襄聚精會神聽著派遣阿嬤講話，至於傾施，她的眼光沒有定在一處，反而不斷地在各處游移。

「但是這樣會有未來嗎？不會。一輩子都領22K，老了怎麼辦？勞保又快要破產，工會都被打壓，現在又在那邊鋪天蓋地地說，什麼問題都是勞動條件改善的錯。他們以為我們好欺負啦。」派遣阿嬤講得生動不已，「但是阿嬤要跟大家講喔，我們要更聰明。不只是要動起來而已喔，而是要更聰明喔。政府和企業以為我們好騙，我們現在要去對抗他們。這次的活動只是一個開始而已。後面，我們要組更多元更能代表勞工的工會，來跟企業談判；我們要跟我們選區的立委施壓，讓他們去立法院修改勞動法規和監督行政部門。我們要把票投給對勞工有利的候選人，不要再被藍綠綁架了。」

妳看了一下周圍，陸陸續續有更多的人出現。

「可是這些厚，都不是我阿嬤一個人，或者是勞工團體自己就可以完成的喔。這些要靠眾人的努力。阿嬤來這裡就是要跟大家說，以前我們都期待有救世主。但是現在不是了喔，沒有救世主救得了我們。我們必須要自己救自己。我們勞工要團結起來，要知道該怎麼做，然後大家都一起來做。只有這樣，我們勞工才不會一直被欺負。只有這樣，我們台灣才能夠從困境找出一條生路。只有這樣，我們的子孫才會有更好的未來啦。謝謝大家。」

派遣阿嬤講完，在臺上多面鞠躬之後走下臺，由後面的人繼續上臺說話。

妳環顧四周，跟百襄預料的一樣，非常多人，就好像半個彰化的人都跑出來了一樣。

而人群裡面，形形色色的人都有。有帶孩子來的父母；有青年人群聚而來；也有高齡者雖然已不用再工作，仍然前來關心；有今天放假的人們；也有等一會還要離場再去工作的勞工；有像妳們一樣的學生；也有早就脫離學校很久的上班族；有中產階級們；也有有錢人和社會底層的群眾。這些人，雖然都不盡相同，但來此都是為了同樣的目的。他們是各自的因，卻又交織成彼此的緣。他們是波前的點波源，各自散發著自己的波，卻又影響著後續的波。而今天他們來到這裡，是要讓因緣編織，是要來疊加出下一個波前，是為了要建立一個更好的世界。

傾施說的沒錯。這因緣是真的。即便「萬世輪迴」非為真，或甚至抽離了佛教的神祕色彩，因緣，仍然是真的。那些妳近日的體悟，仍然是真的。

而當妳不再如此地有意識去避免踏入先前境地，以免又被把戲所蒙騙之時，妳開始感覺到那些以往已經習慣的東西，又逐漸回來了。

妳又開始體會眾人的心境了，這整個會場上面的人，他們今日來參加這場活動的心思，還有，那些背後的人生，甚至是，不在這裡的人們。現在妳那過度發達的鏡像神經元，促使著妳像從前一樣，感受著他人如同自己，就好像妳親身經歷了他們的一生。就好像妳們，是同一個主體一樣。

妳又再次看到了「萬世輪迴」。不過這次，不是透過神祕色彩，而是透過人類天生的同理能力，在這現實的物理中，直接看到人間的萬世輪迴。那些妳曾經以為是其他世的人間情態，那些「妳」的人間情態，現在又歷歷在目。

這一切都是真的。因緣是真，空性是真。這人間所有的喜樂與苦難，也都如此真實。

妳抬頭看了一下大佛，它那莊嚴的面容，好似帶著一抹微笑。

現在妳明白了，這些人間情態，就是妳的萬世輪迴。

而當妳再次把目光移回眾人的時候，轉瞬間，那些人們一生的故事和宇宙交織的因緣，都在妳眼前展

現。現在，妳張眼就看見了因緣，張眼就看見了萬世輪迴。

妳是帶著小孩來參加活動的媽媽；
妳是希望為台灣再貢獻一點的老先生；
妳是為了未來而奮鬥的年輕人；
妳是辛勤工作的勞工；
妳是關心社會運動的修行人；
妳是奔波不已的旅行者；
妳是還在與考試爭鬥的學生；
妳是背負房貸的年輕夫妻；
妳是知道要減重卻又難以克制的胖傢伙；
妳是剛拿到駕照就摔車的少年；
妳是和人類生活在一起的小貓；
妳是大海裡的鯨魚；
妳是看見臺灣沉淪的憂心者；
妳是課堂裡欣喜聽課的女孩；
妳是開長途車過勞的司機；
妳是罕病的病患；
妳是致力於環保的有心人；
妳是嫁到異鄉的女兒；

妳是比賽沒得名的落寞者；
妳是中了彩券的幸運兒；
妳是渴望愛情的青少年；
妳是戰火之中的難民；
妳是父母忙碌無暇顧及的小朋友；
妳是夢想下一場表演的藝術家；
妳是不歸路裡掙扎的幫派分子；
妳是用心智去量度世界的思想家；
你是醉心研究的科學人；
你是無人在乎的小螺絲釘；
你是有著不同煩惱的中產階級；
你是長得一模一樣的複製人；
你是每天到工廠維持的老闆；
你是難以翻身的窮苦人們；
你是天空的飛鳥；
你是原野的猛獸；
你是享受美好生活的退休者；
你是看見文明失落的最後之人；
你是愛過一生一世的女子；
你是幫助陌生人的好心人；

你是雄心壯志的地下組織頭頭；
你是關注自身是什麼的機器人；
你是人間所有卻又唯一的主體；
你是「你」；
還有，你，是因緣聚散。

這就是你要給他們的心像。一個故事，一個有關萬世輪迴的故事。是這樣的故事讓你在傷害他人的衝動之中平靜下來，是這樣的心像強烈到能覆蓋那些憎恨和憤怒，是這樣的領悟讓你不再執著人我之間的分別。

你想起小汪。也許小汪才是看得最清楚的。牠從來不曾吠叫，也似乎從來不曾看見人們的差別。也許在牠眼中，這人間的一切，不過因緣，何來分別。

你看了這天地最後一眼，天空，太陽，城區，沼澤，原野，山林，道路，海洋，機器人，人群。然後，灰飛煙滅。

◎ ◎ ◎

那一天的活動安然結束了。至於政府會如何回應，套句傾施的話，妳們必須持續觀察。之後，妳們回到校園，繼續上課。

傾施後來有找妳們去喝酒，想當然爾百襄自己喝著茶，看妳們兩個酩酊大醉，接著為妳們收拾善後。然後，妳們畢業。

上了大學之後，很多東西都不一樣了。世界多了許多新鮮事，妳也認識很多新的人。時間的巨輪不斷向前轉動，不過妳對這件事，不再那麼害怕了。妳現在不再視自身的情懷為一種缺陷，那一種總是去體會他人，進而會沉浸在不同時空的情懷。相反地，妳明白那是一個祝福，讓妳可以在這一生，就看見人間的萬世輪迴。而這些，除了因為新的生活很快又給予妳足夠的溫柔之外，還有那個妳恐怕一輩子都忘不了的故事。

妳後來才明白，佛教裡面的欲望是苦，是因為執著而苦，相爭只是它的其中一種形式而已。不過這不影響那個故事所訴說的東西，那個有關萬世輪迴的故事。它對妳而言如此奧妙，就像是非現實的奇幻旅程一般，然而一旦細想，卻又太過真實。

所以，妳回到房間裡，將那個故事寫下來，將「妳」的故事寫下來，並且將它發印成書出版。

後記

「而我們的故事說到這裡。不過我想問的是，須菩提，在這當中，我有說什麼佛法嗎？」你說。

「不，尊者，您並沒有說過什麼法。」須菩提這麼回答你。

「那麼，須菩提，這個宇宙中的物質塵埃多不多呢？」你問。

「很多，尊者。」須菩提說。

「是的，不過須菩提，這宇宙中其實沒有什麼物質，只是我們暫時把它們叫做物質而已。同樣的，這世界其實沒有什麼世界，只是我們暫時把它叫做世界而已。」你進一步跟須菩提說，「再讓我問你一個問題，我有三十二種樣貌，而你可以從這些樣貌之中看到我嗎？」

「不能，尊者。」須菩提回答你。「不能夠從這些三十二種樣貌裡面看到您。」

「這個原因是因為，這三十二種樣貌，其實不是樣貌，只是我們暫時把它們當作樣貌而已。同樣的，須菩提，這世界上的眾生，其實沒有眾生，只是我們暫時把它們叫做眾生而已。」

「是的，尊者。」須菩提向你頓首致意。

◎ ◎ ◎

後來，海港城市的人們不會有機會知道有所謂的攻擊。而你在事件結束後，踏上了另外的旅程，在接下來的時間裡，四處遊歷去尋找有關輪迴和因緣的記載。經過一段時間後，你明白在前人的年代，或者更之前的年代裡，存在一種宗教。這種宗教並不崇拜神祇，也不需要神祇，相反地，它告訴你，即便是神祇也身陷輪迴之中，而只有了悟，放下執著之後才能解脫。

你花了很久的時間去了解這個宗教的內涵。然後，你到變形酒館去，跟那裡的機器人們講其中的內容。有一些機器人認同這些想法，並且跟隨了你，一路上有更多的人和機器人加入。你們仍然不斷地在這條道路上行進著……。

「這正是應證了，佛法在世間，不離世間覺。」你說。

「我察覺到裡面有很深的含義。」在你面前的機器人回應，同時眼睛散發著綠光。

「是的，所以我想我們暫時先到這裡就可以。你需要時間來處理這樣的資訊。」你繼續說著。

「嗯，我將好好思考剛才的內容。」眼前的機器人向你點頭致意，之後跨步離開。

你步出帳篷之外，原野上面仍然蒙著繽紛的色彩，但你知道它們在逐漸變淡了。建築物的一邊，有一些植物開始生長。老汪懶洋洋地在植物堆中間曬著太陽，牠看到你出來，轉過頭來，搖著尾巴吐著舌頭看著你。你和牠握了握手致意。不久後，有一個小機器人來找牠玩，把牠的目光吸引開。於是你看向另一邊，那裡有著一條小路。另外一個機器人正用輪子朝這個方向滑過來。

那個機器人現在伸出一隻手臂揮舞著。「嘿，有一個人要來找你。他說他是從海港城市來的。」

你向它點頭致意。隨後，一個普體複製人來到你的面前。

「喔，所以你是真的存在。」他用有點衰老的聲音說。

「的確如此。」你說。

「那些心像，我來這裡是為了那些心像。」他的面容上浮現微微明亮的神采。「有些人說，那些心像阻止了一個本來會發生的攻擊。」

「可是，既然沒有攻擊發生，你又如何知道這心像阻止了攻擊？」你說。

「這我就不知道了。」這複製人眼睛看著定點，若有所思地說著。「其實，我今天來這裡，是想要問問那個『眾人皆你，萬世輪迴』是不是真的？」

「你當真想要問這個問題？」你說。

「對的，對的。我從心像發生當時就一直很疑惑這個問題，」複製人此時抬起頭來看看你，「所以如果你知道這個答案，請你一定要告訴我。」

「如果你這麼想要知道，那麼，我將告訴你。」

「告訴我吧。」

你接著這麼回答他，「我認為這問題最好的答案是，即使萬世輪迴是真的，也只是因為巧合而已。」

「可是，如果這樣的話，」這複製人的眼珠閃動了一下，「那他為什麼要這麼做呢？我聽說他讓自己灰飛煙滅。」

你的眼睛亮起了藍光，金屬的眉毛微微抬起，對這個複製人說，「因為，不論萬世輪迴是真是假，因緣都是真的。」

「但是，我以為如果萬世輪迴是真的話，那麼很多東西就會說得通。」他似乎對這個答案有點失望。

「如果你覺得這個答案不能滿足你內心疑惑，或許，你可以跟我們同行。路上我們可以再討論，你口中那些說得通的東西。」你說。

「我的確有很多東西想跟你們討論。」複製人說。

「那麼你可以去找剛才那個帶你進來的機器人，它可以指引你安頓下來。」

「我明白了，我這就去找它。」

普體複製人的身影逐漸遠去，你看著這個文明再度逐漸興起的大地，還有那披在你金屬身上的灰色袍子。這片大地曾經荒蕪，而今天你會再度向世人說起因緣。

在這同一時間，一位機器人漫步經過附近，看到你之後，向你打招呼。你回之以禮，從袖口之中伸出雙手，讓兩隻金屬手臂並掌，向它合十。

語言文學類　PG1798　SHOW小說20

無量劫

作　　者 / 贖名人
責任編輯 / 辛秉學
圖文排版 / 楊家齊
封面設計 / 葉力安

發 行 人 / 宋政坤
法律顧問 / 毛國樑　律師
出版發行 / 秀威資訊科技股份有限公司
114台北市內湖區瑞光路76巷65號1樓
電話：+886-2-2796-3638　傳真：+886-2-2796-1377
http://www.showwe.com.tw
劃撥帳號 / 19563868　戶名：秀威資訊科技股份有限公司
讀者服務信箱：service@showwe.com.tw
展售門市 / 國家書店（松江門市）
104台北市中山區松江路209號1樓
電話：+886-2-2518-0207　傳真：+886-2-2518-0778
網路訂購 / 秀威網路書店：http://www.bodbooks.com.tw
國家網路書店：http://www.govbooks.com.tw

2017年8月　BOD一版
定價：340元

國家圖書館出版品預行編目

無量劫 / 贖名人著. -- 一版. -- 臺北市 : 秀威資訊科技, 2017.08

面； 公分

BOD版

ISBN 978-986-326-451-4(平裝)

857.7 106013067

讀者回函卡

感謝您購買本書，為提升服務品質，請填妥以下資料，將讀者回函卡直接寄回或傳真本公司，收到您的寶貴意見後，我們會收藏記錄及檢討，謝謝！

如您需要了解本公司最新出版書目、購書優惠或企劃活動，歡迎您上網查詢或下載相關資料：http:// www.showwe.com.tw

您購買的書名：________________________________

出生日期：________年________月________日

學歷：□高中 (含) 以下　□大專　□研究所 (含) 以上

職業：□製造業　□金融業　□資訊業　□軍警　□傳播業　□自由業

□服務業　□公務員　□教職　□學生　□家管　□其它_____

購書地點：□網路書店　□實體書店　□書展　□郵購　□贈閱　□其他

您從何得知本書的消息？

□網路書店　□實體書店　□網路搜尋　□電子報　□書訊　□雜誌

□傳播媒體　□親友推薦　□網站推薦　□部落格　□其他__________

您對本書的評價：（請填代號　1.非常滿意　2.滿意　3.尚可　4.再改進）

封面設計____　版面編排____　內容____　文／譯筆____　價格____

讀完書後您覺得：

□很有收穫　□有收穫　□收穫不多　□沒收穫

對我們的建議：________________________________

____

____

____

請貼
郵票

11466
台北市內湖區瑞光路 76 巷 65 號 1 樓
秀威資訊科技股份有限公司 收
BOD 數位出版事業部

(請沿線對折寄回，謝謝！)

姓　　名：____________　年齡：________　性別：□女　□男

郵遞區號：□□□□□

地　　址：________________________

聯絡電話：(日)____________ (夜)____________

E-mail：________________________